제5회 대한민국 소설독서대전 수상작품집

제5회 **대한민국
소설독서대전
수상작품집** 박예솔 외

사단법인 한국소설가협회

차례

차례 ────────────────────────────

차례

가장 훌륭한 사람들과의 대화

책을 만들기 위한 인류의 노력이 언제부터 시작되었는지는 명확하게 밝혀진 바가 없다. 갑골이나 석벽에 문자를 새기기 시작하면서부터였는지도 모른다. 차츰 목간이나 죽간 혹은 비단이나 가죽에 문자를 기록하게 되었다.

종이는 중국 후한 명제 때 환관으로 들어간 채륜이 발명했다고 한다. 채륜은 상방령이라는 벼슬을 지냈는데 상방령은 황실의 칼이나 무기의 제작을 감독하거나 황실에서 필요로 하는 물건을 제작하고 기술을 확립하는 부서를 책임지는 자리였다.

채륜이 발명한 종이는 학문 발전의 원동력이자 기초가 되어 인류사에 거대한 발자취를 남겼다. 이전에는 무겁고 부피가 큰 대나무나 판자 아니면 값이 비싼 비단이나 가죽을 이용했으므로 기록에 많은 애로가 있었고, 보관하기도 어려웠다. 종이라는 새로운 소재가 생기면서 문자의 기록에 따른 학문 발전은 괄목할만한 발전을 이루었다. 지금은 전자문서라는 새로운 매체가 등장했다. 혹자는 새로운 기록 장치의 발달로 종이책의 시대가 끝났다고 말하기도 하지만 전자책의 발달에도 불구하고 종이책은 여전히 건재하다.

종이책을 읽는 것은 과거 몇 세기의 가장 훌륭한 사람들과 이야기를 나누는 것과 같다 : 르네 데카르트
한 권의 책을 읽음으로써 자신의 삶에서 새 시대를 본 사람이 너무도 많다 : 헨리 데이비드 소로
오늘의 나를 있게 한 것은 우리 마음의 도서관이다 : 빌 게이츠

상기한 유명 인사의 아포리즘에서 보듯이 우리는 책이 인간을 어떻게 바꿔 가는지 유추할 수 있다.

사단법인 한국소설가협회는 문화체육관광부와 사단법인 한국문학예술저작권협회의 후원으로 책 읽기 장려에 앞장서고 있다. 대한민국소설독서대전을 통해 독서 인구의 저변 확대와 국민의 정서 고양에 기여한다.
사단법인 한국소설가협회가 주관한 제5회 대한민국소설독서대전에 입상한 분께는 축하의 말씀을, 참가하신 모든 분들께는 감사하다는 말씀을 올린다.

한 편의 소설이 한 그루의 나무 역할을 하기를 바라며 수상작품집을 펴낸다. 아울러 이 사업이 오래오래 존속되기를 바라마지 않는다.

2024년 7월
한국소설가협회

세상에 파견된, 우리라는 존재
– 김초엽 『파견자들』을 읽고

박예솔(동아여자고등학교 3학년)

현 21세기 대한민국은 '김초엽'을 사랑할 수밖에 없는 상태다. 그리고 나 역시 작가를 사랑하는 중이다. 자아와 존재를 사랑하는 인문학적인 SF는 작가의 손에서 아름다운 시선이 된다. 이것은 내 개인의 의견이지만, 결국 나를 붙잡는 이유가 되기도 하였다. 이렇게 〈관내분실〉에서 시작된 화자와 청자의 인연은 〈파견자들〉까지 진출하게 되었다.

모든 SF의 시작이 그러하듯, 소설의 배경은 범상치 않은 것들의 등장으로 막을 연다. 이곳은 인간에게 광증을 일으키는 '아포芽胞'라는 것이 가득한 상태다. 결국 이곳 사람들은 지상에서의 삶을 포기하고 어두컴컴한 지하에 도시를 만들게 된다. 그러나 주인공 '태린'은 스승인 '이제프'를 동경하며 지상을 꿈꾸고, 그와 함께 '파견자'가 되어 지상으로 갈 것을 다짐한다. 그리고 '태린'에게는 한 가지 고난이 주어진다. '쏠'의 존재다. 자신에게 말을 걸며 알 수 없는 이야기를 하는 의미심장한 존재인 '쏠'. '태린'은 그런 '쏠'과 공생하며 험난한 여정과 함께 진실을 깨닫게 된다는 것이 이 〈파견자들〉의 전체적인 줄거리다.

이를 보며 알게 된 점은, 〈파견자들〉의 이야기의 구조가 아주 보편적인 전개 방식이라는 것이다. 범상치 않은 주인공과 그 주인공을 돕는 조력자, 보여지는 적과 보이지 않는 적. 그리고 그들을 돌파하며 마침내 세계의 진실을 깨닫는 주인공과 그 일행까지. 흔히 이야기를 전개하는 방식 중에서 가장 보편적이고도 평범한 방식이다.

하지만 작가는 이 보편적인 이야기 속의 세부적인 구성을 촘촘한 거미줄처럼 퍼뜨렸다. 이것을 가능하게 한 것은 작가가 사랑하는 시선, '존재'에 대한 시선이다.

이때, 〈파견자들〉 속의 존재는 '잃어버린 자아'다. 작품에서는 '태린'과 '쏠'이 그 존재 대상이었다. 하지만 나는 이 존재의 망각을 현실에 대입하고 싶다. 현실에서도 우리는 자아와 존재를 잃은 채 살아가고 있고, 수많은 '태린'과 수많은 '쏠'이 잔류하기 때문이다.

나는 그 대표적인 예시로 학생과 현대인을 들고 싶다.

우리 21세기의 대한민국 고등학생을 예시로 들어보자면, 모두가 하나같이 명확한 목표를 추구하지 않는 삶을 살고 있다. 사람들은 학생에게 '목표 지향적인 인생을 살아라.'라고 설교하지만, 학생은 그 목표조차도 좁은 시야에 둔다. '좋은 대학에 간다.', '좋은 직장에 취업해 돈을 번다.'라는 타의에 따른 의무로 끝난다. 그마저도 불확실한 마라톤이다. 이 두루뭉술한 구름을 쫓아 초원을 뛰고 있지만, 그게 전부다. 구름은 절대 땅으로 내려오지 않으니까.

나 역시 중학교 3년, 고등학교 2년을 보내며 이 사실을 깨닫게 되었다. 내가 친구들과 다른 점이 있다면 일찍부터 꿈이 확실했다는 것이고, 같은 점이 있다면 그 역시 구름이었다는 것이다. 나는 이런 구름과 구름의 무한한 하늘을 보며, 문득 '나'를 다시 되돌아보게 되었다. 어느 순간부터 의무가 되어버린 선택의 길을 무한정 걷다가, 나조차 잊고 있었던 진짜 내가 나를 붙잡은 것이다. 그건 수많은 '나'였다. 글을 처음으로 쓰기 시작한 나, 글을 좋아하는 나, 공모전에 지친 나, 학업 스트레스로 고생하던 나, 불화에 힘들어하던 나, 친구와 즐거워하는 나. 그 외 더 많은 내가 모여서 하나의 거대한 '나'를 이루었을 때, 나는 비로소 작가의 존재를 이해할 수 있게 되었다.

소설에서, '쏠'은 '태린'에게 이렇게 말한다. 우리가 보기에 너희는 단수체가 아니야. 잘 생각해 봐. 네가 정말로 하나의 존재인지…….

나는 이 구절을 보며 스스로가 '태린'이 되었다는 감각을 되새길 수 있었다. 비록 소설의 상황과 나의 상황은 다르고, 그것을 관통하는 의미 역시 다를 수 있다. 하지만 오로지 '존재'를 두고 의미를 부여했을 때, 나는 수많은 나를 외면하고 흩어지게 한 것이나 다름없었을 존재였다. 마치 아포처럼. 그 포자들은 나에게서 떨어져 나와, 나에게서 잊힌 공간을 떠돌고 있었을 것이다.

그때부터 나는 길의 방향을 다시 잡게 되었다. 두루뭉술하던 꿈을 버리고, 내 묘비에 남겨질 이름을 '작가'로 새길 수 있는 걸음을 다시 옮기게 되었다. 물론 이 과정에서 〈파견자들〉만이 동기부여의 요소라고 한다면, 그건 아니다. 이 사이에 수많은 사색과 철학이 있었고, 주변의 영향이 있었으며, 깨달음이 있었다. 그러나 나는, 나 역시 세상에 파견된 존재로서, 근본적으로 이 소설을 읽고 여러 생각을 고뇌하게 된 것 같다.

아마 이 세상을 살아가는 모두가 불안을 느끼고 있을 것이다. 일을 잘 해내야 한다는 불안, 원하는 학교에서 떨어질 것 같다는 불안, 누군가와 절교하는 것에 대한 불안, 앞으로의 미래에 대한 불안 등 다양한 불안을 안고 있을 것이다.

그러나 나는, 그 불안이 아주 자연스럽다고 생각한다. 작품 속 '파견자들'이 지상에 가는 것처럼, 모두가 이 세상에 파견된 존재라고 생각하기 때문이다. 그 파견의 이유는 각자 다 다를 것이다. '파견자들'이 파견을 가는 건 지상에 대한 탐사였지만, 이 세상의 모든 파견자는 자신조차 모르는 이유로 파견을 나온 거나 다름이 없을 테니까.

확실한 건, 우리도 세상에 덜컥 떨어진 존재라는 것이다. 자신에 대해서 소개하는 걸 어려워하는 것도 너무나 갑작스럽게 파견되어 그런 거라는 상상도 된다.

그러니 이 기회를 빌려 세상에 외칠 수 있다면, 나는 모두가 '하나'가 아니라는 외침을 퍼뜨리고 싶다. 진정한 '나'를 만들기 위하여 버리고 온 수많은 나의 자아는 얼마나 안타까운가. 그리고 그 자아들만이 외칠 수 있는 나라는 존재의 면모는 또 얼마나 많은가.

작품에서 '쏠'은 '태린'에게 '너희는 이미 수많은 개체의 총합. 하나의 개체로는 너희를 설명할 수 없어. 네 안에는 다른 생물들이 잔뜩 살고 있어.'라고 언급한다. 나는 이 수많은 개체가 우리 자신의 분열된 부분이라고 생각한다. 쉽게 말해, 자신이 외면하고 싶었던 단점이나 결점부터 즐거웠거나 행복했던 기억들이 그 개체라는 것이다. 그러니 우리는 개인이 아니다. 개체와 개체가 만나 복수를 이룬, 거대한 존재다.

꼭 『파견자들』을 읽지 않아도, 나는 모두가 한 가지를 지켰으면 하는 마음이 있다. 우리 각자를 사랑하는 것. 그게 그 한 가지다.

생각보다 우리는 자신을 야박하게 대하고, 엄격하게 통제하며, 완벽이 아니라면 안 된다는 것처럼 독하게 만든다. 자신을 채찍질하며 내는 상처보다는, 그 채찍질로 이루어내는 결과가 더 중요하다는 것처럼 군다. 결국 자신의 결점, 단점, 하자는 자신에게서 싹둑싹둑 잘라내고 만다. 안타깝고 슬픈 일이다. 그들조차 우리가 되기 위해서 얼마나 많은 애를 썼을까.

고로 우리는 세상에 파견된 존재로서, 다시금 자신을 토닥여 줄 필요가 있을 것이다. '나는 너의 일부가 될 거야. 너는 나를 기억하는 대신 감각할 거야. 사랑해.'라고.

일반부

나의 어머니는 니나
– 김하율 『이 별이 마음에 들어』를 읽고

최지선

시부모님을 뵙고, 아주 오랜만에 서울역에서 부산으로 향하는 KTX를 탔다. 차창에는 3월 중순의 촉촉한 봄비가 흐르고 있었고, 그 비는 나를 20년 전으로 흘려보내고 있었다. 소설가가 되겠다며 주말마다 KTX에 몸을 실어 부산–서울을 오가며 공부하던 그 시절. 꿈과 열정, 그리고 의지를 빼면 시체와 같다던 과거의 나는 이제 어디에도 존재하지 않고, 흐지부지되고만 학업에 대한 미련만을 가슴에 안을 채, 나는 가끔 강의를 다니는 중년의 평범한 주부로 살아가고 있다. 때론 이런 삶이 주는 편안함이 만족스럽다가도 또 때론 그 편안함이 지루함과 무기력함으로 다가 올 때도 있다. 그럴 때 시부모님의 문안 인사를 핑계 삼아하는 기차여행은 잠시나마 나의 상념을 일깨우는 역할을 한다.

기차가 서울역을 떠난다는 안내 방송이 나온 지 얼마 되지 않아, 객실 천장에 달린 TV에서 뉴스가 나오고, 그 화면 밑으로 다양한 광고 자막이 흐르기 시작했다. 그 순간 한 광고가 유독 나의 눈에 들어왔다. 아직 소설가에 대한 미련이 남아 있어서인지, "00문학상 수상"이라는 글귀가 보이면 언제 어디서든 나의 시선은 멈춘다. 그날도 마찬가지였다. −제11회

수림문학상 수상작, 이 별이 마음에 들어— 너무 빨리 흘러가는 자막 탓에 한 번에 제목을 외우지 못하고, 다시 광고가 나올 때까지 TV 화면에 시선을 고정시켰다. 두 번째 광고가 나오자 바로 휴대폰을 켜고, 인터넷 쇼핑몰에 들어가 책을 주문했다. 처음엔 책 제목의 띄어 읽기를 잘못해서 "이별이 마음에 들어"인 줄 알았다. "이별이 마음에 들어"라는 제목을 반복해서 읽으면서 지난 45년간 내가 겪은 숱한 이별들을 떠올려 보았다. 그리고 현재 내가 과거의 나와 이별하려고 노력 중인 사실도 다시 한 번 실감하며, 이별을 마음에 들게 하는 방식이 무엇인지를 생각해 보았다. 그러다 주문한 책을 다시 검색해보니, 내가 잘못 읽었다는 것을 알고 웃음이 나왔다. 하지만 이 책을 다 읽고 나서 니나가 자신의 행성과 이별을 하고, 이 별이 마음에 든 것처럼, 나도 나의 과거와 이별을 하고 나면, 이 별이 마음에 들 수 있겠다는 생각을 하게 되었다.

'우르알오아이오해'라는 행성에서 지구로 온 외계인 호리하이코키야는 1978년 지구, 그것도 하필이면 대한민국 서울에 있는 청계천의 한 봉제공장으로 가게 된다. 그곳에서 그녀는 전라도 사투리를 구수하게 쓰는 열아홉 살 소녀의 모습을 한 채 니나라는 새로운 이름을 얻게 되고, 노동자로 살아가면서 도시 소외 계층의 불합리한 삶을 경험하게 된다. 외계인이라는 특성 때문인지, 한 번 본 것은 바로 습득해버리는 니나의 뛰어난 능력은 시다로 시작하여, 그 다음엔 미싱사로, 다음엔 재단사로 지위를 급속하게 올린다. 이런 능력은 니나가 살아가는데, 도움이 되기도 하지만 또 누군가에게 위협이 되어 니나를 해치게 하는 원인이 되기도 한다. 열악한 환경에서 벌어들인 적은 돈으로 가정을 이끌어야 했던 노동자들에게 자신보다 나은 기술을 가진 사람들은 단순한 시기·질투의 대상이 아닌 생계를 끊게 하는 공포의 대상이라는 것을 알기에 나는 이 책에서 니나를 괴롭히는 재단사 이씨에게도 미움과 동시에 연민의 감정이 생겼다. 나성의 말처럼 정말 부정적인 감정은 대부분 함께 움직이나 보다. 나성이 니나에게 인간의 감정을 가르치는 부분에서 "주먹밥을 빼앗긴 지금 내는 화가 나예. 오늘 점심은 굶게 생겼다는 사실에 슬픕니더. 그라고 내한테 허기를 준 누나가 밉다아입니꺼."라는 대사가 유독 나의 가슴에 와 닿았다. 그것은 30여 년 전, 실직을 하게 된 나의 어머니의 심정이 고스란히 나에게 전달되는 것 같았기 때문이다. 그래서인지 일자리를 잃은 재단사 이씨가 악인으로만 보이지 않았다.

이 작품은 1970년대 서울 청계천 일대의 공장 노동자들의 삶을 그려내고 있다고 하지만, 나는 작품 곳곳에서 1980년대 중반부터 2000년대 중반까지 봉제 공장에서 미싱을 돌려야만 했던 나의 어머니와 그 어머니의 친구들을 만나고 있었다.

20여 년을 공순이로 사셨던 나의 어머니가 지친 몸을 이끌고 집에 들어와서 하는 첫 마디는 "학교 갔다 와서 숙제 했나? 열심히 공부해서 엄마처럼 살지 마라."였다.

아직도 내 기억에서 살아 있는 한 장면은 폭염으로 전 국토가 헉헉거리며 힘겨운 숨을 토해내던 어느 날, 공장 일을 마치고 돌아오신 어머니가 수돗가에 서서 다리에 묻은 새까만 먼지를 털어내면서 "꼭 공부 열심히 해야 한다."라는 말을 연신 하시며, 찬물을 벌컥벌컥 들이켜던 것이었다. "오늘 같은 날 선풍기는커녕 물 한 잔 마실 시간도 안 주대." 그날의 어머니의 슬픈 목소리는 30년이 다 되어 가는 지금도 잊히지 않는다. 결혼 전 사무직 공무원으로 평탄한 삶을 사셨던 어머니는 아이 셋을 낳고, 병들어 버린 남편을 대신해 다섯 식구의 가장이 되셨다. 40년이 다 되어 가는 기억 저편에는 처음 봉제 공장을 다녀온 어머니의 모습이 아직 생생히 존재한다. "너무 낯설었다. 어떻게 해야 할지 막막하다." 그때 어머니를 봉제 공장으로 처음 이끈 사람은 8남매의 제일 맏이였던 큰 고모였는데, "살려면 형편에 맞춰 살아야지."라는 말을 틈만 나면 하셨다. 그렇게 엄마는 외계인 니나가 되셨다.

가난한 형편에 먹을 것조차 넉넉하지 않았는데도 어머니는 집안일과 공장일을 척척 해 내셨다. 그때 나는 어머니가 정말 힘든 것을 모르는 사람인 줄 알았다. 하지만 이제 그때의 어머니 나이가 되고 보니 어머니가 살아내기 위해 자신을 얼마나 처절하게 바꾸어 내셨는지를 알 것 같다.

뛰어난 생존력을 가진 니나의 종족은 그들의 형체를 변형시킬 수 있었는데, 지구에 떨어진 니나는 생존율을 높이기 위해 가장 고등한 생명체인 인간, 그 중에서도 여성 노동자가 된다. 니나는 그들의 외모, 지능, 성격의 평균값을 맞춘 후 그 존재가 되는데, 니나가 선택한 지구에서의 모습은 나의 어머니가 선택한 모습이기도 했다. 어머니께서는 공장일을 마치고 오시면 곧잘 "내가 맞춰서 살아야지, 저 사람들하고 싸워서 뭐하겠노."라는 말씀을 하셨다. 언젠가 사춘기 시절, 철없는 마음에 어머니는 왜 교양 있고, 우아한 중년 여성이 못 되냐고 화낸 적이 있었다. 그때 어머니가 흘린 눈물은 시간이 갈수록 가슴에 사무친다. "엄마도 원래는 이런 사람이 아니었다. 그런데 살려고, 이 속에서 살아남아서 너희들 공부시키고, 키워내려고 하다보니 이렇게 안 변하면 안 되는 걸 어떻게 하노?"

작품 속에서 미자는 식모 오 년 경력의 훨씬 못 미치는 시다 일을 하여 엄마한테 미쳤냐는 말을 들었지만 적어도 기술을 배울 수 있었기에 미자 본인은 상관이 없었다는 구절이 나온다. 기술은 어제보다 나은 삶을 이끌 수 있으리라는 기대를 가지게 했기 때문이다. 어쩌면 나의 어머니도 그런 기대를 가지고 그 일을 시작했는지 모른다. 미싱 바늘에 겨우 실을 꿸 줄 알게 된 나의 어머니도 처음엔 시다 일을 하셨고, 어제보다 나은 삶을 기대하며, 때론 자식들에게만은 그 삶을 물려주지 않게 하기 위해 먼지로 뒤덮인 봉제 공장에서 20년의 세월을 보내셨다. 그런 어머니 덕분에 나는 남부럽지 않게 공부를 하고, 대학 강의도 나가는 사람이 되었다. 내가 처음 대학 강의를 나가는 날 어머니께서 하신 말씀이 "내 딸이 대학교 선생인데, 이제 누가 나를 무시하겠노."였다. 오랜만에 들어보는 어머니의 솔직한 감정이었다.

평소 아버지는 어머니를 두고 잔정 없고, 감정이 없는 사람이라 하셨고, 나 역시 그런 줄 알았다. 하지만 그때 느꼈다. 감정 없는 사람이 어디 있으랴. 어머니의 가슴 속에는 니나처럼, 마음 속에 분노와 슬픔, 미움 그리고 상실감이 깃들어 있었을 것이다. 그 감정들이 너무 처절해서 절대 잊지 못할 것이다. 그래서 많이 외로우셨을 것이다. 하지만 곧 니나의 또 다른 깨달음인 외로움이라는 것이 굉장히 비효율적인 인간의 감정이라는 것이라는 것을 일찍 파악하시고, 인간의 기본 감정을 버리고, 또 버리셨던 것이다. 어머니는 본인이 사랑하는 자식들을 위해 처녀시절 풍부한 감정을 가지고 품위 있게 살아온 자신의 삶과 이별 한 후 억척스럽게 공장 노동자로 살아가는 삶을 받아들이신 것이다. 그것이 자신이 만들어 놓은 가정이라는 별을 사랑하고 지키는 길이었기 때문이다. 니나의 행성에서 목표를 잃는다는 것은 존재의 의미가 없다는 것의 동의어라는 말이 나온다. 어쩌면 어머니도 자식들을 성공시키겠다는 목표가 삶의 존재를 찾게 한 것인지도 모르겠다. 그런 어머니의 노고도 잊은 채 나는 어머니의 과거 공순이 시절을 쉽게 얘기 하지 못 했다. 어머니께서도 쉽게 사는 방법이 있으셨을 텐데, 20여년을 한 결 같이 봉제 공장에 다니면서 우리 삼남매의 대학 공부에 매달리신 것은 스스로의 확고한 의지와 자부심 때문이 아닐까? 작품 중에 혜란이 한 말이 가슴에 파문을 일으킨다.

"노동자는, 부끄러운 직업이 아니야, 땀을 흘리는 일은 자랑스러운 거야. 땀을 흘리는 일은……,"

어머니께서도 자신을 이렇게 다스리고 또 다스렸던 것이 느껴진다. 이제 나는 공순이 어머니를 부끄러워하던 시절의 내 모습과 이별하려고 한다. 그런 어머니 덕에 내가 오늘날 지루할 만큼의 안락을 얻고 사는 것을 알기 때문이다. 니나와 같았던 어머니 덕에 나는 지금 이 별이 참 마음에 든다. 그리고 어딘가에서 살고 있는 나의 친구 니나들에게 그들의 땀방울이 자랑스러운 것임에 깊은 경의를 표한다.

구의 증명
– 최진영 『구의 증명』을 읽고

김희주

주변에서도 화두인 소설이다. 구를 먹는단 표현이 강렬한 요소였어도 사랑 책을 잘 읽지 않던지라 미뤘었다. 그러다 평이 갈리면서도 공통되게 느끼는 사랑이 가진 피폐함과 그것을 사랑스러움으로 다루는 전개의 감수성이 궁금해 첫 장을 펼쳤다. '인간적'의 상이점을 제기하는 첫 문단부터 몰입하기 충분했고 살면서 생각하게 되는 미래를 현대적, 문학적으로 표현한 문장으로 보았다. 현재 사회와 세상이 추구하는 가치, 도덕이 과연 천 년 후에 어떻게 존재할지. 인간적, 인간중심주의 같은 체계가 어떤 방향으로 변모할지. 글을 쓰고 읽는 인류 따위 존재하지 않으면 좋겠다, 글을 쓰고 읽는 인간으로서 내가 마지막이었으면 좋겠다는 글을 보며 '존재'로서 부가적인 조건이 붙지 않아도 인간이라는, 우리가 감각으로 알고 있는 형태가 있을지 궁금해졌다. 과연 삶과 생사를 부여받을 '존재'가 남아있을까. 이런 바탕이라 조건을 지정하고 마지막이란 단어를 포함한 게 아닐까. 문학, 소설이기 때문에 우리, 나, 그는 천 년 후의 인류가 아닌 하나의 인간으로 마지막이 될 수도 있지 않은가. 책이 시사하는 사랑, 사람 엇비슷한 발음으로 섞이고야 마는 세상에 침잠되듯 손을 댄 기분이 들었다.

언뜻 보면 감성적이나, 구가 죽으면 따라 죽겠다는 시린 낭만을 보이다가도 죽음을 현실로 치환하면 이보다 더 적나라한 현실은 없다는 듯 비관과 회의에 물들어 있다. 그러다가도 이러한 생각을 더는 상상하고 싶지 않단 마음이 독자로 하여금 현실에서 소설로, 소설에서 주인공의 사연으로, 사연에서 동화同化되고, 또다시 현실로 돌아와 나의 경험과 감정이 되는 장면을 만든다. 그래서 심리가 직설적이라고 느끼다가 어휘 자체론 세밀하다고 생각한다. 그래서 사랑이 아닌 별개의 이야기가 컸어도 문체로 인해 수긍이 자연스러웠다. 동일 경험 혹은 관점을 지닌 적이 없더라도 완전한 비판 의식을 가지고 읽지 않는 이상 인물을 따라가 고개가 끄덕여지는 장면들이 다수 있었다.

처음부터 죽음에 대해 언급하다가 노마, 담, 구, 자전거가 엮이며 나누는 대화 장면에서 매끄럽게 죽음의 발단을 서술했다고 느꼈다. 이 부분에선 담의 시점을 곱씹었는데 사실적인 후회를 나열하며 부정하는 심리가 발단을 절정처럼 보이게 만들었다. 산 사람으로 존재하고 또 살지만 그렇기에 전해 듣는 것, 목격자, 주체 등이 되어 죽음을 직시한다. 순간마다는 아닐지라도, 종종 해결되지 않음에도 지푸라기 같은 감정을 지닌 채 신에게 맹서한단 알량함을 보이며 멈출 수 없는, 죽음이란 카테고리 사이의 방황 같은 심정을 거의 완벽하게 묘출했다는 생각을 했다. 진주 누나와의 단편으로 구의 상태를 들여다보며 죽음 이후를 생각할 수 있었는데 담의 시점으로 죽음을 외면하는 한 세태를 발견한다. 가끔 '죽으면 끝이다.'란 문장을 떠올린다. 죽어보지 않았는데 어떻게 죽음을 최종에 넣어둘 수 있지. 귀신에 관해 떠들면서도 사후세계를 그리면서도. 우리는 죽음을 정말 죽음으로 내몰고 있다고. 다른 관점은 그럼에도 결국 우리들은 처음으로 돌아가고, 존재를 찾고, 현실을 살아가는 사람의 미래를 재언급한다는 것이다. 인간적을 기억하고 죽음 뒤는 직시한 자들의 세계라고 주장한다. 인간은, 담은 무력감을 새로운 형태로 자연히 학습한다. 현실을 집어치워도 '살아가려는' 사람일수록 겪게 되는 문제를 보인다. 담은 일련의 상황을 겪으면서 잠깐씩 노마와 구를 잊을 수 있었다고 말한다. 하지만 상관없이도 불행하다고 한다. 이 구절을 읽으며 무력감과 동반하는 공허가 떠올랐다. 공존과 공동체를 선두에 두고 사회라 불리는 세상에서 억압과 억제가 비집고 태어나듯 모든 연쇄와 다시 별개로 불행감에 빠질 수 있다는 것. 적자생존 같은 삶을.

완전한 독백은 없었다고 생각한다. 독백 같은 심정을 읊을 때도 시체를 안고 있었고 기억했고 소유했다. 서문도 인간과 인류를 구분하였고 잃는다는 죽음을 서술할 때도 인물이 필요했다. 단락이 다르게 진행되는 곳에서도 부모님과 누나를 출현시키며 무력의 형태를 보여준다. '사랑은 자해다'라는 표현이 있다. 사랑의 힘은 누군가를 살리기도 하지만 죽이기도 한다는 것. 구의 무력함은 그랬다. 눈에 띄게 보이는 것은 담의 무력감이었으나 구의 모습을 보고 있노라면 구의 무력감이 지독하게 느껴졌다. 담을 보면 담에게, 구를 보면 구에게 오가며 불행이 뛰다녔다. 어느덧 구의 증명을 알고자 했다. 어째서 구의 증명이었을까. 제목의 저의도 궁금했다. 종종 관계에서 이유를 찾는다. '왜'라는 물음을 반복해서 집어넣고 나를, 서로를 바라보길 원하다 보면 은연중 알게 된다. 사랑할 뿐인데 사랑에 이유가 필요하면 그게 과연 사랑일까. 나는 사랑을 '정의할 수 없는 추상적 감정의 한 종류'라고 말해왔다. 그럼에도 이유를 찾아 헤맸다. 그럼에도 이유를 찾지 못했다. 찾을 수 없었다. 중후반에 들어서 비관과 환상이라 쓰고 현실적, 실재적이라 말하는 게 옳을까. 타인의 말을 구기거나 접지 않고 액면 그대로 받아들일 여유. 이런 여유가 부족하고 없다는 이유만으로 우리는 너무나도 쉽게 죽고 어렵게 나선다. 사라지고 싶다는 것은 살았다는 증명 같고, 증발의 욕망은 존재했다는 것이고, 다른 사람이 되고 싶단 건 나름의 길을 갔다는 것이고, 철저히 혼자이고 싶다는 건 관계를 맺어 본 도전, 나를 바꾸고 싶었다가 바꿀 수 없을 때 버리는 건 최선을 해봤다는 의미 같았다. 그래서 다 버리고 다시 살고 싶다는 말이 긍정으로 표현된 우울의 반어처럼 들리는데 구는 무엇일까. 초반보다 의문이 깊어 갔다. 나는 무의미에 대해서도 고찰했다. 의미가 무의미한데 무의미란 자각을 하면 무의미에 의미가 생기지 않는가. 따라서 의미는 곧 무의미가 되고 무의미도 의미가 된다. 안다는 것은 모르는 게 많아지는 것이고 모르는 게 많다는 것은 앎에 무게 중심이 실렸다는 것으로 모순 대척점을 정리했다. 그래서 구의 소원이자 대답인 無(무)에 일시적 동일시가 되었다. 구가 시정하는 담대를 이해한다. 기왓장 앞에서 같이 소원을 비는 것처럼 그건 죽는 게 아니라 그냥 좀 담대해지는 것이라고 덧붙일 것만 같았다. 죽음만이 이별이라고 생각하지 않아서 재회의 순간을 읽으면서도 이별이라 느꼈다. 구의 혼란을 관조하며 노마의 사고 현장에 있었던 담의 혼란이 떠올랐다. 여러 이유를 붙이며 맞춰지지도 않는 퍼즐로 애써 끼우는 모습. 이유가 필요한 사랑이 사랑이냐 물었던 구. 나는 이 둘을 보며 잘 맞는 한 쌍이라 적다가도 오류를 그었다. 다만 오답은 아니다. 관계, 추상개념, 사랑 등. 이와 같은 것들은 그런 법이니까. 후반의 담은 증명했다고 생각했다. 그래서 구의 증명을 갈구했다. 도망가잔 담의 말에 욕설을 뱉고 자신에게서 떨어지란 말을 전시하면서도 담의 눈을 피하지, 말을 흘리지, 슬프거나 괴로운 표정도 없었기에.

노마가 죽은 후 처음으로 '노마'라는 단어를 꺼내는 장면에서 노마를 죽음에서 꺼내주는, 본인들을 죽음에서 벗어나게 해주는 진정한 존재로 느껴졌다. 끝에서야 죽음과 죽음의 세계에서 죽은 채로 구가 증명했다는 생각이 들었다. 또는 먹히고 있음에도 있든 없든 죽은 자임에도 감각이 느껴지는 구, 담의 곁을 자각하는 구를 보며 무기력의 불완전 해소라고 보아 첫 문장의 감상을 회고했다. 천 년 후에 어떻게 존재할지, 존재하지 않을 수 있지 않고, 문학, 소설이기에 우리는, 나는, 그는 천 년 후의 인류가 아닌 하나의 인간으로 마지막이 될 수도 있고, 책은 시작부터 오래 살아남아야 한다고 했다. 구는 '너 아닌 그 어떤 너도 상상할 수 없고, 사랑할 자신도 없다. 이승에서 너를 사랑했던 기억, 그 기억을 잃고 싶지 않다. 그러니 이제 내가 바라는 것은, 네가 나를 기억하며 오래도록 살아주기를. 그렇게 오래오래 너를 지켜볼 수 있기를. 살고 살다 늙어버린 몸을 더는 견디지 못해 결국 너마저 죽는 날, 그렇게 되는 날, 그제야 우리 같이 기대해보자. 너와 내가 혼으로든 다른 몸으로든 다시 만나길. 네가 바라고 내가 바라듯, 네가 아주 오랫동안 살아남은 후에, 그때에야 우리 같이.'라고 말한다. 나는 종국에 담에게 닿아 증명의 길에 올랐다고 생각했다. 완독한 뒤에 김춘수의 시 〈꽃〉이 떠올랐다. 구의 증명을 읽지 않은 독자가 있다면 꼭 이 시를 읽어보았으면 하는 바람이다.

내가 갔던, 가고 있는, 가야 하는 길
– 권여선 『각각의 계절』을 읽고

박혜선

아침 기온이 제법 쌀쌀하다는 예보에 겉옷을 걸치고 나왔는데 지하철 안은 출퇴근하는 사람들로 공기가 후덥지근하다. 저마다 핸드폰을 뚫어져라 보고 있는 사람들의 옷차림을 살펴본다. 나처럼 긴 팔을 입은 사람이 있는가 하면 민소매를 입은 사람, 재킷을 걸친 사람, 반바지를 입은 사람도 있다. 얼마 전 읽은 '각각의 계절'이란 책 제목이 머릿속을 스쳤다. 같은 초여름을 보내고 있는 게 맞나 싶은 요즘이다.

권여선 작가의 『각각의 계절』이란 책은 제목처럼 일곱 가지 단편 소설 모음집이다. 짧은 작품들로 엮여 있기에 여러 단서들을 부지런히 찾고 모아 등장인물의 관계와 정황을 파악하고 몰입해야 한다. 하나, 둘 단편을 읽다 보니 몇 가지 비슷하거나 일관된 특징이 보인다.

첫 번째, 주인공과 등장인물의 성별은 주로 여성이다. 대부분 중년의 나이를 넘었고 어렸을 적 청춘이 얽힌 과거를 회상한다.

두 번째, 과거 회상과 매개의 도구로 '오랜만의 연락'과 '담배'가 등장한다. 친구의 부고 소식을 듣고 돌린 전화와 문자 메시지, 우연히 SNS를 통해 알게 된 옛 동창의 근황, 둘만의 여행을 제안하는 딸의 전화 등 여러 연락 요소가 등장한다. 이는 단편 소설 전개를 빠르게 이어주며 각자의 삶을 살고 있던 인물들을 공통된 시간 속으로 불러온다.

담배는 잠시 위안을 얻고 과거를 회상하는 매개체로 나온다. 자매가 나란히 담배를 피우거나, 다시 만난 동창과 같이 킬킬대며 피운다든지, 여행 간 곳에서 홀로 숲과 나무를 바라보며 담배를 피운다. 그러곤 누구에게도 방해받지 않는 시간 속에서 뿌연 연기처럼 어스름한 과거의 기억을 떠올리며 복잡한 마음과 생각을 정리한다.

세 번째, 등장인물들의 대화에 따옴표가 없다. 전개가 빠르게 진행될수 있는 효과가 되었고 특히 「사슴벌레식 문답」에서는 두려움과 칼 같은 단호함이 깃'든‘ 표현이 마치 시구절처럼 느껴진다.

네 번째, 주인공들의 현재 삶은 좌절과 희망 그 중간에 위치해 있다. 즐겁지도 슬프지도 않은 고요한 감정의 수평선에 놓여 있다. 코로나19가 유행하지만 언젠가는 끝이 날 것 같은 배경 시기, 비정규직의 자리에서 마음 한구석에 불안을 지니지만 추후 직업적으로 잘 풀릴 것 같은 기대가 있는 주인공의 상황 등이 그렇다. 과거의 아픔이 현재의 아픔과 마주하는 시간적 서사를 수평선 위에 올려놓았다.

다섯 번째, 대부분 무력감과 회피 성향을 지니고 있다. 아무것도 바꾸지 못하고 안 바뀔 것이라 생각하며 현실에서 도망을 친다. 주인공들은 이혼 또는 사별을 했거나 가족 또는 사람에게 질려 있는 상태이다. 그래서 사람과 세상을 등지려 한다. 그 누구와 대화도 만남도 하고 싶지 않은 등장인물들의 심리가 이따금 나온다. 「사슴벌레식 문답」에서 정원의 자살과 경애의 배신으로 4총사의 우정은 점점 금이 가버린다. 매일 항상 붙어 있던 그녀들은 이제 서로 관계를 단절한다. 「실버들의 천만사」에서 눈에 안 띄고 아무도 자기에게 관심이 없길 원했던 반희. 「하늘 높이 아름답게」에서 가족과 이별하고 결국 홀로 죽음을 맞이하는 마리아. 「무구」의 제목처럼 사람은 절대 무구하지 않다고 생각하는 소미. 「깜빡이」의 동생과 어머니, 이모 사이에서 피로함과 억눌린 불쾌함을 느낀 혜영도 그렇다. 「어머니는 잠 못 이루고」에서 어머니의 통화에 지친 오익도 마찬가지다. '원채'라는 단어처럼 기피 의지와 기피 불가능성이 공존하는 것이 사는 일이라 생각한다. 「기억의 왈츠」에서 가족이 준 학대와 배신에 상처받은 '나'는 지금 당장 세상을 떠나도 아쉬울 게 없었다.

이렇게 보면 우울하고 기구한 사연들만 모였다고 생각할지 모른다. 하지만 주인공들의 삶은 우리네 삶과 별반 다르지 않다. 사연 없는 사람은 없다. 사랑하는 가족 또는 친구, 동료들과 같이 지내다 보면 상처를 주고받는 경우가 매우 흔하다. 각자의 삶과 시간을 보내면서 서로 부딪히고 엇갈리는 게 우리네 인생이다. 인간은 결코 혼자 살아갈 수 없다. 각자의 삶을 살아가지만 서로 영향을 주고받는다. 그렇기에 인생은 한 치 앞도 내다볼 수 없고 내 뜻대로 되지 않는 법이다.

어두운 내용 속 중간중간 작가가 말하고자 하는 희망적인 메시지가 엿보인다. 「사슴벌레식 문답」과 「기억의 왈츠」가 처음과 마지막을 장식하고 있다. 이는 전체적으로 소설에 깃든 원망과 체념의 감정이 점점 희망적으로 변하는 것 같은 느낌을 준다. 과거와 현재 시점의 서사이지만 담긴 메시지는 미래로 향하고 있다. 간혹 몇몇 주인공들이 부정적인 미래 완료로 단정짓지만 마지막에는 앞으로의 희망을 품고 미래 진행으로 나아간다. 베르타의 말처럼 '각자의 계절을 나려면 각각의 힘이 드는 법'이다. 그리고 제 위치가 있지만 또 다 함께 모여 사는 것이 세상살이다.

내 하루와 삶을 열심히 살다 보면 만나게 되는 인연들에게 좋은 영향을 주기도 받기도 하며 희망의 씨앗을 뿌리게 될 것이다. 그러면 희망의 씨앗은 각각의 계절을 맞이하여 저마다 새싹을 틔우게 될 것이다. 오늘은 먼 훗날 좋은 날로 기억되길 바라며 후회 없이 최선을 다해 살아보고자 한다. 빈칸을 차근차근 채워나가는 기쁨을 느꼈던 '정원'처럼. 가슴 아픈 딸과 인연의 실을 꼬아 단단한 밧줄로 만들고자 하는 '반희'처럼. 제철이 아니지만 먹고 싶어 하는 친구를 위해 수박을 사주는 '경서'처럼 말이다.

어린 시절, 친하게 지냈던 친구들이 하나 둘, 멀리 전학을 가게 되면서 거기 가서도 꼭 연락을 주고받자고 하던 때가 있었다. 지금은 자연스럽게 멀어지면서 얼굴도 목소리도 가물가물하다. 누군가를 통해 소식을 전해 듣거나, 개인적으로 연락이 닿아서 만나게 되면 그 잠시의 기억은 미화되고 신기함과 반가움으로 변한다. 같은 교복을 입고 한 교실에서 같이 공부했던 친구들이 졸업 후엔 하나 둘 저만의 길을 걷는다. 누구는 이미 결혼해서 자녀를 두었다. 누구는 박사 학위를 준비 중이며 누구는 어엿한 회사의 직장인이다. 어떤 친구는 아직 취업 준비 중이며 다른 친구는 자유로이 예술 활동을 한다.

그 안에서 어쩌면 나 자신을 그들과 비교하고 조급해했는지도 모른다. '당시에 만약 다르게 선택했다면?', '그때 좀 더 노력할걸', '그 사람을 만나지 말걸' 하며 과거를 후회하고 그 안에 갇혀 내 스스로를 갉아먹었던 시간들이 부끄럽게 다가온다. 공부도 일도 사랑도 인간관계도 뭐 하나 제대로 이룬 게 없는 것 같아 나 자신을 한심하게 여긴 순간들이 무수히 많다. 현재 내가 잘하고 있는 게 맞는지 불안과 의구심을 품고 지냈다. 나는 아직 어둡고 추운 겨울인데 왜 저 친구는 줄곧 눈부시고 따뜻한 봄일까 남의 계절을 부러워만 했던 어리석은 시간들….

우리는 과거를 떠올리며 후회하는 경우가 종종 발생한다. 마리아와 함께 태극기를 팔았던 베르타가 자신의 눈을 찔렀던 양산이 싸구려가 아니고, 마리아의 구취가 진통제 부작용으로 인한 구토 때문이 아니라는 걸 알았다면 뭔가 달라지지 않았을까 하는 후회를 한다. 그 대목을 곱씹으면 시간이 지나고 나서야 이해되는, 그리고 후회하는 순간을 맞이하는 나 자신이 나타난다. '왜 하필 이런 일이 나에게 일어났을까?'하는 후회와 내 주변 상황과 인연을 원망을 했던 나날들. 가만히 내 길을 걷고 있는데 얼굴도 모르는 누군가가 내 발을 걸어 넘어트린 것 같은 슬픈 억울함. 인생의 길은 한 치 앞도 내다볼 수 없고, 억울하고 답답한 상황이 교통사고처럼 느닷없이 찾아오는 순간들이 있다. 그렇다고 넘어진 채로 엎어져 있을 수만은 없지 않은가. 계속 울고만 있을 순 없다. 그럴 땐 '나는 그럼 이제'하고 생각하며 일어나 더러워진 옷을 툭툭 털어보자. 그리고 다시 내 길을 걷는 거다.

그럼에도 불구하고 살아가게 하는 힘은 나 자신과 내 곁의 사람들 그리고 꿈과 희망이 있기 때문이다. 잃어버리지 않기 위해 부단히 노력해야 한다. 각자 지난날들에서 마주했던 사람들 덕분에 감사했다고 기억하는 날이 올 거라 믿는다. 그리고 먼 훗날 웃으면서 내 인생이 부끄러움 없이 행복했다고, 참 열심히 살아왔다고 말하는 날이 오길 바란다.

인물 외에도 등장하는 여러 동물은 회피와 무력감을 지닌 그들에게 관찰의 대상으로 등장한다. 뒤집혀 버둥거리는 숙소의 사슴벌레, '나'의 통증에 비유된 격렬하게 바르작거리는 풍뎅이. 머리 윗부분 절반이 투명한 물고기, 학대를 피해 도망치던 새끼강아지들이 그렇다. 지금의 나는 어디에 있고 어떻게 만들어졌는지에 대한 고민이 드는 매개체이다. 문을 잘못 들어갔더라도. 몸이 꼼짝없이 뒤집혔더라도, 누군가 날 위협하고 공격하더라도 어떻게 '든' 살아남으려 힘을 내자. 발버둥 치는 사슴벌레와 풍뎅이처럼. 울며 도망가는 새끼강아지처럼. 자신을 보호하기 위해

뇌를 젤리화 시킨 물고기처럼. 다시 원래대로 몸을 뒤집어 하늘을 날고, 깊은 물을 여유롭게 헤엄치는, 숲속을 뛰어노는 그런 삶을 살아내길 바란다.

이미 과거의 고통은 일어났고 그것을 바꿀 순 없다. 그러나 그 고통을 지금까지 끌고 온 것은 지금의 내가 만든 결과다. 이제 그 번뇌를 놓아주는 것은 나 자신만이 할 수 있다. 과거에 얽매이지 말고 지금 여기에 있는 내 현실을 오롯이 받아들이고 미래를 마주하자. 앞으로 다가올 기회와 인연을 내가 스스로 선택하고 잡아보는 것이다. 내 삶에서 도망치지 말고 앞으로도 긍정적이고 능동적으로 세상과 마주하자. 따뜻한 햇살처럼 나 자신을 사랑하고, 선선한 바람처럼 내 주변 사람들을 소중히 여기다 보면 각각의 계절에 인연이란 새싹을 틔워낼 수 있을 것이다. 그리고 운명 같은 세상이 꽃피워지길 바란다.

올여름 할 일
– 김연수 『너무나 많은 여름이』를 읽고

백연아

1

"아침에 깨어보니, 공책에는 다음과 같은 문장이 적혀 있었다.

잘못된 선택은 없다. 잘못 일어나는 일도 없다.

나는 이 말과 아우구스티누스의 지침 사이에 '그러므로'라는 접속사를 넣어 연결해 보았다.

잘못된 선택은 없다. 잘못 일어나는 일도 없다. '그러므로' 사랑하라. 그리고 그대가 좋아하는 것을 하라."

위 문장을 여러 번 곱씹어 읽다가 '정말로 잘못된 선택과 잘못 일어나는 일이 없을까?' 하는 궁금증이 들었다. 여러 사건을 떠올리며 곰곰이 생각해 보았다. 세월호 참사, 이태원 참사, 버닝썬 사태 등 많은 잘못된 일들이 머릿속에 떠올랐다. 그러자 그대로 받아들이기 어렵겠다는 생각이 들었고, 나는 소설 속 문장을 다음과 같이 바꾸어 보았다.

"잘못된 선택은 있다. 잘못 일어나는 일도 있다. '그렇지만' 사랑하라. 그리고 그대가 좋아하는 것을 하라."

'없다'가 '있다'로, '그러므로'가 '그렇지만'으로 바뀌었다. 이렇게 고쳐 읽는 것이 내가 삶을 바라보는 시선과 더 흡사하게 느껴졌다. 유토피아보다는 디스토피아로 설명하는 것이 더 어울리는 사회.

2

그러나 나는 소설의 문장이 좋았다. 그대로 받아들이기 어렵다고 생각했는데 왜 좋을까 고민하다 화자가 공책에 문장을 적은 시점을 다시 떠올렸다. '아침에 깨어서 보니'라고 말한 그 아침은 의사가 엄마의 임종의 밤이라 말했던 그 밤을 무사히 넘긴 다음 날이었다. 얼마나 감사하고 다행인 아침이었을까. 그러자 문장이 온전해졌다. 삶을 바라보는 시선이 바뀌는 데 있어서 가까운 누군가의 탄생과 죽음은 아주 큰 영향을 끼친다. 화자는 2009년 여름, 자신의 아이를 먼저 보냈고 2020년 봄에 엄마를 떠나보냈다. 두 번의 이별이 그를 염세적으로 만들 법도 한데 오히려 "오직 모를 뿐일지라도 아무것도 잘못된 것은 없으니 지금 여기에서 평화로운 사람이 된다는 것. 그것은 이 세상에 남아 계속 살아갈 나에게 준 엄마의 마지막 선물이었다."고 말한다.

3

'잘못된 선택은 없다'는 문장을 온전히 긍정으로 받아들이기에 가능한 말. 소설 제목의 '너무나 많은 여름'은 결국 계속 살아갈 당신들의 다가올 날들이라는 것. '그래도 괜찮아'와 같은 위로의 날씨. 불운해도 결코 불행하지 않다고 말할 수 있는 용기. 나는 그의 이런 시선이 따뜻했고 부러웠고 감탄스러웠다. 그러나 아마 화자의 이런 태도는 한순간에 만들어진 것이 아닐 것이라 짐작한다. 그가 "나를 잃어버린 듯한 기분이 자주 들었는데, 어쩐지 그건 모든 것을 잃어버린 듯한 기분이었다. 의지할 만한 것은 독서뿐이었다. 그럴 때면 늘 그랬듯이.”라며 지금 내가 가진 마음을 정확하게 꿰뚫는 듯한 이야기를 했던 것을 보면 말이다. 그러면서 그는 소로의 『월든』을 자주 등장시킨다.

“어제 보스턴으로 갔다. 『월든』이 출간되었다. 딱총나무에 물과일이 맺혔다.”는 소로의 문장에 그는 “『월든』 같은 명저를 펴낸 날도 딱총나무에 물과일이 맺힌 날로 기억할 수 있다는 게 소로가 가진 크나큰 힘이다. (…) 무소유란 어떤 의미에서는 자연을 다 가진다는 뜻이기도 하다.”며 “돌보는 사람에게 이 세계는 딱총나무에 물과일이 맺히는 것과 같은 놀라움으로 가득한 곳이다. 이 세계가 그런 곳이라면, 나를 잃어버리는 일이 모든 것을 잃어버리는 일과 같을 수는 없었다.”고 답한다.

어떤 날엔 미야노와 이소노가 주고받은 편지를 읽는다. 그는 미야노가 “나는 불행한가? 불운하지만 불행하지는 않다.”라고 자문자답하는 글에 “‘살아간다’는 건 우연을 내 인생의 이야기 속으로 녹여내는 일일지도 모르겠다. (…) ‘나는 누구인가?’라는 물음에 어떻게 대답하느냐에 따라 행운과 불운이 그 모습을 달리하는 게 인간의 우연한 삶이다(…). 우연을 ‘나’의 인생으로 녹여낼 수 있는 사람은 모든 우연에서 새로운 시작을 발견한다.”고 적었다.

4

이 글을 쓰는 동안 나보다 어린 친구의 나의 아버지보다 젊은 아버지가 돌아가셨다. 몇 해 전 여름엔 사촌 오빠가 갑작스레 세상을 떠났고 그보다 더 지난여름에 할아버지가 돌아가셨다. 지금까지 나는 이미 지나가 버린 죽음을 지켜 보는 입장에서 남아있는 여름을 상당히 이질적으로 느껴왔다. 변함없이 살아있는 중인데도 불구하고 언젠가 나도 죽은 이의 바로 옆에 선 자 혹은 죽은 자가 된다는 사실을 상상하면 지금 살아있다는 것 자체가 새삼 무서웠다. 사촌 오빠가 세상을 떠났을 땐 나와 가족들은 이토록 슬픈데 그 밖의 세상은 아무 일 없다는 듯 흘러가는 것이 야속하게 느껴졌고 그보다 조금 먼 관계의 누군가가 세상을 떠났다는 소식을 들었을 땐 내가 아무렇지 않게 밥을 먹고 하던 일을 한다는 것이 문득 미안하게 느껴졌다.

5

우연하게도 여름이 죽음과 함께 각인되어 있는 나에게 『너무나 많은 여름이』는 우연에서 새로운 시작을 발견하듯 다른 여름을 선물했다. 소로가 『월든』의 출간일에 딱총나무에 물과일이 맺혔다고 기록한 것과 같이 '죽음'에 방점이 찍히는 여름이 아니라 죽음 이후에도 이어지는 여름, '그렇지만'이 아니라 '그러므로' 살아가는 여름을.

6

어느 날, 나조차 나를 감당할 수 없는 더운 날이었다. 마음도 몸도 지쳐버렸고 날씨는 찝찝했다. 타인을 이해하거나 배려하고 싶은 마음이 전혀 들지 않는 짜증 나는 그런 날이었다.' 누구라도 날 건드리면 당장 물어버릴 테야!'와 같은 태도로 하루를 보내다 아무도 나를 건드리지 않는 바람에 도저히 어찌할 수 없어서 모든 짜증과 화를 빈 문서에 풀고 있었다. 그러다 새벽에 화장실 문 앞에 선 순간 나는 들어가지 못하고 그대로 굳어 있을 수밖에 없었다. 내 새끼손가락 길이만 한 크기의 바퀴벌레와 마주쳤기 때문이다. 벌레, 특히 바퀴벌레를 극도로 무서워하는 나는 아직 잠들지 않은 동생에게 온갖 찡그린 주름과 울 것 같은 목소리로 도움을 요청했다.

동생도 못지않게 바퀴벌레를 무서워했지만 용감한 구석이 있었기 때문에 겁을 내면서도 도와주러 왔다. 그러나 쉽사리 다가가진 못했고 식은땀을 흘리며 한창 바퀴벌레와 눈싸움을 하고 있었는데 자다 깬 엄마가 구세주처럼 화장실 문 앞으로 왔다. 단숨에 바퀴벌레는 회오리치는 변기 속으로 영원히 사라졌고 엄마는 화장실을 다녀온 후 시크하게 다시 자러 들어갔다.

나와 동생은 안도의 한숨을 크게 내쉬며 서로의 얼굴을 보았다. 우리는 엄마에게 고마워하며 머쓱하게 웃었다. 그리고 다시 노트북 앞으로 돌아온 나는 하루종일 견디던 화와 짜증이 순식간에 사라진 것을 느꼈다. 뭐 때문에 이렇게까지 24시간을 짜증에 허비했나 하는 생각에 허무했고 웃음이 났다. 비록 바퀴벌레는 '죽음'으로 끝났지만 나와 가족은 죽음 이후에도 이어지는 여름을 살아가고 있는 것으로 연장된 어느 날의 기록. 고작 바퀴벌레 하나에 여러 마음이 들고 세상을 보는 온도가 따뜻해질 수 있다는 사실이 우습기도 놀랍기도 했다.

7
마음먹기에 달렸다는 흔한 말이 조금 낭만적으로 바뀌었으면 좋겠단 생각이 든다. 누군가를 질책하거나 비난하기 위한 것이 아닌 당신의 다가올 여름 옆에 있어주겠단 따뜻함으로. 엄마가 아이에게 정성스레 음식을 떠먹여 주듯 마음을 떠먹여 주는 것이 '마음먹기에 달렸다'는 말을 하는 사람의 태도라고.

김경인 시인은 「여름의 할일」이라는 시에서 "올여름의 할 일은 모르는 사람의 그늘을 읽는 일" 이라 말한 적이 있다.

.

.

.

2024

올여름의 할 일은 당신의 그늘을 읽고 사랑하는 것.

잘못된 선택은 없다. 잘못 일어나는 일도 없다. '그러므로' 사랑하라. 그리고 그대가 좋아하는 것을 하라."

슬픔, 그 너머에서 찾은 삶의 의미

– 이유리 『좋은 곳에서 만나요』를 읽고

유강현

언제부턴가 습관처럼 달력을 확인한다. 하루가 가고 나면 작은 네모 칸에 빗금을 긋고, 계절이 바뀌면 몇 장을 떼어낸다. 무심하게 살고 있다고 생각했는데, 속도를 더해가며 육체가 늙어가는 것과 생각이 깊어지는 것은 반비례였다. 점점 오고 가는 것들에 대해 예민해진다. 계절이 짧아졌다 길어지고, 사람들이 내게 다가왔다 멀어져간다. 어디쯤 와 있는지, 어디로 가고 있는지 혼란스럽다. 속도를 가늠하는데 유용한 도구이긴 하지만 아쉽게도 달력은 나침반이 되어주지 못한다.

방향을 모색하기 위해서는 책이 유용하다. 종류를 가리지 않고 읽다가 시간의 유한함을 깨닫고는 그마저 골라 읽어야 한다. 내가 지구상에 존재하는 짧은 시간 동안 모든 책을 읽는 건 불가능하기에, 많은 사람들이 서평을 남겨놓은 것부터 찾아본다. 현명한 선택이라고 하긴 힘들겠지만 어느 정도 값어치를 한다. 나 역시 동시대를 살아가는 소시민이고 사회 안에서 삶을 영위하는 사람이므로, 보통의 감각은 중요하다.

바쁜 일상에 잠깐의 여유가 필요함을 느꼈을 때, 이유리 작가의 『좋은 곳에서 만나요』를 만났다. 그녀의 책을 읽고 나서 스페인 속담이 떠올랐다. '나무 한 그루를 심고, 아이 하나를 낳고, 책 한 권을 썼다면 괜찮은 인생이다.' 그녀가 이 격언을 알고 있는지는 모르지만, 최소한 나쁘지 않은 인생을 살고 있을 것임은 분명하다는 생각이 들었다. 나 또한 글을 잘 쓸 재주는 없지만 책을 가까이하고 있으니, 괜찮은 삶을 살고 있는 것 같다.

『좋은 곳에서 만나요』는 일견 죽음을 주제로 한 작품이라고 볼 수 있으나, 오히려 죽음을 통해 진정한 삶의 의미를 찾아가는 이야기라고 봄이 타당하다. 불의의 사고나 자살 등으로 인해 갑작스레 유령이 된 인물들이 죽음 후에서야 자신의 삶에 '사랑'이란 의미가 있었음을 깨닫게 되기 때문이다. 조금씩 이야기 속으로 몰입해가며 등장인물들의 서사를 따라가노라면 작품 속에서 죽음보다 삶의 향기가 진하게 풍겨 옮을 부인할 수 없었다. 생에 대한 애정을 품고 있는 작가의 시선이 따스했음도 한몫했지만, 연작소설이라는 구조는 우연히 스쳐 지나가는 이들이 서로의 삶과 죽음에 연관되어있음을 드러내는 데 효과적이었다.

작중의 인물들은 갑작스레 생의 마침표를 찍어야 하는 입장에 처해 당황하지만, 결국 자신들의 최후를 담담히 받아들인다. 그리고 세상에서의 마지막을 슬퍼하기보다 남겨질 사람들을 걱정한다. 그들의 죽음이 끝이 아닌 시작으로서의 의미를 가지는 부분은 바로 이 지점이다. 떠난 자들과 남은 자들의 연대. 살아있는 자의 오늘이 죽은 자가 그토록 원하던 내일이었다는 격언을 떠올리지 않더라도, 우리는 모두 보이지 않는 실로 연결돼있음이 이야기 속에서 자연스레 드러나기 때문이다. 가족, 친구, 연인들을 떠올리지 않더라도, 이 세상에서 살아가는 이상 우리는 서로에게 영향을 주고받으며 살아갈 수밖에 없다.

보려고 노력하지 않기에 보이지 않고, 느끼기를 거부하기에 느껴지지 않을 뿐, 인류가 지금까지 살아남을 수 있었던 이유는 먼저 떠난 이들이 남은 자들을 위해 좀 더 나은 세상을 만들어내려 노력해왔기 때문이 아닐까? 그들의 마지막이 누군가의 시작에 밑거름이 되지 못했다면, 어느 누군들 이 거친 세상에서 홀로 살아남아 있을 수 있었을까? 연대와, 그 연대로 인해 이어지는 수많은 인연들은 세상이 무너지지 않도록 굳건하게 지켜내는 그물망과 같다. 반대로 타인들의 아픔을 외면함은 스스로 연대를 끊어내는 행위와 다르지 않다. 다른 이들의 아픔에 무감각한 사회가 소멸의 길로 접어들 수밖에 없음은 당연한 일이다.

영원히 살 것처럼 오늘을 살지만 내일의 일을 알지 못하는 우리는, 쉬지 않고 숨 쉬고 있지만 지금 내뱉는 숨결이 내일 불어오는 바람 중의 하나가 될지도 모른다는 사실을 잊고 살아간다. 태어난 존재는 소멸이 운명이기에, 시작부터 죽음의 문턱을 넘어서고 있음에도 불구하고. 거리에서 마주치는 수많은 사람들 중 자신이 내일도 숨 쉬고 있을 것이라고 확신하는 이가 있다면, 그는 삶의 본질에 대해 완전히 무지하거나 초월한 자일 것이리라. 불확실한 것에 대한 믿음을 가지는 행위는 그 의미를 확실히 모르거나, 진위 여부보다는 믿는다는 사실 자체가 중요한 경우에만 가능할 테니까.

이야기 속에서의 '죽음'은 무심한 듯 흘러가는 서술 속에 묘사됨으로 인해 담담함으로 다가올 뿐, 여느 작품에서 활용되는 절정의 순간과는 거리가 멀었다. 그러나 그 무심함은, 유령으로 남아있던 존재들이 자신들의 삶에 사랑이란 의미가 있었다는 것을 깨닫고 '영원히' 소멸해가는 마지막 장면에서 눈부신 클라이맥스로 드러난다. 못나고 인정받지 못한 삶일지라도 그저 스쳐 지나가는 바람 같은 무의미가 아니라는 위로의 문장들은, 천천히 물 위로 흩어지는 따스한 봄비처럼 내 마음속 깊이 스며들었다.

책의 마지막 장을 덮으며 나는 파도 위에 지어놓은 모래성을 떠올렸다.

우리네 삶이란 파도가 들이치는 해변에 지어놓은 그것처럼 대책 없이 연약하기에. 작품 속 주인공들의 모습처럼, 혹은 젊은 나이에 세상을 떠나야만 했던 이들의 불행처럼, 가혹한 운명은 세찬 파도처럼 모든 것을 순식간에 앗아가 버린다. 어린 시절 바닷가에서 신나게 놀다 문득 뒤돌아보면 사라져버린 모래성처럼, 삶의 본질은 물거품 같은 허망함임을 받아들이는 것이 죽음을 대하는 유일한 해결책일까?

'영원으로 발길을 들여놓기 전에 가치 있는 삶을 살라.'고 누군가가 조언한 이유는 도무지 알 수 없는 미래와 엄혹한 운명 사이에 놓인 심연 우주를 보았기 때문일지도 모른다. 그러나 사람들이 소멸을 두려워하는 가장 큰 이유는 사랑하는 사람들과 함께 할 수 없다는 사실 때문이다. 반대로, 사랑으로 이어지는 순간 우리는 시공간을 초월해 어디서나 함께 할 수 있다. 삶과 죽음이 동전의 양면처럼 붙어있음을 깨닫는다면 죽음은 삶을 앞으로 나아가게 하는 추진력과 같다. 끝이 있음을 알기에 우리는 매순간 최선을 다해 살아가고, 불행을 밑거름 삼아 행복으로 한 걸음 더 가까이 다가갈 수 있지 않은가?

다행히도 우리는 무한한 불확실성 속에서 오로지 하나의 확실한 해답이 무엇인지 알고 있다. 지금 사랑한다고 말할 것. 지금 옆에 있는 이에게 최선을 다할 것. 사랑이야말로 불확실한 삶 속에서 우리에게 주어진 유일한 확신이다. 생이 죽음으로 한없이 수렴함이 자연의 법칙일지라도, 우리가 사랑을 선택하는 순간, 불투명한 유리 상자 안에서 초 단위로 불규칙하게 돌아가는 룰렛처럼 불확실한 생의 확률조차 1과 0 사이의 어딘가에 있게 되는 것이다. 완벽한 1이 아닐지언정 그것은 0이 아니다. 삶의 의미가 사랑이란 것을 깨닫는 순간 죽음은 무덤에서 부활하고, 낙담은 희망으로, 소멸은 재생으로 뒤바뀐다.

태산 같은 무게를 지닌 영웅의 삶이 아닌, 깃털처럼 가벼웠던 나의 삶도 누군가에게 조그마한 의미를 전해줄 수 있을지 궁금하다. 하루에도 수천 명이 태어나고 죽어가는 푸른 행성에서 한 생명의 소멸이 어떤 의미를 가지는 것인지 이제야 조금씩 깨닫고 있기에. 살아서 숨 쉬고 있다는 사실만으로도, 일면식이 없는 이들의 죽음에 슬픔과 연민을 느끼는 것은 내가 그와 같은 필멸의 존재이기 때문이다. 9번의 삶을 다 소진해가며 선인장을 찾아 헤매었던 고양이처럼, 나도 누군가를 진정 사랑할 수 있게 되길. 그로 인해 비루했던 내 삶조차 사랑할 수 있기를. 그리고 진정 내 삶에 의미를 깨닫게 되길.

먼 훗날, 혹은 가까운 날, 마지막 선택의 기로에 서게 되었을 때 죽음보다는 삶을 선택하리라. 의미 없는 바람들이 따스한 숨결이 되고 우리가 살아가야 할 오늘이 되도록. 천국도 지옥도 믿지 않지만, 하나의 문이 닫히면 어딘가에서 또 다른 문이 열린다고 믿기에. 안녕, 모두들 좋은 곳에서 다시 만나요.

조근조근 촘촘하게 마음을 잡아끄는 소설

– 김연수 『너무나 많은 여름이』를 읽고

이수현

우리나라에 코로나 첫 확진자가 생긴 것은 2020년 1월이다. 이후 서너 명으로 확진자가 늘기 시작하고, '격리'라는 단어와 '강한 전파력'이라는 단어에 '치명적'이라는 말이 붙기 시작할 때, 사촌 동생이 하늘로 돌아갔다는 청천벽력 같은 소식을 듣게 되었다. 너무나 갑작스러웠던 일이라 머리는 진공 상태가 되고, 몸은 허공에 떠 있는 듯했다. 지금도 그날을 떠올리면 이상하게도 '코로나가 생기고 얼마 안 돼서였지'부터가 생각의 시작이다. 게다가 부모님 두 분 모두 코로나 시기에 암 수술을 받으셨다. 그 시기 우리 가족은 물론 모든 사람에게 코로나는 힘겨웠다. 『너무나 많은 여름』이란 소설집의 대표작인 이 작품의 첫 장면 또한 코로나 상황이다. 어머니의 임종이 임박하다는 소식을 듣고 찾아간 병원, 입구가 철저하게 봉쇄된 입구에서 보호장구를 갖춘 직원과 마주했을 때, '지금은 아무도 못 들어갑니다.'란 말에도 입이 떨어지지 않아서 한참을 망설이다 사정을 이야기했던 그. 엉뚱하게도 어머니를 만나러 올라가는 엘리베이터 안에서 '왜 지금 나는 여기에 있는가?'라는 질문이 떠올랐고, 뭔가 쓰고 싶어진 마음이 이어져 활자화된 이야기다. 이 작품은 김연수 작가의 자전적 소설 같기도 하고 에세이 같기도 하다.

　하필이면 코로나19 시기에 그의 여든 어머니는 입원을 하셨고, 투병하다 돌아가셨다. 그 사이에서 그는 코로나 이전과는 확연히 달라진 삶의 방식의 끝이 어딘가를 막막해했다. 늘 거닐던 호수공원에 아름다운 봄이 찾아와도 결코 계절의 이름을 말할 수 없었고, 그 당시 우리 누구나가 그랬듯, 어쩐지 모든 것을 잃은 듯한 상실감에 빠져있었다. 그는 글을 쓰는 사람다운 방식으로 잃어버린 것들에 대한 보상을 '독서'에서 찾았고, 『월든』 속 '자연이 없었다면 온갖 희망을 잃어버리고 말았을 것'이라는 소로의 문장으로 치유를 받기도 했다. 소로의 일상과 통찰은 그의 일상에도 영향을 미쳤는데, 소설을 쓰던 어느 여름밤의 일화가 인상 깊었다. 글을 쓰던 새벽 세 시, 문득 호수공원에 수련이 피었는지가 궁금하여 책상을 박차고 깊은 밤 호수공원으로 나간다. 아무도 없을 것 같은 그 시간, 산책로를 따라 걷는 사람들에 대한 사연을 묻고 싶은 욕구를 누르며, 답을 찾을 수 없는 질문 앞에서 제멋대로 흘러간 생각을 펼치는장면은 세상에 대한 호기심과 궁금증으로 가득 찬 작가의 머릿속을 헤집어 보는 듯했다. 의도와 무관하게 생겼다가 사라지는 생각들에 대해 '스스로 맥박치며 움직이는 혈관이나 내장'과 같다란 표현은 너무나 절묘해서 무릎을 '탁' 치게 만들었다.

　그가 이렇게 감당하지 못할 만큼 마구 떠오르는 생각들을 촘촘하게 잡아채 가지고 놀던 모습은 내 어린 시절과도 오버랩된다. 푸세식 화장실에 쪼그려 앉아, 눈앞의 회색 벽면을 마주하며 '우리가 살고 있는 지구라는 것은 어떻게 만들어졌고, 수많은 풀과 나무와 동물들은 어떻게 생겨난 것일까?'를 궁금해했고, '사과라는 이름을 만든 최초의 사람은 누굴까?'라며 이름이 붙은 세상 만물의 존재가 신기했던 어린이였기 때문이다. 또한 그는 대학 시절에 길을 걷다가도 어떤 질문이 밑도 끝도 없이 떠올라, 그 자리에 서서 그 질문들을 공책에 받아적었다고도 한다. 받아적은 질문들이 되살아나서 문장이 되는 과정을 탁월하게 표현했는데, '되살아나는 질문들은 마중물처럼 어떤 문장들을 끌어온다. 나의 것인지, 타인의 것인지 불분명한 문장들을. 내 안에서 있던 이미지와 단어와 소리들을(…) 그것들은 내 안에서 서로 부딪히며 새로운 이미지와 단어와 소리를 만들어 낸다.'라는 문장은 정말이지 내적 환호를 지르게 했다. 자신의 생각 혹은 일상의 일들을 글로 옮겨본 사람들은 안다. 머리에 떠오른 장면들은 나만이 알 수 있는 일종의 숏폼 영상인데, 이것을 생생하게 글로 표현하려고 할 때의 어려움은 이루 말로 표현할 수가 없다. 그러나 때때로 내가 쓰고도 기특해지는 문장들을 보게 되면, 과연 이것이 나만의 문장인지, 누군가의 글에서 엿본 문장이 아닌지를 의심하게 되는 것이다. 어쨌든 단어와 단어들이 이어져 내가 의도했던 심상이 언어화되었을 때의 기쁨은 퍽 큰데, 몇 줄의 문장으로 그 과정을 절묘하게 표현해 경이롭게 느껴졌다.

김연수의 글은 이런 진지한 내용 속에도 반짝이며 등장하는 웃음 포인트들이 있다. 그가 처음 글을 쓰기 시작했을 때, 자신의 글에 대해 '이 놀라운 것들은 다 무엇인가?', '이 놀라운 것들은 다 무엇인가!'라는 감탄은 당당하고 의기양양한 귀여움이 느껴져 피식 웃음 짓게 했다. 또 '글은 내가 쓰는 것이 아니라 저절로 쓰여지는 것, 애를 쓰거나 노력할 필요가 없었다. 어떤 일이 일어나는지 지켜봤을 뿐이고, 그러자 새로운 페이지가 펼쳐지고 문장들이 이어졌다'라는 문장은 마치 신내림을 받은 듯 글이 너무나 잘 써지는 것을 이처럼 표현했는데, 재밌게도 그 반대의 상황이 이 소설집에 수록된 〈고작 한 뼘의 삶〉에 있다. 이 소설 또한 글을 쓰는 주인공의 이야기인데, 꿈속 헌책방에서 '제목만 있고 이름이 없는 책'에 자신의 이름만 쓰면 곧장 자기 소설이 된다는 장면이다. 글이 써지지 않을 때 꿈에서라도 글을 받고 싶은 절절함과 간절함의 승화가 아닐까 싶다.

작가는 글에 대한 이야기를 이어나가다, 다시 작품의 앞부분 엘리베이터를 타고 어머니를 찾아가는 장면으로 시선을 돌린다. 어머니의 죽음을 마주하게 될 순간에 떠오른 생각들 중, 특히 죽음의 선고에서 시작된 일본의 철학자 미야노 마키고와 인류학자 이소노 마호의 편지는 인상 깊다. 죽음을 앞둔 마지막 편지는 '시작'을 이야기하고 있다. 바로 이 뒷 내용은 죽음을 앞둔 엄마가 아닌 김천 평화동의 젊었던 엄마와의 추억에 자신과 딸 열무와의 추억을 덧대, 주고 주고 또 주는 부모 자식 간의 사랑에 대해 전개한다. 우연과 필연의 만남으로 시작된 대물림은 누군가 한 사람의 생이 끝난다고 해서 끝나지 않고, 새롭게 바통을 이어가게 되는 것 같다. 편지의 내용은 너무나 철학적이지만, 나는 작가가 그들의 편지 뒤에 그런 내용을 붙인 것에 대해 그렇게 해석하고 싶다.

소설 후반부에서는 나도 모르게 눈물이 났다. 어느 부분이 나의 감정을 건드렸나 싶어 잠시 멈추었다. 엄마와의 이별과 추억을 그려가는 장면이 너무나 담담해서 더 슬펐던 것 같다. 언젠가 김연수의 작품을 읽고 짧은 독후 기록을 남겼을 때, '잔잔하게 재밌고, 문장을 읽다가 문득 생각을 멈추게 하고, 다시 생각의 문을 열게 한다.'라고 썼었다. 작고 사소한 것을 그냥 지나치지 않고 골똘히 생각하여 세심한 문장으로 끌어내는 능력, 그 문장을 만난 독자들에게 따스한 공감과 사유의 시간을 선물하는 그 특유의 능력이 마냥 놀랍고 부럽다.

이 책은 여러 단품을 모은 소설집이다. 개인적으로 단편소설은 시동이 걸리다 마는 자동차 같아, 그리 좋아하는 장르는 아니다. 김연수 작가도 그랬나보다. '작가의 말'에서 낭독회를 하며 작가 스스로도 단편소설에 대한 생각이 바뀌었고, 낭독회를 하기에 적절하게 쓴 소설들이 모여 이 소설집이 만들어졌다고 한다. 낭독회를 찾아와 들어준 이들이 있어, 이 세상 속에서 소설을 쓰는 일의 의미를 알게 되었다고 말이다.

언젠가 김연수는 '사이에 있는 것들, 쉽게 바뀌는 것들, 덧없이 사라지는 것들이 여전히 내 마음을 잡아끈다. 내게도 꿈이라는 게 몇 개 있다. 그중 하나는 마음을 잡아끄는 그 절실함을 문장으로 옮기는 일'이라고 했다. 이 소설뿐만 아니라 이 소설집에 수록된 다른 작품에서도 그러한 그의 마음이 오롯이 느껴진다. 코로나 시기는 그야말로 겨울이었다. 다행히도 우리에게는 북풍한설을 잊게 해줄 '너무나 많은 여름'들이 기다리고 있다. 우리의 삶이 멈칫하는 순간, 여기 인용된 '사랑하라. 그리고 그대가 좋아하는 것을 하라.'라는 아이구스티누스의 말을 떠올리게 되길.

완벽하지 않아도 괜찮아
– 이지애 『완벽이 온다』를 읽고

권은영

부모가 없다. 형제자매가 없다. 배우자도 없다. 소설 『완벽이 온다』의 세 주인공은 이 세 가지가 없다. 깜깜한 밤하늘의 작은 별처럼, 황량한 너른 벌판의 여린 들꽃처럼 조금은 외로워 보이는 이들을 가리켜 우리는 '자립 준비 청년'이라고 부른다. 보다 정확한 사전적 의미로는 아동양육시설, 그룹홈, 가정위탁시설 등에서 생활하다가 만18세(원할 경우 만24세까지 연장가능)가 되면 시설에서 나와 홀로서기를 해야 하는 청년들을 뜻한다. 어느 날 주위를 둘러보니 다들 삼각형 혹은 사각형 어쩌면 그 이상의 다각형인데 나 홀로 도형이 아닌, 점의 형태로 생존해야 하다니. 그것도 자의가 아닌 타의에 의해. 다수의 타인이 소유한 대상을 본인은 가지지 못하였다? 그 사실을 인지했을 때 자신이 취할 수 있는 선택지는 두 가지다. 나는 그거 필요 없어 또는 나도 그거 갖고 싶어. 여기서 지칭하는 그거는 가족을 뜻한다. 서두에 언급했던 부모, 형제자매, 배우자 말이다.

이 책의 주인공인 막내 민서는 전자의 입장을 고수한다. 자신과 같은 점을 남기고 싶지 않기에 외딴섬처럼 고립을 자처한다. 반면 맏언니 해서는 후자의 입장이다. 점과 점이 만나 선을 이루고 새로운 점과 이어서 면을 형성하길 바란다. 소위 말하는 번듯한 가정을 꾸리길 원하는 것이다. 마지막으로 쌍둥이 솔은 붕괴 직전의 아치 같다. 영혼의 반쪽인 설을 하늘나라로 먼저 보낸 후 간신히 버티고는 있지만 그야말로 위태로워 보인다. 작은 별처럼, 여린 들꽃처럼 각자의 자리에서 고군분투하는 세 주인공. 그리 멀지도 그렇다고 가깝지도 않은 거리를 유지하며 살아가는 그녀들에게 완벽이 온다. 완벽은 맏언니 해서가 임신한 태아의 태명이다. 이름처럼 완벽한 가정에서 임신, 출산, 육아를 소원하는 마음으로 작명하였으나 완벽이 세상에 나오기도 전에 그 꿈은 깨져버렸다. 무책임한 완벽 아빠의 연락두절로 인해.

그런데 맏언니 해서가 꿈꾸었던 완벽한 가정은 어떠한 모습이었을까. 언뜻 머릿속에는 30평대 아파트에 중형차를 소유하고 있는 중산층 부부와 자녀로 이루어진 4인 가족의 이미지가 떠오른다. 나이가 차면 결혼해야지, 결혼했으면 애는 낳아야지, 하나는 아쉬우니 둘은 있어야지. 그렇게 다들 최소한 삼각형 더 나아가 사각형이 되기를 강요한다. 그런데 과연 도형이 점이나 선보다 우월하다고는 할 수 있나. 그렇다면 조부모와 손자녀 가정 또는 입양가정이나 딩크족은 완벽하지 못한 가정으로 치부해야 할까. 농경사회에서는 대가족을 이루며 살던 인간들이 현대사회에서는 핵가족으로 규모를 줄였고 최근에 들어서는 1인 가구까지 등장했다. 이처럼 시대의 변화에 따라 가족의 구성과 형태는 끊임없이 바뀌어왔으며 얼마든지 달라질 수 있다. 그러니까 애초부터 완벽한 가족이라는 정의 자체가 불완벽한 개념은 아닐는지.

홀로서기를 시작해야 하는 자립 준비 청년들을 위해 도움의 손길을 요청하는 내용의 광고를 접한 적이 있다. 넉넉하진 않겠지만 지자체 차원에서도 자립수당 명목으로 경제적 지원이 집행되고 있다고 들었다. 그들이 우리 사회의 일원으로 정착할 수 있도록 마땅히 제공되어야 할 재정이다. 생활비 부담을 덜어주는 방안은 그야말로 기본적인 최소한의 처사에 불과하다. 필요조건을 충족시켜 주는 것에 만족할 게 아니라 충분조건이 추가되어야 한다. 그것은 바로 정서적 연계. 자립 준비 청년들이 진정으로 바라는 건 어쩌면 심리적 안정감일지도 모르겠다. 이 사회와 단절된 점이 아닌, 이 사회를 잇는 선이 되고픈 마음이랄까. 그 선의 형태가 반드시 혈연 관계로 맺어지지 않아도 상관없다. 어차피 부부 사이도 무촌이 아니었던가. 친구든, 애인이든, 동료나 이웃이든 확실한 신뢰와 변함없는 애정을 기반으로 함께 생활한다면 든든한 끈으로 매듭지을 수 있다고 본다. 사실상 이 또한 가족의 의미와 무엇이 그리 크게 다르겠는가.

세 주인공들도 그렇게 서로 연결되고 싶었던 걸까. 피 한 방울 섞이지 않은 그녀들은 어떠한 사건을 기점으로 관계에 변화가 생긴다. 쌍둥이 솔이 피치 못할 사정으로 맏언니 해서와 막내 민서에게 돈을 빌렸다가 갚지 못할 상황에 처하자 미안한 마음에 목숨을 끊으려 했다. 다행히 자살은 미수에 그쳤고 이 일을 계기로 셋은 서로가 서로를 돌보기로 결심한다. 특히 고립된 섬을 자처하던 막내 민서는 큰 심경의 변화를 겪게 된다. 뿔뿔이 흩어져있던 점들을 연결해 도형을 만들어야겠다고 다짐한다. 맏언니 해서의 집에서 동거하는 방식으로 생활비를 보태고 가사일을 나누고 쌍둥이 솔을 돌보며 곧 있으면 태어날 완벽이를 위한 생활 환경을 꾸민다. 또 하나의 가족이 탄생하는 순간이다. 비록 혈연관계는 아니지만 신뢰와 애정을 바탕으로 한 경제 공동체를 꾸린 것이다. 새로운 가족이라… 물론 쉽지 않은 일이다. 허나 아예 불가능한 것도 아니다. 각자의 자리에서 자신의 몫에 해당하는 무게만큼 지탱하며 서로에게 의지가 되어주고자 한다면 얼마든지 가능하다고 생각한다. 마치 솥발처럼 말이다.

힘겹게 내딛는 세 개의 발은 이제 막 태어난 완벽이의 앞날도 든든하게 지켜줄 거라 믿어 의심치 않는다.

엄밀히 말하면 완벽이는 한부모 가정의 자녀이다. 어린이집이나 유치원에 다니기 시작하면서부터 아버지의 부재를 어렴풋이 느끼게 될 것이다. 입학식이나 졸업식 또는 어버이날 등 이벤트가 있는 날에는 더더욱 여실히 절감하게 될 테지. 다른 친구들에겐 있는 아빠가 자신에게는 없다는 사실을. "남들과 다른 까닭에 설명할 게 많은 인생은 피곤했다" 막내 민서의 말이다. 그렇다. 우리는 종종 다름을 인정하지 못하고 틀림으로 간주하는 우를 범한다. 그래서 다수와 다른 소수는 대체적으로 움츠려 들기 마련이고 다름을 내비치기 꺼려한다. 맏언니 해서도 그러하였다. 급기야 자신도 남들과 비슷하게끔 꾸며냈다. 그룹홈 출신이 아니라 평범한 집안에서 성장했다고. 왜 굳이 그런 거짓말까지 해야 하냐고 막내 민서는 반문했지만 맏언니 해서의 입장도 충분히 이해가 간다.

언젠가 동네 문화센터에 강좌를 들으러 간 적이 있었다. 때마침 시간적 여유가 있었고 평소에 관심 분야였던 글짓기 관련 강의라 설레는 마음을 안고 교실로 향했던 기억이 난다. 아무래도 일주일에 한 번 평일 오후에 열리는 수업이라 그런지 수강생들은 거의 전업주부들인 듯 했고 연령층은 오륙십 대로 보였다. 첫 시간 옆자리에 앉으신 아주머니께서 말을 걸어왔다. 몇 살이에요? 결혼은 했어요? 애는 있고? 갑작스러운 호구조사에 당혹스러움을 금치 못했다. 당시 나는 남편도 아이도 없이 나이 마흔을 조금 넘긴 독신 여성이었기 때문이다. 곤란한 질문에 대한 대답은 어색한 웃음으로 대신하며 불편한 상황을 무마시켰다. 사십 대 초반이라면 응당 며느리이자 부인이자 학부모일 거라고 지레짐작했을 터. 아주머니는 내가 본인과 비슷한 처지라고 넘겨짚었을 테고 공통분모를 찾으려는 노력의 일환으로 친근함을 장착해서 다가왔을 테지만 남들과는 조금 다른 나의 삶을 뭐라고 소개해야 할까. 막내 민서의 표현을 빌리자면 '설명하기에 피곤한 인생'이었다.

편치 않았던 첫 수업이 끝나고 두 번째 강의 시간이 돌아왔을 때 나는 결국 수강을 포기했다. 그토록 기대했던 글쓰기 관련 강의였는데도 말이다. 초면에 나의 가정사를 공개하기가 꺼려졌다. 이른 나이에 과부가 된 나의 상황을 털어놓기가 쉽지 않았다. 동정의 눈길을 마주할 자신이 없었기에 차라리 외면해 버렸다. 그 사건 이후로 한동안은 새로운 누군가를 만나는 일이 굉장히 힘들었다. 이를테면 트라우마 증상을 앓았다고나 할까. 그다음부터는 처음 만나는 자리에서 스스로를 돌싱이라고 소개했다. 사유는 흔하디흔한 성격 차이. 그러면 사람들의 반응은 한결같이 이러하였다. 아, 그랬구나. 요즘 세상에 이혼이 뭐 별건가! 덕분에 대수롭지 않게 상황을 모면할 수 있었다. 그렇다고 해서 사별 얘기를 끝까지 숨긴 건 아니었다. 추후에 어느 정도 사이가 가까워지면 적당한 기회를 봐서 전후 사정을 솔직히 밝혔다. 진실한 대화를 나눈 다음에는 상대방도 나의 입장을 헤아려 주었다. 물론 의도적으로 타인을 속인 건 분명 옳지 못한 일이다. 하지만 굳이 사별을 이혼으로 둔갑시키며 하얀 거짓말까지 하게 된 데에는 나름의 고충이 있었음을 이해해주기를 바랄 뿐이다. 소수를 바라보는 다수의 눈초리를 견딜 수 없었던 나였다.

없는 부모를 있다고 속인 맏언니 해서도 나의 심정과 마찬가지가 아니었을까 짐작해 본다. 부모 없이 자란 애라는 딱지가 붙게 되면 이후 전개될 장면은 어느 정도 예상이 가능한 시나리오다. 순간의 정적 그리고 뒤따라올 안쓰러움과 안타까움. 그 위에 덧씌워질 부정적인 선입견 또한 짐작 못 할 바도 아니다. 자립 준비 청년을 향해 쏟아지는 사회적 시선을 마주하고 싶지 않았던 맏언니 해서에게 일종의 자기방어 기제가 발현되었으리라. 그녀의 심리적 불안은 페르소나를 장착하게 했을 것으로 추측되며, 그녀가 꿈꾸는 이상향의 모습으로 보이게끔 연기하려 했을 테지. 가면 뒤에 숨겨진 맏언니 해서의 표정이 나의 얼굴과 크게 다르지 않을 듯하여 가엾기 그지없다. 다시 본문의 맨 앞 질문으로 돌아가 보자. 나는 가족 필요 없어 또는 나도 가족 갖고 싶어. 완벽이가 미래의 주인공이 되는 시대에도 이러한 물음이 유효할지 의문이다. 한때는 이혼이 손가락질 받던 적도 있었지만 이제는 더 이상 흠이 아닌 것처럼 지금은 비록 그룹홈의 자립 준비 청년이 특별한 케이스로 분류되지만 언젠간 이 또한 평범한 사례로 자리잡을 세상이 도래할 수도 있다. 피곤하게 설명하지 않아도 되는 인생의 범주에 속하게 되는 것이다. 이미 다양한 형태의 대안 가족이 등장한 21세기, 가족의 의미에 대한 재고의 논의가 전 사회적으로 대두되어야 할 시점이 아닐 수 없다. 끝으로 새롭게 보금자리를 꾸린 민서, 해서, 솔 그리고 완벽이에게 힘찬 응원의 박수를 보내며 그들의 앞날에 행복이 가득하길 바라는 마음으로 이 글을 마친다.

언니의 인생에서 가장 소중한 나의 사촌 동생에게

– 김선미 『비스킷』을 읽고

윤지희

　존재가 부서지는 경험을 통해 인간은 스스로에게 진실해진다. 나아가 자신에게 무엇도 숨기는 것이 없는 자는 비로소 삶에 절실해진다. 자신 안에 가득한 열정, 꿈, 희망을 감춘 채 살아가야만 하는 이들이 있다. 누군가의 눈에 가치 없는 인간으로 낙인찍힌 경험이 나를 짓누르다 보면 내가 나를 세상에 은폐하게 된다. 그렇게 하염없이 자신 속으로 침잠하는 도망자 신세가 되어 미래로부터 점점 달아나는 사이 나라는 인간은 희미해지고 만다. 주눅 든 채 자기 자신을 마주하지 못하는 이는 주변인의 시선을 피하고 세상의 눈길을 거부한다. 그늘진 상처 속에 꽁꽁 굳어버린 채 멈춰 있다. 누군가 얼음 땡 하고 자신을 깨워주길 간절히 기다리면서 말이다.

　『비스킷』은 쉽게 부서지며 조각나는 연약한 성질을 지닌 과자인 비스킷의 특성을 사람에게 대입시켜 풀어낸 소설이다. 삶이란 때론 마음이 산산조각나는 일임을, 부스러진 상처를 끌어안고 숨죽여 지내본 경험이 있는 이들은 안다. 그렇기에 소설 속에서 어떠한 연유로 자존감이 꺾여 존재감을 잃은 채 세상에서 소외되는 이들을 지칭하는 비스킷이라는 단어가 현실적으로 섬뜩하면서도 시큰하게 다가온다. 자의적 혹은 타의적으로 사회에서 투명인간 취급을 당하는 이들인'비스킷'의 존재를 예민한 청력으로 알아채는 능력을 지닌 주인공 제성은 정의감에 사로잡힌 인물이다. 약자라고 할 수 있는 비스킷들이 누군가에게 무시를 당하면 자신이 더 분해하며 대신 나서 복수라고 할 만한 행위를 한다.

'후련하고 통쾌하도다!'주인공이 나쁜 인물을 응징하는 모습을 영화나 소설 속에서 마주칠 때면 참 잘했다며 손뼉을 짝짝 쳐주고 싶은 마음이 솟아난다. 하지만 이 소설은 이런 일차원적인 감정이입에 경고를 날린다. 언제 생명을 잃을지 모르는 한 비스킷을 구하기 위해 애를 쓰다 친구를 다치게 한 사고를 친 제성은 정신 치료 센터에 강제로 입원하게 되고, 이곳에서도 비스킷을 반드시 살려야 한다는 사명감에 사로잡혀 탈출을 감행한다. 그리고 병원의 여사님과 박 간호사의 도움을 받는다. 다른 이들은 제성이 주장하는 비스킷을 상상의 산물이라고 무시하지만, 이 둘은 다르다. 사람들에게 왕따를 당해 자신들도 비스킷이었던 적이 있기 때문이다. 무사히 탈출한 제성에게 여사님은 악인이란 자신만 옳다고 여기는 사람이라고 말한다.

누군가를 대신해서 앙갚음을 한다는 명목으로 그동안 제성이 해왔던 크고 작은 복수는 사실 진정으로 비스킷들을 위한 것이 아니라, 영웅 심리에 취한 이기적인 행위일 수 있음을 알려주는 어른의 통찰이다. 왕따를 당하는 비스킷을 위한다며 소란을 일으켜 가해자들을 응징하는 보복이 일시적으로는 효과가 있을 수 있으나, 소외된 비스킷을 위한 진정한 해법은 그가 그런 환경 속에서도 스스로 존재에 대한 확신을 가질 수 있도록 해주는 일이다. 스스로에 대한 자신감을 잃지 않는 힘으로 그는 희미해지지 않으니까 말이다. 주위에서 아무리 없는 사람인 척 그를 무시해도 힘을 내어 꼭 해야 할 일을 포기하지 않는 사람이 되면 되는 것이다. 나를 무조건 봐달라는 존재감보다는 내가 힘을 내서 나의 자존감과 자신감을 부단히 지켜내는 게 먼저다.

일 년에 몇 번 볼 일 없는 친척이지만 좋지 않은 이야기가 들려오면 마음이 무겁다. 고등학생인 사촌 동생이 학교에서 왕따를 당해 학교를 그만두려 한다는 소식을 들었다. 친구 관계에 오죽 상처가 깊으면 그 어린 나이에 학교를 포기하고 싶다 하는지 속이 먹먹했다. 오랜만에 얼굴을 본 자리에서 역시나 아이의 표정이 내내 어두웠다. 일부러 옆에서 연예인이나 인기 드라마 이야기를 신나게 떠들어도 얼굴이 펴지질 않았다. 마음이 아팠다. 무슨 말을 해야 힘이 될까 싶어 속으로 수많은 말을 떠올렸다 밀어냈다 했다. 까짓거 친구들이 뭐라고 하든 힘을 내라는 말을 건네고 싶었지만, 그 자체로 아이의 얼굴이 수치스러움으로 붉어질 것 같았다. 잠시 학교 생각을 안 하게 해주는 게 도와주는 거라는 생각이 들어 목 안으로 삼킨 마음을 무겁게 안고 집으로 돌아왔다.

『비스킷』을 읽는 내내 사촌 동생이 떠올랐다. 그리고 여리고 착한 그 아이에게 이 책을 읽게 해주고 싶다는 생각이 들었다. 너 따위는 아무것도 아니라는 듯 무시하는 말과 행동을 하는 환경 속에서 아이는 비스킷이 된 듯한 기분이 들었을 것이다. 왜 세상에는 그렇게 남을 괴롭히는 못된 인간들이 있는지 따져 묻고 싶은 울분을 누른 채 우선 이 책을 차분하게 건네고 싶다. 주위 사람들 때문에 부서질 필요가 없다는 자존감을 이 책을 통해 넌지시 알려주고 싶다. 책 한 권으로 모든 상처가 씻은 듯 사라지고, 버티기 힘든 환경이 단숨에 해결되는 기적은 일어나지 않을 거라는 것을 안다. 하지만 제성이가 살려낸 마지막 비스킷이 외친 말이 아이의 마음에 저장되기를. 행여 친구들에게 안 좋은 소리를 듣게 되면 속으로라도 이렇게 힘차게 받아치기를.

'그런 나쁜 말은 하면 안 돼, 언니 오빠들은 내가 소중하댔어.'

'언니의 인생에서 가장 소중한 나의 사촌 동생에게'라고 책 표지를 넘기면 나오는 다홍색 별지에 이렇게 꾹꾹 눌러 적어 줘야겠다. 나와 일면식도 없는 누군가가 적은 소설이 때로는 소중한 이에게 보내는 아주 긴 편지가 된다는 것이 사무치게 감사한 밤이다.

유년의 오솔길을 따라 걷다가 직면한 불협화음

– 정장화 『꽃 피는 산골 교향곡』을 읽고

이애경

'우리 고향 집으로 가는 길은 꽃 피는 산골 풀숲에 두루마리 광목을 도르르 펴놓은 듯 조붓한 외길이었다.' 작가의 말을 읽고 작은 발로 타박타박 좁다란 오솔길을 걸어 일터에 간 엄마를 찾아가던 어린아이가 생각나 와락 반가움이 일었다.

유년 시절을 떠올리면 야트막한 동산으로 둘러싸인 수채화풍 시골 마을이 눈앞에 선하다. 유치원도 없던 시절, 나는 친구들과 놀다 배가 고프면 굽이굽이 굴곡진 오솔길을 따라 품앗이를 나간 엄마를 찾아가곤 했다. 적막한 산 밑 어둑한 나무 그늘 속을 지날 땐 '전설의 고향'에서 본 귀신이라도 나올까, 행여 험악한 산짐승이라도 튀어나올까 두려움으로 잔뜩 긴장해 움츠리곤 했지만, 이따금 들려오는 청아한 산새 소리, 사방에 널린 오디를 따먹으며 행복에도 젖었다. 깊은 산속, 비밀처럼 펼쳐진 밭이 눈에 띌 즈음 엄마 머리꼭지가 보이면 무사히 도착했다는 안도감과 반가움에 저절로 눈물이 글썽였다. 까맣게 물든 입술과 눈물 자국을 본 동네 아줌마들은 "배가 어지간히도 고팠나 보다." "엔간히도 무서웠나 보네." 놀리면서도 주섬주섬 새참을 챙겨주었다.

학교에 입학해서는 하교하자마자 책가방을 팽개치고 약속이라도 한 듯 친구들과 산으로 내달렸다. 봄이면 나물을 뜯으러 갔다가 산기슭에서 달래를 뭉텅이째 발견해 환호성을 지르고, 여름에는 숨이 차게 산에 올라 길섶에서 찔래, 삘기, 산딸기 등을 뜯어 먹으며 허기를 달랜 후 경사가 완만한 잡풀 속을 나뒹굴며 깔깔거렸다. 가을에는 지천으로 널린 풀과 나뭇가지를 모아 미술 준비물, 아궁이 땔감을 공짜로 챙겼다. 동산과 들판, 자연은 아이들의 안락한 놀이터이자 풍부한 감수성, 선한 마음을 자연스럽게 길러주는 인자한 스승이었다. 10년 남짓한 기간이었지만, 시골에서 보낸 어린 시절은 내 평생의 자양분이 되어 도시의 온갖 소음과 정신없는 일상에도 흔들리지 않게 지탱해 주는 인생의 그루터기가 되었다. 지금도 산골을 여행하다가 굴뚝에서 몽실몽실 피어오르는 연기를 볼 때면 아련한 그리움이 밀려온다.

그래서였을까? '꽃 피는 산골 교향곡'을 처음 접했을 때, 당연히 따뜻한 이웃들과 한가로운 시골 풍경과 잔잔한 평화가 연상되었다. 그러나, 무방비 상태로 책장을 넘기며 유쾌하게 웃던 나는 어느 순간 순진한 기대가 오산이었음을 깨닫게 된다. 아름답게 변주되던 산골 사람들의 삶은 탐욕스럽게 전진해 오는 세력에 휘둘려 서서히 불협화음을 내기 시작한다.

외래종에 치여 죽은 토종닭 '무녀리'의 죽음을 시작으로 작품의 배경이 된 산골 마을 대치골에는 서로 없어서는 안 될 관계로 얽힌 여러 인물이 주인공으로 등장한다. 베트남 출신 엄마 때문인지 말문이 늦게 터진 현태는 다행히 자상한 아버지를 두었다. 현태를 데리고 다니며 온갖 나무 이름과 풀이름을 조곤조곤 알려주는 선돌, 대답 없는 현태. 하지만 선돌은 낙담하지 않는다. 어쩌면 그리도 생소한 이름들을 많이도 아는지, 선돌은 여느 해박한 식물학자 못지않다. 선돌의 기다림과 헌신 덕분에 마침내 현태가 봇물 터지듯 말을 쏟아낼 때 박수라도 쳐 주고 싶었다. 선돌의 묵묵한 교수 방식은 아이 교육에 조바심 많은 요즘 부모들이 배워도 좋으리라.

마을마다 한 명쯤은 꼭 있을 것 같은 우직하고 순박한 노총각 석철과 다방 종업원 성자의 연애는 살며시 웃음 짓게 하지만, 농사를 몹시 싫어하는 성자와 절대 농사를 포기할 생각이 없는 석철의 간극은 너무나 멀다. 이들이 끝내 결별하리라는 것은 뻔한 이치다. 농촌 총각들이 어쩔 수 없이 외국 여자와 결혼해 다문화 가정을 이룰 수밖에 없는 까닭을 자연스럽게 보여준다.

현태가 고등학교 진학을 위해 도시로 나가야만 하는 장면에서는 농촌이 고령화될 수밖에 없는 이유가 확연히 드러난다. 고향에 남아있고 싶어도 학업을 위해 가족과 생이별해야 하는 현태와 달리 부농의 자식들은 일찌감치 땅을 팔아 농촌을 등지고 도시로 나간다. 도시로 나가 성공한 젊은이들이 농촌으로 다시 돌아올 리 없다. 이런 이유로 농촌 인구는 점점 줄고, 농촌에 표가 없다는 것을 진즉에 눈치챈 정치세력은 얼토당토않은 공약만 선거철에 반짝 쏟아냈다가 외면해 버린다. 농촌 사람들은 선거철 뜨내기 권력 집단에 잠깐 속아 그들을 지지하기도 하지만, 진심으로 농촌을 위한 정책은 아예 없거나 보여주기식이라 집행이 더디다. 이는 제13장 '공무집행 방해' 편에서 여실히 드러난다. 가뭄으로 말라가는 논바닥보다 농부들의 바싹 타들어 가는 마음이 더 안타까운 것은 이런 악순환 때문이다.

몇 년 전, 꿀벌이 점점 사라져간다는 뉴스를 접했다. 꿀벌이 사라진다는 건 다만 꿀을 얻지 못하는 간단한 문제가 아니다. 그들이 날아다니며 교접하던 꽃들이, 열매들이, 과일들이, 채소들이 사라지고, 생태계가 교란되어 결국 지구가 사라지는 것과 다름없다. 농작물을 위해 제초제와 살충제를 뿌려대니 살아남을 식물이, 곤충들이, 동물들이 있을 리 없다. 이는 결국 인간이 고스란히 받게 되는 천벌과도 같으니 자연 친화적 농법으로 꿀벌을 살리는 게 급선무라 하겠다.

대치골 사람들의 정신적 지주이자 작가의 분신같이 느껴지는 현태 할아버지, 돌배 영감 역시 아들 선돌이 마당의 잡초 제거를 위해 제초제를 뿌린 날, 공기 중에 떠다니는 농약 성분을 들이마시고 병원 신세를 지게 된다. 돌배 영감은 태어나면서부터 대치골 맞은 편에 있는 원골에서 머슴을 살았는데, 99칸 기와집을 가진 마님과 그의 아들에게 평생 잊지 못할 폭행과 모욕을 당했다. 특히, 돌배 영감은 아들이 어려서 마님에게 당한 수모를 한순간도 잊지 않고 있다. 부모의 경제력을 바탕으로 일찌감치 서울로 올라가 출세한 마님의 아들들은 국가 공무원과 건설회사 임원이 되어 또다시 돌배 영감을 괴롭힌다. 돌배 영감의 조상들이 묻힌 만덕산을 파헤쳐 태양광 사업을 하고, 열매도 열리지 않아 쓸모없는 '산밤나무'를 모조리 캐다 빈 땅에 심어 땅 투기를 하는 것이다. 만덕산은 이른 새벽 논에 물을 대러 갔다가 낭떠러지에서 실족사한 돌배 영감의 아들 선돌과 아들의 죽음을 견디지 못해 앓다가 뒤따라간 돌배 영감의 부인 복골댁이 묻혀 있는 곳이다. 자식과 부인을 앞세운 것도 서러운데, 그들이 묻힌 땅까지 파헤치니 돌배 영감이 과연 제정신일 수 있을까?

원골 사람들은 돈을 버는 족족 대치골 땅을 사들여 부동산 사업을 하고, 이 바람에 농지는 급격하게 줄어든다. 설상가상으로 정부에서 신설 도로를 내면서 돌배 영감의 농지마저 없어질 위기에 처한다. 원골 사람들과 마님의 땅 투기는 결국 대치골 사람들의 터전을 빼앗고, 시위대의 선두에 섰던 돌배 영감은 원골로 향하는 길에 들어선 마님과 대치하다가 여전히 자신을 머슴으로 대하는 마님에게 분노한다. 분노가 극에 달한 돌배 영감이 99칸 기와집에 불을 지르며 이야기는 막이 내린다. 돌배 영감의 가슴 깊은 곳에는 마님에게 차별당한 자식으로 인한 한 맺힘, 또는 인간 세상의 끝나지 않을 계급(계층) 의식에 대한 정의감이 깔려있었다!

책 후반으로 갈수록 쾌활하고 순박한 사람들과 대조되어 우리의 정든 고향을 집어삼키려는 권력 집단이 점령해 오는 작금의 세태를 적나라하게 보여준다. 숨 가쁘게 전개되는 이야기 속에서 첫 장을 넘기면서 기대했던 낭만은 차츰 옅어지고, 처참하게 드러나는 산골 마을의 절망적인 상황에 마음 아파진다. 우리는 안다. 마을을 지켜내려는 사람들의 끈질긴 고군분투에도 불구하고 이미 저울은 산골 마을의 붕괴 쪽으로 기울어진 가혹한 현실을.

너무나 생생하고 입체적인 인물들이라 흡사 실제 존재할 것 같은 대치골 사람들. 매 순간 자신에게 주어진 삶을 그저 열심히, 부지런히 살아낸 그들이 지금은 어떻게 지내고 있을지 궁금하기도 하다. 구수한 사투리로 서로의 안부를 묻고, 제 일처럼 앞장서서 마을 일을 도모했던 인정 많은 그들이 농촌을 점거하려는 자본 세력의 위압과 야욕의 무리에게 휘둘리지 않고 안녕하기를, 여전히 행복하기를 나는 단지 바랄 뿐이다. 그러나, 바람은 쉬 이뤄질 수 있을까? 우리의 복사꽃 피던 아름답고 다정한 고향은 과연 지켜질 수 있을까?

이 책은 삶의 마지막 무대를 고향에서 보내고 싶은 정치인들이, 권력자들이 먼저 읽었으면 좋겠다. 그리하여 고향을 지키고자 하는 정책들이 하루빨리 마련되어 실천되기를, 우리의 정든 고향이 끝끝내 남아있기를. 나의 유년 시절을 소환하고 향수를 자극한 '꽃 피는 산골 교향곡'. 대치골 사람들의 삶의 터전이 외부의 압력에 의해 더 이상 훼손되지 않기를, 평안히 돌아가 쉴 수 있는 넉넉한 엄마 품처럼 남아있기를 다시 한번 간절히 소망해 본다.

별일이 있어 보이는 이들에게 별일을 묻는 소설

– 이주란 『별일은 없고요?』를 읽고

최하늘

이 책에는 상실한 사람들이 주로 나온다. 가족이나 이웃의 죽음, 또는 그로부터 파생된 누군가의 부재. 어떤 이는 '나'를 잃어가고 자신의 설 자리마저 잃는다. 그러나 이야기는 여기서 국한되지 않는다. 흐른다. 마치 시간이 강물처럼 흘러 징검다리를 만나는 것처럼 부재로 얼룩진 일상은 또 다른 만남과 또 다른 위로를 선물한다.

이 소설집에서 마음에 들었던 문장이 있다. 「위해」라는 이야기에서 수현은 할머니에게 너를 위해서라며 조용히(없는 사람처럼) 살라고 듣는다. 어릴 적 수현은 잠자코 따랐지만 십대가 된 수현의 마음속은 이러했다.

'하지만 할머니는 바보. 수현이 다른 기억도 가지고 있다는 건 몰랐다. 많은 사람들이 수현의 불행을 빌 때도 그럼에도 불구하고 죽지는 않겠다 다짐할 때 도움을 주는 따뜻한 기억 하나가 있다는 걸. 자신을 안심시키는 이야기가 있다는 걸.'

인생을 버티는 힘은 어디서 날까. 죽음에 예속된 시간 아래 우리를 버틸 수 있게 만드는 것은 바로 따뜻한 기억 한 조각이다.

그것은 거창한 게 아니다. 그저 「어른」이야기 속에 나온 아줌마의 호박죽 같은 것이다. 이웃이 살아온 삶으로부터 나눠 받는 '무자비한 따뜻함'. 일상의 따스한 그 한 조각이 우리를 살게 한다.

나는 여기서 한 이야기를 중점적으로 볼까한다. 이 소설집의 제목이 되기도 한 소설, 「별일은 없고요?」.

이 소설은 갑작스레 일어난 아랫집 아저씨의 방화로부터 이야기가 시작된다. 화자 수연은 다행히 무사했지만 이를 통해 보이는 수연과 주변 인물과의 관계는 괜찮지가 않았다. 너무나 버석한 관계. 남자친구로 보이는 그는 화재사건으로 인해 무서워하는 수연을 달래기보다 친구 K에게 연락해보라고 한다. 수연은 며칠을 고통스러워하다 결국은 직장 동료에게 신세를 지고 만다. K도 안되었기 때문에.

여기 소설에서는 오해 아닌 오해들과 소통의 부재인가 싶은 내용들이 많이 나온다. 다시 말하자면 엇박자 같은. 불협화음과도 같다. 그러나 그럼에도 불구하고 작가는 '괜찮다'라고 말을 건네는 것 같다. 처음에는 회복에 대한 이야기인가 싶었지만 인생에 대해 말하고 있었다. 인생이라는 시간을 산다는 것. 그것은 엄청난 일이다. 그러나 또 다르게 보면 그리 별스럽지 않은 일. 엄청난 결심으로 기차를 타다가도 그냥 데이트를 하러 기차를 탈 수 있는 일. 그런 것이다.

수연은 도심에서 엄마가 있는 곳으로, 작가의 표현을 빌리자면 그야말로 부서져서 내려온다. 아랫집 화재 사건이 수연에게는 어떤 큰 계기가 되었음이 틀림없다. 그것은 인생의 어떤 계기일 것이다. 이 도심에서, 수

많은 사람이 오고 가고 떠나는 곳에서, 자신 또한 치매에 걸린 아랫집 아저씨와 다를 게 없는 인생이라고. 그렇기 때문에 사직서를 내고 '내려가기도 올라가기도 좋은 나라의 중앙에 위치한 역'으로, 십자가가 보이는, 엄마가 있는 곳으로 내려갔을 것이다. 나를 돌보기 위해서.

그 동네는 부서진 수연과 닮아 보인다. 동네 상점 몇 군데는 각자 저마다의 이유로 영업을 안 하고 있다. 진미짬뽕을 먹고 싶었는지 수연은 나중에 친구 K와 진미짬뽕을 먹으러 간다. 하지만 건강상의 이유로 쉰다고 붙인 종이가 바람에 날려 사라져 영업을 하는 줄 알고 오해한 것이었다. 그래서 그 둘은 또다시 뼈다귀해장국을 먹으러 간다.

인생이란 게 이런 게 아닐까 싶다. 진미짬뽕집이 영업을 하는 줄 알았던 것처럼, 수연이 그림을 그리는 걸 공장 사장이 글을 쓴다고 잘못 듣고, 또 부서졌기 때문에 퇴사한 일이 직장동료에겐 부러워 보이는 모양새처럼. 그렇게 늘 오해가 반복되고…. 하지만 그래서 공장 사장은 외국인 직원들에게 한국어를 가르쳐 달라고 수연에게 맡기게 되었고 퇴사로 인해 새로운 후임자가 오고 수연은 그림책을 만드는 시간을 가지게 되었다.

이렇게 인생은 무수한 오해들로 얼룩지고 반복되지만 그 안에서도 조금씩 걸음을 이어 나가고 있다. 때때로 어떤 단절은 우리를 무섭게 하고 아프게 하지만 끊어진 것이 아니라 조금씩 이어지고 있다.

수연은 작은 원룸에 엄마와 살며 조금씩 회복되어 간다. 아마 그 동네서 만난 새로운 만남들이 회복하는 데 도움을 주지 않았을까. 그렇다고 그 가운데 오해가 없다는 건 아니다. 혼자라면 오해가 없겠지만 누군가를 만나면 오해가 생기고 빚어진다. 불협화음이 자꾸 난다는 얘기다. 여기서 수연의 엄마와 외국인 직원과의 두 번의 대화가 퍽이나 인상 깊었다. 의사소통이 잘 안되어 보디랭귀지를 하며 닭을 다 먹었다는 이야기를 하는데 엄마와 외국인 직원 둘 다 결론은 '응. 괜찮다'였다. 만남들은 오해가 생기고 어떤 때는 불편을 감수해야 하는 것이다. 그렇지 않다면 싸움이 일어날 것이다. 그러나 그런 불편함은 작은 헤아림으로, 누군가를 이해하는 마음으로 넉넉히 넘어갈 수 있는 문제인 것이다. 유치원생 정도 수준의 말들과 때론 말하지 않아도 되는 어떤 침묵들이 인생을 지탱해 준다.

그래서 나는 이 장면이 좋았다. 철물점 주인 할아버지를 만나는 장면. 철물점 주인은 고독을 즐기고 싶다고 말하지만 옆 친구 할아버지가 사교적인 성격이라 불가능하다는 이야기. 그게 정말로 고독을 즐기고 싶은 건지 아닌지 속마음까지 확인할 길이 없고 친구 할아버지도 정말 사교적인 성격인지 말을 하지 않아 알 수 없지만 서로를 그렇게 있는 그대로 무던히 넘기는 장면이 보기 좋았다.

수연은 특별할 것 없는 일상을 산다. 엄마를 도울 때도 있고 외국인 직원들을 가르치고 함께 얘기하고. 친구 K와 재섭 씨도 만난다. 별다를 바 없지만 일상의 힘은 거대하다. 도심에서의 일상이 수연 자신의 설 자리를 잃어버리게 만들고 아랫집 아저씨의 방화가 도화선이 될 만큼 일상의 시간이 모이면 강력한 힘을 발휘한다. 그렇기 때문에 레몬생강청과 술을 담그는 일은 어찌 보면 특별하다. 그것은 시간을 들이는 일이다. 다음을 기약하는 것이다. 레몬과 생강, 설탕이 시간을 쌓아 그럴듯한 레몬생강청이 되고 사과와 술이 만나 멋진 사과주가 된다. 일상의 시간을 차곡차곡 모아야 청이 되고 술이 된다.

사람과의 만남도 그러하다. 누군가와 관계를 이어 나가는 건 혼자 발걸음을 옮겼다 멈췄다 하는 게 아니라 상대방을 헤아려 발걸음을 떼는 것이다. 불편함을 감수하면서 다음을 생각하는 것이다. 그러한 만남의 시간이 모여 점차 사랑으로, 따스한 기억의 조각들로 만들어져 간다.

어쩌면 이야기의 시발점이 된 아랫집 아저씨는 자신을 지탱해 줄 조각들을 잃어가고 있었던 건 아니었을지. 이렇게 생각하면 마음이 아프다.

마지막에 수연은 일상에서 만난 작은 메시지를 통해 다시 자신의 삶으로 걸어 들어간다.

이 소설집은 인생에 한 번 일어날까 말까 한 특별한 사건보다 일상에서 일어날법한 일, 또는 이미 누군가는 겪고 있을지도 모르는 일을 담담히 그려내고 있다. 그게 위로가 되는 까닭은 먼 이야기가 아니라 내 이야기 같고 내 일기장 같은 일이라서. '맞아. 나도 그런 일이 있었어.'라고 거들 수 있어서일까.

우리의 삶에서 만남과 헤어짐은 계속해서 반복될 것이다. 징검다리처럼 만나고 끊어지고 만나고 끊어지고. 마치 오선지에 음표를 새기듯 말이다. 시간이 지나면 아마 들을 수 있을 것이다. 한 음, 한 음들이 모여 결국엔 음악이 되었다는 것을.

소설 중 화자의 이름과 같은 친구가 있어 문득 그 친구를 떠올렸다. 사는 곳이 멀어져 자주 볼 수 없는 친구. 오늘은 그 친구에게 따뜻한 안부를 물어야겠다. '별일은 없고요?'라고 묻던 소설 속 그 누군가처럼 말이다.

나의 작은 야수를 소개합니다

– 김주혜 『작은 땅의 야수들』을 읽고

황은주

　당신의 야수는 누구입니까?

　작가 김주혜님의 야수는 외할아버지 김태희였고, 그는 김구 선생님과 독립운동을 했다. 그런 외할아버지의 역사를 전 세계에 보여주고 싶어 이 책을 썼다고 한다. 나의 야수는 남편 없이 5명의 어린 자식을 혼자 키워 낸 외할머니였다. 책을 덮는 순간 외할머니가 생각났다. 외할머니가 이 책의 주인공들처럼 같은 경험을 했다고 생각하니 책이 더 가깝게 다가왔다.

　『작은 땅의 야수들』의 시대적 배경은 1918년부터 1964년까지이다. 대한민국에서

　러시아까지 독립군의 활동을 따라가며 4부로 짜인 대서사시이다. 옥희, 연화, 월향, 정호, 한철은 대한제국이 무너져가던 시기에 태어나 일제강점기를 거치며 서로를 만나게 된다. 운명처럼 만난 그들은 격동의 시대에 적응하며 자신에게 주어진 운명을 따르고 때론 개척하며 포기하지 않는 삶을 살아낸다. 일제강점기 그들의 요동치는 삶을 보고 싶다면

빨리 읽어보시라. 그들의 일생을 따라가다 보면 내가 어떤 삶을 살아야 하는지 등불처럼 알려주는 책이다.

　책을 읽다 보면 역사적 사실로 가득한 장면들을 만나게 되고, 그들의 삶을 옆에서
　지켜보는 것 같은 현장감을 느낄 수 있다. 3.1 운동이 일어났던 장면이 가장 기억
　에 남는다. 탑골공원에서 독립선언서가 낭독된 후 "대한 독립 만세!"를 외치던 날품팔이 평범한 남자가 있었다. 일본 군대가 나타나자 평범했던 그는 오른손에 태극기를 들고 일본 군인을 향해 달렸다. 일본 장교 이토는 태극기를 들고 있는 그의 오른팔을 베어버렸다. 그럼에도 불구하고 그는 바닥에 떨어진 태극기를 다시 집어들었다. 이토는 그의 왼쪽 팔마저 베어버렸다. 두 팔을 잃은 그는 목쉰 소리로 "만세! 만세!" 울부짖었고 이토는 그의 등 중앙을 꿰뚫어 버렸다.
　그의 행동이 기폭제가 되어 공원에 모인 백성들, 기생들, 남학생들, 여학생들, 모든 군중은 한목소리로 만세를 불렀다. 이처럼 작은 땅의 야수들은 평범한 백성들이었다. 나라를 위해 무언가를 할 것 같지 않던 이런 평범한 사람들의 행동이 시발점이 되어 이 나라를 다시 세웠다. 이처럼 용감했던 작은 야수들은 내 머릿속에 각인되었다. 그리고 나의 외할머니를 떠오르게 만들었다. 또 다른 야수였던 조그마한 내 외할머니의 추억과 삶을 얘기하며 글을 써보고자 한다.

　외할머니는 1902년쯤에 태어나 1987년에 사망하셨다. 작은 땅의 야수들과 똑같은 시대를 살다 가셨다. 내가 기억하는 외할머니는 150cm 정도에 빼빼 마른 몸, ㄱ자로 구부러진 허리에 지팡이를 짚고 다니셨다. 백발

에 머리숱 없는 긴 머리를 은색 비녀를 이용하여 쪽을 지고 다니셨다. 언제나 한복을 입은 정갈한 차림이었다. 국민학교를 다니던 시절, 외할머니는 우리 집에 자주 오셨다. 나의 친정엄마를 도와주기 위해서라고 하셨다. 친정엄마는 1944년에 태어나 1965년에 결혼하셨다. 외할머니는 이 책의 1부~4부의 주인공이고, 친정엄마는 3부~4부의 주인공으로 삶을 보내셨다. 이 책은 평안도에서 경성을 거쳐 제주에 이르기까지 한반도 전체를 아우르며 이야기를 해 주지만, 나의 두 여인은 전북 고창군을 벗어나지 못했다. 두 여인은 그곳에서 인생의 ¾을 사셨다.

외할머니는 친정엄마를 뱃속에 품었을 때 남편을 잃었다. 아버지 죽임의 이유를 친정엄마는 기억하지 못했다. 남편 없이 5명의 어린 자식을 혼자 키울 수 없었던 외할머니는 고향 광주를 떠나 고창으로 이사를 하셨다. 외할머니도 소설 속 안옥희처럼 자신의 인생을 직접 선택하셨다. 옥희는 평양에서 은실이 운영하는 기생집으로 50원에 팔린다. 원치 않던 결혼을 피하기 위한 옥희의 선택이었다. 그곳에는 자기 또래의 월향, 연화가 있었다. 이 집에는 독립군들이 비밀리에 드나들었고 군자금도 이 집을 통해 보내졌다. 기생들이 나라를 위해 싸웠듯 외할머니도 가족을 위해 투쟁하셨다.

외할머니가 남편과 살아온 집을 버리고 고창으로 터전을 옮긴 이유는 자식들을 위한 선택이었다. 마치 월향이 딸 해숙을 위한 삶을 선택한 것과 같다. 월향의 딸 해숙이 누구인가? 해숙은 월향에게 불행의 씨앗이었다. 일본군 장군 하야시에게 성폭행을 당하고 낳은 아이가 해숙이었다. 하지만 월향은 자신의 운명을 받아들였다. 누구보다 해숙을 사랑했다. 자신의 행복은 딸 해숙과 함께 있는 시간이라는 것을 깨닫고 해숙을 위한 삶을 살아갔다.

　외할머니가 이사한 고창 심원에는 둘째 딸과 둘째 사위가 있었다. 5명의 자식과 나이 차이가 있던 첫째 딸과 둘째 딸은 이미 결혼한 상태였다. 그 중 둘째 딸은 결혼에 한 번 실패한, 가난하지 않았던 홀아비에게 시집을 갔다. 둘째 사위의 집은 제법 밥벌이가 되었다. 그래서 둘째 딸은 친정엄마와 어린 동생을 자기 집으로 불러들였다. 둘째 딸의 삶이 꼭 정호의 누나 같다. 정호의 아버지가 죽자 어린 자녀들은 살아남기 위해 동네 홀아비의 청혼을 받아들여야 했다. 홀아비는 정호를 뺀 어린 여동생만 돌보아줄 수 있다고 했다. 그래서 정호는 누나와 동생을 위해 경성으로 도망쳐서 거지 생활을 했다. 이 시기 보호자가 없는 어린이들의 삶은 처참했다. 성인이었던 외할머니도 둘째 사위의 눈칫밥을 평생 먹어야 했다.

　둘째 사위의 직업은 저수지 물 관리인이었다. 저수지의 소유주는 그 당시 삼양사라고 불리는 회사였다. 둘째 사위는 농번기가 되면 동네 사람들에게 저수지의 물길을 열어주고 돈을 받았다. 그리고 삼양사로부터 월급을 받았다. 둘째 사위에게 문간방을 얻은 외할머니는 5명의 자식과 한방에서 살았다. 마음 불편한 더부살이가 시작된 것이다. 자식들 밥을 굶기는 것보다 둘째 사위의 눈치가 낫다고 생각하셨으리라. 결과만 두고 보았을 때 외할머니의 선택은 옳았다. 5명의 자식 모두 죽지 않고 어른으로 성장했기 때문이다.

　고아가 된 남정호도 목숨을 부지하기 위해 거지 무리에 합류하고 동거를 시작했다. 그 시절 사회적으로 제일 약자의 위치에 있는 자들의 유일한 생존 수단이었으리라. 정호는 무리의 대장을 싸움으로 이기고 새로운 왕초가 됐다. 그리고 그들을 폭력, 굶주림, 추위로부터 지키고 먹여야 했다.

5명 자식의 입에 먹을 것을 넣어주어야 했던 외할머니는 밤낮으로 일하셨다. 고창 심원에는 바다가 있고 염전에서 소금을 만들었다. 삼양사라는 회사가 소금을 판매했으며 소금은 가마니에 담겼다. 외할머니는 삼양사에 가마니를 납품해 돈을 버셨다. 어린 친정엄마의 기억 속 외할머니는 지푸라기와 가마니가 전부였다. 외할머니는 밤새도록 새끼를 꼬셨다고 했다. 사계절 쉬지 않고 밤에도 자는 모습을 보지 못했다고 했다. 외할머니의 등은 소금 가마니를 만드느라 굽었고 빼빼 마르셨다.

외할머니가 한 집안의 가장이었듯 김한철 또한 몰락한 안동김씨 가문의 가장이었다. 한철이 인력거를 끌어 벌어온 돈으로 가족은 생명을 유지했다. 한철은 옥희와 깊은 사랑을 했지만 결혼하지 않았다. 어머님과 집안의 반대를 이겨낼 용기가 없었기 때문이다. 이러한 한철이 나는 비겁해 보였다. 하지만 마지막을 읽으며 작가가 왜 둘을 연결하지 않았는지 알게 되었다. 옥희의 운명의 상대는 한철이 아닌 정호였던 것이다.

외할머니의 굽은 등밥을 먹고 자란 5명의 자식들은 반듯한 성인으로 성장했다. 그리고 결혼을 하고 가정을 이뤄 대한민국의 1960년대를 발전시킨 세대가 되었다. 근현대사의 경제를 일으키는 주역이 된 것이다. 친정엄마의 집도 이 시절 초가지붕에서 슬레이트 지붕으로 바꾸셨다고 말하곤 하셨다. 그래서 친정어머니는 박정희 대통령을 지붕 고쳐준 사람으로 기억하고 계신다.

1960년대 독립운동가에겐 처절한 시대였다. 친일파들에게는 신분을 바꿀 기회가 되었다. 남정호와 미꾸라지. 김성수와 이명보. 대조되는 이들을 통해 대한민국의 현대사가 얼마나 엉망진창이었는지 알 수 있었다. 정호는 해방 후 국회의원이 되었다가 박정희 대통령의 정치범 체포 사건에 연루되어 사형을 당했다. 그의 죄는 반역죄, 간첩죄, 적과 내통한 이적죄, 반애국 사상을 유포한 죄였다. 죄를 인정하면 가석방을 시켜준다고 했지만 정호는 한반도의 호랑이답게 "저는 그런 죄를 짓지 않았습니다."라며 독립군답게 죽었다. 그의 친구 미꾸라지는 거짓을 사실인 것처럼 증언했다. '그냥 살아남기 위해 할 수 있는 일을 하는 거야.'라고 말하는 미꾸라지의 배신은 역겨웠다. 김성수는 친일 행적 재판 과정에서 자신을 보호하기 위해 "일본 경찰을 좋아하는 척 가장해야 했다. 일제 치하에서 일본인들과 우호적인 관계를 유지했던 모든 사람을 처벌한다면, 살아남을 사람이 누가 있겠습니까? 일본인들과 표면적으로 나누었던 우정은 의심을 피하기 위한 수단이었다."라고 말했다. 증거물로 3 · 1만세 운동 1만 장의 태극기를 찍어낸 인쇄용 목판을 제출해 애국자가 되었다. 성수와 반대의 삶을 살았던 정의로운 독립운동가 이명보는 성수가 애국자가 되던 해 공산주의자가 되어 죽었다. 현대사를 거치며 친일파가 애국자로 탈바꿈되는 기가 막히는 장면이었다. 친일파를 청산하지 못한 우리의 현실을 밀착하여 보여주는 장면들을 읽다보면 답답함과 쓸쓸함에 화가 치밀어 올랐다.

외할머니는 5명의 자식 중 1명을 먼저 떠나보냈다. 6 · 25전쟁에 징병되었다가 돌아가셨다. 친정엄마는 이때 돌아가신 큰오빠를 제일 그리워하셨다. 한철도 이 시기에 위기가 왔다. 6 · 25 전쟁 때 회사 전체가 전소되어 모든 것이 원점으로 돌아갔다. 하지만 한철은 포기하지 않았다.

재도전으로 대성공을 거둔 후 인터뷰하는 자리에서 그는 이렇게 말했다. '스스로 자기 자신을 믿으면, 결국 인생도 그 믿음을 따라 잘 풀려나가요.'라고. 50살을 살아보니 한철의 말에 고개가 끄덕여졌다. 나에 대한 믿음을 갖고 열심히 노력하다 보면 행운이 따르는 건 사실이었다. 한철처럼 노력하는 사람에게는 운도 실력이 되었다. 그는 최고의 부자이며 성공한 사람이 되었다.

　1965년 친정엄마는 외할머니가 짝지어 준 아버지와 혼례를 했다. 얼굴을 한 번도 본 적 없었다고 했다. 아버지는 외할머니에게 집과 돈이 있다고 거짓말을 했고 외할머니는 그 말을 믿었다고 했다. 찢어지게 가난했던 아버지는 부모님이 없었다. 아버지가 3살 무렵 모두 돌아가셨다고 했다. 혼례식 비용은 군대 월급을 모아서 할 수 있었다고 말했다. 믿어지지 않지만 사실이었다. 아버지는 지독히도 고집이 세고 독한 사람이었다. 혼례를 치르자 신부를 집으로 데리고 와야 했던 아버지는 차비가 없었다. 그래서 새색시인 친정엄마와 13km를 걸어서 왔다고 했다. 엄마는 13km를 걸어오며 도망을 가야 하나? 등의 무수히 많은 생각을 했다고 하는데 얼마나 그 길이 두려웠을까? 감히 상상이 가지 않는다. 1964년 경제개발로 성공의 기회를 잡은 한철은 자동차를 탔지만, 지극히 평범한 아빠는 차비조차 없어 새색시를 13km 걸어오게 했다. 시간은 두 사람에게 다르게 흘러갔다. 같은 시대를 살았지만 누구는 성공하고 누구는 아직 출발조차 하지 못했다. 삶은 모두에게 다르게 다가온다. 포기하지 않고 충실히 끈기 있게 살다 보면 희망과 운은 주어진다. 내 아버지도 결국 그랬다. 명심하자! 대한민국 근현대사에는 한철 같은 인생도 내 부모님 같은 인생도 존재했다는 것이다.

내 외할머니의 삶도 이렇게 글로 쓰고 보니 여러 가지 곡절과 시련이 많았다. 역동의 사회를 거치며 운명적 선택을 했고 승리하셨다. 역사의 한 부분을 채운 나의 외할머니에게 박수를 보내고 싶다. 외할머니도 주어진 운명을 받아들이고 변화하는 사회 환경에 적응하며 야수처럼 살다 가셨다. 내 외할머니도 책 속 주인공이 될 수 있다고 생각하니 역사는 위대한 인물에게만 해당되는 것이 아니라 내 외할머니 같은 조그맣고 연약한 사람도 주인공이 될 수 있겠다는 생각을 했다. 그리고 '외할머니의 역사도 모든 이들에게 감동을 주며 읽혀질 수 있겠구나.'라는 생각하며 이 글을 써 보았다. 여러분도 여러분의 야수가 누구인지 찾아보길 권해본다.

외할머니 덕분에 내가 지금 살아있고 2024년 선진국이 된 대한민국 국민의 일원으로 살아가고 있다. 외할머니처럼 희망을 잃지 않고 성실히 살아서, 작은 땅의 야수들의 위대함을 전해주고 싶다. 이 땅의 평범하고 작은 야수들이 주신 사랑에 고맙고 감사함을 전하며 글을 마친다.

대학부

불안에 대처하는 우리의 자세
– 김혜정 『아무도 불안하지 않다』를 읽고

홍진희(울산대학교 일반대학원)

나는 과거에도 불안했고 지금도 불안하다. 불안은 늘 나와 공존한다. 그래서인지 제5회 대한민국 소설독서대전 대상 도서 목록을 훑어보는데 『아무도 불안하지 않다』라는 제목이 유독 눈에 띄었다. 김혜정이라는 작가의 소설이었다.

불안이라는 단어와 확신에 찬 문장의 종결 사이에서 느껴지는 모순이, 작가가 우리에게 어떤 말을 해 줄 것인가 하는 궁금증을 자아냈다. 내가 가진 불안에서 벗어날 수 있는 방법을 말해주지는 않을까? 하지만 세상 누구도 불안으로부터 벗어날 수 없다. 불안은 사회 속에서 생겨나고 우리는 그 불안을 안고 살아간다. 예상하지 못한 사고, 가족, 인간, 죽음, 돈 등 불안을 야기하는 소재는 넘쳐난다. 사회에서 나라는 개인이 태어나는 순간부터 불안은 원하든 원하지 않든 우리의 마음 한편에 둥지를 튼다. 불안을 인식하느냐 인식하지 못하느냐의 차이가 있을 뿐이다.

나는 임용시험 합격이라는 목표만으로 20대를 보냈다. 시험에 대한 실패는 안정적이지 못한 벌이로 이어졌고, 나는 미래를 계획하거나 예상할 수 없었다. 불안이 함께하기 시작한 건 이때부터이다. 나의 불안은 안정적인 직장을 최고의 가치로 여기는 사회 분위기에 의해 만들어진 것으로 나 혼자만의 노력으로 해결될 수 없다. 사회 구조의 근본적 변화가 이루어질 때 가능하다. 그래서 나는 불안을 없애는 노력 대신 불안을 잊어버리는 연습을 했다. 미래가 아니라 현재에 집중하며 불안에서 빠져나온다. 이런 나에게 김혜정 작가의 소설집 제목은 나를 흔들기에 충분했다.

『아무도 불안하지 않다』의 작품 속 인물들도 불안을 갖고 살아간다. 나와 달리 「붉은 가시」의 이일환, 「세 번째 남자」의 주인공 '나'는 자신의 불안을 인식하지 못한다.

이일환은 사고로 딸을 잃었다. 아이를 떠나보낸 순간부터 안정적인 삶은 깨지고, 불안이 시작됐다. 이일환에게 딸의 부재는 감당해 낼 수 있는 범위를 벗어난 불안이다. 이것은 현실을 부정하는 도피의 형태로 나타났다. 그에게 딸은 죽은 것이 아니라 유학 중이다. 현실의 부정이 착각이라는 도피처를 만들었다. 불안은 의문을 갖게 하는 힘이 있는데 그에게서는 의문을 갖는 모습을 발견할 수 없다. 아래 인용문에서와 같이 화랑의 팸플릿에서 자신과 동일한 이름을 발견했을 때, 누드화 속 여성이 자기 아내임을 알아차렸을 때도 왜? 라는 의구심을 갖지 않는다.

화가의 이름을 보려고 팸플릿을 들추었다. 이일환! 나와 이름이 같았다. 무언가가 회오리를 일으키며 머릿속을 휘저었다. 유희준의 농간이 분명했다. 작자의 휴대전화에서는 받을 수 없다는 멘트만 계속되었다. 서둘러 화랑을 빠져나왔다(24p).

실내를 서성이다 사내의 방 앞에 선 순간, 머릿속이 하얘졌다. 낯익은 누드! 온몸의 피가 다 빠져나가는 느낌이었다.~ 비스듬히 누워 등을 구부린 채 무릎 사이로 얼굴을 묻고 있는 여자. 활처럼 휘어진 등허리의 곡선이며 길고 가느다란 팔 다리. 섹스 후에 아내는 그렇게 누워 있곤 했다. 대접 모양의 가슴과 잘록한 허리, 크고 탐스러운 엉덩이와 기다란 엄지발가락은 아내가 분명했다(33p).

일그러진 인지 방식으로 왜곡된 생각을 할 뿐이다. 이러한 모습을 통해 이일환이 자신의 불안을 인지하지 못했음을 알 수 있다. 현실을 지탱하게 하는 보통의 불안을 넘어선 불안의 과잉으로 인해 현실과 비현실의 구별이 불가능해졌다. 현실이라고 믿은 비현실의 상황을 용납할 수 없게 되자 이 상황을 부정해 버리고 자신을 나락으로 내몬다. 아래 인용문에서와 같이 그 결과 자아는 분열되고 분열된 자아는 이일환에게 더 이상 '내'가 아니다.

깡마른 몸에 좁은 어깨의 주인공은 전에 보았던 사내가 분명했다. ~ 거울 속에서 사내가 나를 흘끗 쳐다보았다(20p).

'내가 아닌 내'가 그린 아내의 누드화를 발견하고 분노를 터트린다. 일말의 의심도, 의문도 갖지 않은 채 눈 앞에 펼쳐진 상황을 받아들인다. 그 순간의 분노는 제어되지 못하고 삶을 파괴한다. 아래 인용문에서와 같이 분노의 감정은 전동 톱을 떠올리게 하고, 자기 팔에 돋아난 붉은 가시를 절단하며 그의 삶은 파괴된다. 안정이 깨짐으로써 생겨난 불안을 인지하지 못하고 그 불안으로 말미암은 자아의 분열은 결국 삶을 파괴하는 괴물을 탄생시킨 것이다.

마치 이 순간을 위해 준비된 것처럼 톱날이 번들거렸다. 거울 속에서 한 사내가 톱날을 바라보았다. 톱날에 왼팔을 대었다. 알 수 없는 그림자가 폐곡선을 그리며 나를 거세게 끌어당겼다. 한 줄기 빛이 사내의 정수리에 내리꽂혔다. 나는 가슴이 활짝 열리는 걸 느꼈다. 한 치의 빈틈도 없는 집중력으로 전동톱의 작동 버튼을 눌렀다. 짜릿한 쾌감이 온몸을 타고 흘렀다(36p).

「세 번째 남자」에 등장하는 '나'도 「붉은 가시」의 '이일환'과 다르지 않다. 첫 번째 남자에게서 가정 폭력을 당하고, 두 번째 남자와의 관계에서는 비정상적인 제자로 인해 결혼 생활이 순탄하지 않다. '나'는 안정을 잃어간다. 안정을 잃는 순간 불안은 시작된다. '나' 역시 불안을 인지하지 못한다. '나'는 불안의 과잉에 파묻혀 불안으로부터 자신이 경험하는 감정들의 실체를 인식하지 못하고 충동적으로 살아간다. 아래 인용문에서와 같이 주어진 상황에서 충동적 선택을 하고 그 선택들이 이어져 '나'의 삶이 완성된다. 불안을 인지하고 살아가는 존재에게 나타나는 반성, 후회, 계획 같은 것이 '나'에게는 존재하지 않는다. 일차적 감정의 충동이 남편을 죽이고, 이차적 감정의 충동은 죽음의 은폐를 시도한다.

남편의 이마와 입술에 키스했는데 남편의 목에 걸린 넥타이가 거치적거렸어. 그걸 풀어준다는 게 그만 조이고 말았어. 조금만, 조금만 더……남편은 애원하다시피 했어. 나는 그런 남편을 외면할 수 없었지. 넥타이를 조이면 조일수록 내 몸도 뜨거워졌어. 남편의 페니스도 논고랑의 살진 물뱀처럼 몸통을 세웠고. 놈이 비단뱀이 되는 것을 상상하는 사이 내 몸에도 물이 차올랐지. 남편이 버둥거리면서 그만하라고 소리쳤어. 나는 멈출 수 없었어. ～ 어느 순간 비단뱀이 축 늘어지는 거야. 나는 맥이 빠졌지만 그렇게 물러 설 수 없었어. 놈을 살살 구슬렸지. 아무리 구슬려도 놈을 일어설 생각을 하지 않더군(48~49p).

남편을 죽음으로 몰아가는 과정에서의 '나'는 「붉은 가시」의 이일환과 겹친다. 눈 앞의 현실을 부정하고, 왜곡하여 인지하는 것이다. '조금만, 조금만 더……'라는 '남편의 애원'은 '나'에 의한 표현이다. 목 조임을 당하는 남편의 허우적거림을 보고 남편의 감정을 자기식대로 읽어낸다. 그리고 그 순간 거울에 보이는 또 다른 자아를 발견한다. 분열된 자아는 '나'에게는 타자로 인식된다. 이는 아래 인용문에 나타난다.

> 내가 한 일을 낱낱이 일러주는 것도 거울이지. 거울 속의 내가 울고 있었나, 웃고 있었나(49p).

남편의 죽음을 대하는 '나'는 감정을 드러내지 않는다. 남편이 죽은 다음 날 '당신'의 존재를 생각하며 남편의 죽음을 처리할 방법만 생각한다. 이후 남편의 죽음을 발견한 '당신'의 태도와 사뭇 다르다.

> 나는 손가락으로 안방을 가리키면서 저기 남편이 있어요. 라고 말했어. 도와주세요. 무슨 말씀이신지? 제발 도와주세요. 당신은 영문도 모른 채 방으로 들어갔지. 방을 나오는 당신은 사시나무처럼 떨더군. 저, 전 이만 가보겠습니다. 더듬거리는 당신의 말을 나는 얼른 낚아챘어.

위 인용문에서 알 수 있듯이 '당신'은 남편의 죽음을 발견하고 불안에 사로잡힌다. 사시나무처럼 떨고 자리를 벗어나고자 한다. 그러나 결국 죽음을 은폐하는 일에 가담한다. '당신'도 '나'의 희생양이 될 뿐이다.

감당할 수 없는 크기의 불안을 맞닥뜨린 「붉은 가시」의 '이일환', 「세 번째 남자」의 '나'는 자신의 불안을 인지하지 못한 채 살아간다. 주어진 상황을 왜곡된 자신만의 방식으로 받아들이다 삶은 결국 파국을 맞이한다.

인간에게 불안은 없을 수 없다. 불안하지 않기를 바라는 것도 불가능하다. 그렇기에 우리에게는 불안을 감당하는 방법이 필요하다. 「붉은 가시」의 '이일환', 「세 번째 남자」의 '나' 역시 자신에게 다가온 불안을 감당하는 방법을 알았다면 이들의 삶이 파국으로 치닫지는 않았을 것이다. 책 제목 『아무도 불안하지 않다』는 김혜정의 말이다. 불안은 감정이다. 감정은 자신만이 구체적으로 인지할 수 있다. 그런데 김혜정은 서술어 '불안하지 않다'의 주어로 1인칭의 '나'가 아닌 '아무도'를 선택했다. 이 제목은 모순이다. 김혜정은 이러한 모순된 표현을 통해 아무도 불안하지 않을 수 없다는 걸 말하고 싶었는지도 모른다. 모두가 불안하지 않은데, 그렇다면 그 불안 속에서 어떻게 살아가야 하는지를 나처럼 고민하고 있었던 건 아닐까. 「붉은 가시」의 '이일환', 「세 번째 남자」의 '나', 이 글을 쓰고 있는 나, 모두 불안하다. 이 불안은 사회에 의해 생겨났고 나의 의지로 없앨 수 없다. 그러나 내 옆의 불안을 다스리기를 시도해 볼 수는 있다. 내가 나의 불안을 잊어 보려 애썼고 지금도 애쓰고 있는 것처럼…. 「붉은 가시」의 '이일환', 「세 번째 남자」의 '나'가 자신의 불안을 인지하고 자기 의지로 불안을 다스려 보려고 노력했다면, 그 결과는 알 수 없지만, 소설에서처럼 그들의 삶이 나락으로 떨어지는 것보다는 낫지 않았을까? 내가 나의 불안을 다스리는 방법으로 잊음을 선택했고, 그 결과를 아직 알 수는 없지만 적어도 나는 지금을 열심히 살며 소소한 행복을 느끼고 있는 것처럼….

부재의 세계에서 살아가는 사람들
– 백온유 『경우 없는 세계』를 읽고

권가현(고려대학교)

이 책에서 단연코 가장 눈에 띄는 것은 바로 소설의 제목이다. 특히 책을 끝까지 읽은 독자라면 책의 제목에 대해 다시금 생각해 보지 않을 수 없다. 소설의 제목인 『경우 없는 세계』가 의미하는 바는 무엇인가? "경우가 없는 일이다"처럼 제대로 도리가 갖춰지지 않았다는 의미의 "경우境遇 없는 세계"일 수도 있고, 소설의 등장인물 '경우'가 더이상 존재하지 않는 세계임을 의미할 수도 있다. 등장인물의 '경우'라는 이름으로 인해 소설의 제목이 중의적 의미를 함유하게 되는 것이다. 그렇다면 다음 질문이 잇따른다. "경우 없는 세계"란 어떤 세계인가?

'없다'는 것은 '대상의 부재'를 의미한다. 경우 없는 세계는 결국 어떤 의미에서든 경우가 부재한 세상이다. 소설의 내용을 떠올려 보면, 앞서 언급한 두 가지 '경우 없음' 모두에 부합하는 것 같다. 주인공 인수와 아이들이 마주하는 세계는 그들에게 '경우 없는' 세계이자 냉정한 현실이고, 반대로 그들을 바라보는 사람들의 시선에서 가출하여 대책 없이 지내는 아이들은 '경우 없는' 삶을 낭비하는 비행 청소년들이다. 그리고 어른이 된 인수는 문자 그대로, 그의 친구인 경우가 현존하지 않는 세상을 살아가고 있다. 이렇게 생각하면 책의 제목은 소설의 내용을 직관적으로 이야기하는 것처럼 보인다.

그러나 백온유의 소설은 부재에서 끝나는 것이 아니라, 부재 그 이후를 보여준다는 데 의의를 지닌다. 작가는 소설에서 한 존재의 부재가 무엇을 남기는지, 부재 이후 다른 인물이 어떻게 살아 나가는지를 이야기한다. 이는 백온유 소설에서 연속되는 주제라고도 말할 수 있다. 『경우 없는 세계』에서 주인공 정인수는 친구 경우를 잃었고, 작가의 전작 『유원』의 주인공 유원은 언니를 떠나보냈다. 이렇듯 백온유의 소설은 '없는 세계'를 그려낸다. 이때 대상의 부재는 주인공에게 죄책감을 남긴다. 주인공은 부재한 대상에게 부채감을 느끼고 대상의 특성을 욕망하며, 이로 인하여 대상을 모방하려고 시도하기도 한다.

그러나 욕망하는 대상을 기준으로 삼아 막연히 따라 하는 것은 부재에 대한 해결책이 될 수 없다. 결국 주인공은 모방을 넘어, 욕망하던 것을 스스로 내면화하여 행동할 때에야 비로소 진정한 자신으로서 행동하게 된다. 그리고 주체적인 삶을 살기 시작하고서야 비로소 부재와 공존하는 자신의 삶에, 나아가 주변 사람에게까지 애착을 느끼게 된다.

『경우 없는 세계』에서 '나'로 등장하는 주인공 정인수는 경우가 곁에 있을 때면 경우에게 도덕적 판단과 행동을 의탁하려 한다. 즉 사회에서 지켜야 하는 경우境遇를 경우에게 내맡긴 것이다. 이는 소설 속 인수의 독백에서 여실히 드러난다.

그날 이후 나는 경우의 행동을 늘 곁눈질하며 살폈고 따라하려 애썼다. 성연을 따라할 때와는 또다른 감정이었다. 경우가 하면 더없이 자연스러운 행동도 내가 흉내 내면 비굴해 보였고 얼뜨기 같았다(p.103).

성연처럼 행동하는 것도 어려웠지만 경우처럼 사는 것은 불가능에 가까웠기에 그 아이를 동경했다.

의존이라는 것이 얼마나 달콤하고 편리한지, 나는 경우를 만나고서야 알게 되었다. 내가 경우 자신보다도 경우를 더 믿었을 것이다. 경우가 당장 자신의 어머니와 함께하기를 바라진 않았지만 그래도 경우라면 머지않아 어머니와 행복하게 살 거라고 믿어 의심치 않았다.

그렇기에 나는 생각했다. 우리 중 유일하게 경우만 해결책을 찾을 수 있다고. 나를 괴롭히는 존재들로부터 나를 해방시켜 줄 것이라고. 막연히 경우를 믿고 매달렸다(p. 227).

경우에게 의존하던 인수는 오히려 경우가 죽고 나서야 스스로의 판단으로 경우에 맞게 살아가고자 한다. 사전적 의미에서의 경우는 "사리나 도리", 혹은 "놓여 있는 조건이나 놓이게 된 형편이나 사정"이다. 일반적 사회의 시선에서 인수나 이호와 같은 사람들이 놓인 삶은 어쩌면 경우 없는 삶이다. 그러나 그 상황 속에서도 인수는 도리를 찾으려 노력하며, 더 이상 경우가 없는 세계에서 경우를 모색해 나가는 중이다. 상실로만 보였던 부재가 오히려 인수의 자립과 성장을 이끌어 낸 것이다.

하지만 그것은 부재를 극복함으로써 얻어지는 것이 아니다. 인물은 부재를 안고 살아감으로써 성장한다. 부재를 부정하거나 회피하지 않아야만 비로소 얻을 수 있는 성장이다. 소설에서 인수가 경수의 부재를 회피할 때까지는, '나(인수)'는 여전히 미숙한 채로 상실 속에 머무르며 눈앞의 불편한 것들만을 가리고 피하기 급급한 모습을 보여준다. 비단 경우뿐 아니라 A의 부재 또한 인수에게 긴 후유증을 남긴다. 인수를 끈질기게 괴롭히는 환각과 환촉이 그것이다. 인수는 A를 떠올리게 하는, 자해 공감을 하던 이호를 만나고 그를 돌보면서 마침내 추위와 귀신 소리를 경험하지 않게 되었다. 그리고 경우가 그랬듯 취약한 상황에 놓인 아이들을 돌보면서 비로소 경우에 대해 정면으로 고찰하고 헤아리게 된다.

내가 경우를 어떻게 생각했던 것인지 경우가 살아 있을 때보다 그애가 죽은 후에 더 자주 곱씹었다. 경우가 매번 자발적으로 나서준다고 여겼으나 내가 그애의 등을 떠민 적은 없었는지, 그애의 등 뒤에 숨어서 뭔가를 할 수밖에 없도록 종용한 적은 없었는지 생각해보았다(p.255).

오랜 시간 동안 누군가를 아끼고 사랑하는 것에는 관심을 두지 않고 후회를 곱씹는 일에만 성실히 복무했다. 아무것도 갈구하지 않는 것으로 죄책감을 덜어내고 싶었던 것이다. 삶에 애착을 가지지 않는 소심한 방식으로 사과를 건네고 싶었다. 그러나 이런 건 경우가 전혀 바라지 않는 방식일 테지(p.261).

인수는 여전히 경우에 대한 죄책감과 부채감을 지고 있지만, 경우의 방식을 생각하며 이호를 도우며 나아가려 한다. 인수 자신이 말했듯 "죽은 자와 다름없는 삶이라고 내가 아무리 주장해봤자 나는 살아"있는 것이다. 그렇게 살아 존재하는 동안 인수는 경우를 떠올리며 경우의 태도를, 의지를, 행동을 이 세계에 붙들어 놓는다. 경우는 부재하지만, 역설적으로 부재와 동시에 인수와 함께 영원히 존속하게 되었다.

그렇기에 소설은 부재가 모든 것의 끝이라 말하지 않는다. 『경우 없는 세계』의 마지막 페이지에서 인수는 심연에서부터 불어오는 온풍을 느끼며, "이런 온기를 오래전부터 꿈꿔왔지만 막상 따스함을 느끼니 내게는 이런 안온함을 누릴 자격이 없는 것 같아 괴로워졌다."라고 하면서도 "하지만 익숙해지기를 바랐다. 부디 한 번 더 기회가 주어지기를. 햇볕을 쬐면 정화되기를. 경우 없는 세상에서도."라고 이야기한다. 경우 없는 세상에서 어른이 된 인수는 따뜻한 바람 속에 서서, 이제는 그 따스함을 누군가에게 건네는 사람이 되려 하고 있다.

우리는 살아가면서 수많은 부재를 겪는다. 이제껏 수 차례의 상실을 경험했고 앞으로도 많은 것들을 떠나보내며 무엇인가 '없는 세계'를 끊임없이 살아갈 것이다. 그런 우리들에게 이 소설은, 부재는 그것으로 끝나는 것이 아니라 그 이후로 이어지는 삶과 성장의 시간을 예고한다고 말해주는 것이 아닐까. 그러므로 우리는 부재를 지레 두려워할 필요도, 이미 겪은 부재를 이겨내려 할 필요도 없다. 그저 그것을 끌어안고, 부재를 지닌 우리를 인정하며 앞으로 나아가면 된다. 『경우 없는 세계』 속 정인수가 경우 없는 세계에서도 끝없이 부딪치고 부재와 공존하는 삶을 대면하면서, 따스한 바람을 불어넣어 줄 안온한 햇볕을 향해 걸어가듯이.

설미은, 금성으로 돌아오다
– 정세랑 『설자은, 금성으로 돌아오다』를 읽고

이인영

　이름을 얻은 걸까, 빼앗긴 걸까. 금성으로 돌아온 것은 설미은일까, 설자은일까. 겉과 속의 이름이 다른 금성인이 바다를 건너 고향으로 돌아왔다. 그러나 그 돌아오는 과정부터가 이제까지의 삶만큼 평탄하지 않다. 정세랑의 첫 번째 추리소설 『설자은, 금성으로 돌아오다』는 통칭 설자은의 등장을 알리는 서막이다. 소설의 마지막과 책 소개에서 시리즈물임을 밝힌 바, 이미 많은 독자들이 그의 이어지는 여정을 기대하고 있다.

　통일 신라 시대를 배경으로 하는 이 소설은, 역사나 그 빈틈이나 모르긴 몰라도 공부한 테가 역력히 난다. 시대극과 미스터리라는 난도 높은 두 장르를 첫 도전에 한 번에 해냈다는 점에서부터 높이 살 만하다. 부끄럽게도 이름만 익히 들어왔을 뿐, 본 책으로 정세랑 작가의 소설을 처음 접하였다. 아마 미스터리라는 장르가 아니었더라면 작가와의 만남은 언제일지 알 수 없는 미래로 미루어졌을 것이다. 작가의 걸어온 길을 잘 알지 못하므로 작가론적으로 논하지는 못하겠지만, 그럼에 치우침 없이 이 소설을 바라볼 수 있을 것이다.

　작가의 말을 제외하고 네 가지 목차로 이루어진 『설자은, 금성으로 돌아오다』는 주인공 자은이 각 목차마다 새로운 사건을 마주하는 방식으로 구성되었다. 독자들은 각 장을 따라 흘러가며 자은과 그 주변 인물을 알아가고, 또 그에게 닥치는 불미스러운, 그러나 재미있는 일들을 함께 겪게 된다. 자신의 이름을 묻은 채 오빠의 이름을 가지고 장안에 유학을 간 미은은, '자은'이라는 오빠의 이름이 붙은 오빠의 인생을 살고 있다. 이 아마추어 남장여자 탐정의 사건일지는 금성 땅을 채 밟기도 전 돌아오는 배에서부터 시작된다.

첫 장은 늘 어렵다. 쓰는 작가에게도, 읽는 독자에게도 처음이기 때문에 그렇다. 책의 전반부, 특히 시리즈물의 초반에는 함께 할 인물을 독자에게 소개해 주어야 하기 때문에 부득이하게 설명적인 면이 부각된다. 첫 장 '갑시다, 금성으로'는 몇 권이 될지 모르는 시리즈의 포문을 연다. 주인공 자은과 같이 너무 당차지 않게, 조심스럽지만 망설이지 않고 연다. 장르 특성상 빠른 템포의 진행을 원했던 독자들은 여기서 한풀 꺾였을 것이다. 아주 뜨거운 줄 알고 천천히 발 담근 물이 생각보다 뜨겁지 않아서다. 그러나 첫 장의 신중함은 주인공 자은을 보여주는 특성인 동시에 앞으로의 분위기를 성공적으로 형성하기 위한 발돋움이다. 그러니 이미 물에 발을 들인 독자들은 가마솥의 개구리인 것이다. 정세랑은 미스터리 소설로서는 다소 담백한 도입부를 유려한 문체로 자연스럽게 풀어냈다.

두 번째 장인 '손바닥의 붉은 글씨'에서 서사는 급격히 무게를 더해간다. 그러나 이야기는 바닥에 가라앉지 않고 도리어 가속도를 받아 독자를 휩쓴다. 읽는 이는 그 무게감에 압도되어 글을 꼭꼭 씹어 읽게 된다. 자은과 아직은 더 궁금한 여성, 산아에게 닥친 사건을 함께 헤쳐 나가며 비로소 자은과 동행하게 된다. 제2장은 설자은 시리즈 1권인 이 책의 정체성이라 볼 수 있다. 실제로 분량도 다른 장들에 비해 2배 가까이 된다.

산아의 등장은 곧 죽은 자은이 마음에 품었던 여인이자, 가족을 제외하고 죽은 자은을 아는 사람의 첫 등장이다. 이 비중 높은 캐릭터의 등장으로 우리만 알고 있는 비밀을 들킬까 괜히 마음이 쿡쿡 쑤신다. 자은이 비밀을 언제까지 들키지 않을 수 있을까, 비밀을 알게 되는 또 한 사람이 생긴다면 그건 산아가 아닐까. 어쩌면 산아는 이미 눈치채고 있었는지도 모른다. 주인공 자은의 비밀을 안다는 사실로 독자는 자은에게 이입하여 함께 불안을 안다. 이로써 작동하는 서스펜스는 첫 장에서 소개받은 자은에게 몰입하고, 동화되어 사건을 바라보게 한다.

한편 사건의 구조에 아쉬움이 있는 것은 사실이다. 산아뿐만 아니라 작은 캐릭터 하나하나, 옥화와 연란, 중봉과 두섭 그리고 약야 스님까지 입체적이고 생생한 개성을 가졌다. 그러나 오히려 전말과 깊이 얽힌 기찬의 서사가 상세히 읽히지 않았다. 반전을 위해 숨겨둔다는 것이 오히려 다른 등장인물들의 강렬함에 잡아 먹혀 빛을 보지 못한 것이다. 범인이 아닌 인물에게 중점적인 서사가 부여되는 것이 드문 일은 아니나, 그 디테일한 서사가 먼저 밝혀져 후에 기찬이 받은 조명이 다소 흐릿한 인상을 주었다. 그러니 제2장의 역할은 죽은 자은과 산아의 관계성을 독자에게 제공하고, 돌아온 자은과 산아의 그것에 대한 기대를 심어주는 것에 그쳤다.

『설자은, 금성으로 돌아오다』는 또한 많은 여성의 이야기이다. 이성적인 여성 캐릭터가 나오는 추리물은 귀하다. 그리고 그 여성이 단독 주인공인 미스터리 소설은 더 귀하다. 정세랑의 소설은 도구적으로 소비되던 여성 캐릭터들의 이야기를 수면 위로 끌어올린다. 자은이 떠나간 뒤 집안의 살림을 지탱하고 있던 도은, 죽은 자은과 밝혀지지 않은 사연으로 얽혀 있는 산아, 남편에게 배신당한 옥화와 아들을 잃은 연란. 베틀을 부순 귀희. 이 많은 이름의 사연 있는 여성 캐릭터들은 다만 서사에 이용되는 것이 아니라, 각기 다른 사연과 성격을 가지고 페이지 밖으로 걸어 나간다. 여성들의 이야기라는 이 소설의 특성이 가장 잘 드러나는 것이 바로 이어지는 제3장, '보름의 노래'다.

캐릭터가 이름을 가졌다는 것은 많은 것을 시사한다. 등장인물에 이름이 붙여지는 순간 인물은 자신만의 역사를 가지고 하나의 인격체가 된다. 소설 『설자은, 금성으로 돌아오다』에는 '이름'이라는 단어가 마흔 번 이상 등장한다. 장편소설이라지만 아무래도 많은 편이다. 그만큼 이 소설이 이름의 존재에 집중하고 있는 것이 아닐까. 베 짜는 여인들의 이야기를 다룬 장, '보름의 노래'에서 정세랑은 쉬이 이름을 잃었던 여인들의 이름을 돌려준다. 늙은이에게 팔려 갈 뻔한 보예와 그를 위해 베틀을 부순 귀희, 패악스러운 지아비에게 고통받던 형지, 팍팍한 공방 주인 아래서 일하던 명화와 효녀로 이름난 연련까지. 이야기를 위해 이름 지어지지 않았을 법한 이들에게까지도 이름이 지어진 것을 보면서 작가의 인물 하나하나를 아끼는 마음을 느낄 수 있다. 고작 이름 하나에 뭐 이리 의미를 부여하나 생각할 수 있지만, 글쎄, 이름 잃은 여성들의 이야기가 비단 통일 신라 시대에 한정되는 일이라고는 생각되지 않는다. 게다가 설자은 시리즈는 '이름 잃은 주인공의 이야기'이다. 그러니 이런 반박은 새삼스러운 것이다.

이어지는 설자은 시리즈는 설자은의 이름으로 살아가는 설미은이 묻어 둔 자신의 이름을 어떻게 여길지에 앞으로의 캐릭터 방향성이 있을 것이다. 자은은 자신의 진짜 이름을 어떻게 했을까. 그 이름을 묻어둔 것은 자신의 마음일까, 바다 건너 장안일까, 그것도 아니면 이미 금성을 떠나기 전 저 깊숙한 땅속에 묻어 버렸을까. 미은의 이름은 그 속에 남아 뭔가 피워 내려고 할까, 이미 죽은 것일까. 미은은, 이제 자신의 이름을 자은이라 받아들이고 사는 것일까. 담담해 보이는 그의 속에서 무엇인가

울컥하는 것이 보일 때마다 독자들은 점점 마음의 거리를 좁힌다.

마지막 장의 사건은 사실상 엔딩을 위한 빌드업이다. 자은이 불려 간 연회에서 이름을 기억하지 못했던, 어딘가 졸렬해 보이는 산아의 지아비와, 꼿꼿하고 단단한 인상의 왕이 등장한다. 중심이 된 매잡이의 죽음은 그 결말이 자칫 허무할 뻔했으나 젊은 새지기의 사연으로 잘 다듬어져 마무리된다. 앞으로도 걸림돌이 될 산아의 지아비는 자은에게의 새로운 위협을 암시하고, 자신의 흰 매가 되라는 왕의 말은 자은에게 주어질 새로운 환경을 암시한다. 그러므로 일련의 여정을 함께 한 독자들이 이어질 자은의 행보를 기대하게 되는 것은 당연한 일이다.

장르 소설가가 그 발을 넓히는 건 어려운 만큼 대단한 일이다. 일본 미스터리 소설 마니아인 나를 한국 소설에 성공적으로 끌어들인 것만 보아도 그렇다. 『설자은, 금성으로 돌아오다』는 이전까지 잡히지 않았던 독자들을 한국 소설에 끌어들일 것이다. 첫 권을 읽고서 빠져든 사람이 시리즈 전체를 섭렵하고, 작가의 다른 책들을 찾아 읽고, 또 비슷한 성향의 다른 한국 소설들을 읽어나가게 만들 것이다. 이 책이 시리즈물이라는 사실을 다행스럽게 여기는 스스로를 보며 이미 걷잡을 수 없이 빠졌다는 것을 부정할 수 없다. 언제 돌아올지 모르는 설자은을 기다리며, 소개 글에 실려 있는 후속작들의 이름만을 가져본 적 없는 것을 그리워하는 마음으로 되뇌어 본다.

분지의 여자들
– 강영숙 『분지의 두 여자』를 읽고

강선희(이화여자대학교)

책 표지에는 어두운 초록색 숲으로 둘러싸인 강에서 배를 타고 있는 사람이 있다. 주위를 안개가 둘러싸고 있어 전체적으로 고요해 보이는 풍경이다. 책을 읽는 내내 무거운 안개가 나를 누르고 있는 것 같은 기분이 들었다. 유쾌한 느낌은 아니었지만, 빠져나올 수 없는 무언가가 느껴졌고, 어둡지만 현실적인 인물들의 감정 묘사가 매력적이라고 생각했다. 소설 속에만 존재하는 이야기가 아니라, 현실에서도 얼마든지 일어날 법한 이야기 같았다. 그래서인지 책을 한번 피고 처음부터 끝까지 완독 했다.

3명의 주인공이 있다. 청소업체에서 길거리의 쓰레기를 수거하는 일을 하다 우연히 바구니에 담긴 아이를 발견한 민준. 20살 딸을 잃고 대리모 자원봉사를 통해 상처를 치유하고자 마음먹은 진영. 사랑하는 딸이 있지만 남편으로부터 도망치기 위해 혼자서 힘들게 돈을 벌어 딸에게 주는 샤오. 샤오는 진영과는 다르게 돈을 벌기 위해 대리모가 되기로 한다. 진영과 샤오 모두 대신 임신한 아기를 계획대로 의뢰인에게 주지 못한다. 진영은 임신 도중 발견된 유방암 때문에, 샤오는 갑작스럽게 발생한 하혈 때문에 그러하다. 그들의 의뢰인은 리스크 때문에 처음 마음가짐과는 다르게 아이를 거부하게 된다. 그들이 임신했던 아기는 어떻게 되는 걸까? 누가 그 아이를 키울 것인가? 또 진영, 샤오의 인생은 어떻게 되는 것일까?

책 제목인 '분지의 두 여자'에서 '두 여자'는 진영과 샤오이다. '분지'는 주위가 산으로 둘러싸인 지형을 의미한다. 실제로 소설의 배경 도시는 분지 지형이다. 책을 다 읽고 나서 이 단어에 담긴 상징이 있다는 생각이 들었다. 분지에 서 있으면 시야가 산에 가로막힌다. 그래서 멀리 볼 수가 없다. 진영과 샤오는 아기를 대신 임신한 후 어떤 일이 생길지 예상할 수 없었다. 소설뿐만 아니라 현실 속에도 분지에 서 있는 여자들이 있다. 몇 년 전, 베이비 박스와 관련된 다큐를 본 적이 있다. 베이비 박스는 말 그대로 아기를 키울 수 없는 사람들이 아기를 놓고 가는 상자이다. 이유는 여러 가지다. 아기를 키울 경제적, 심리적 여건이 안 되거나, 아기가 장애를 가지고 태어난 경우, 베이비 박스에 아기를 놓고 간다고 한다. 베이비 박스에 놓인 아기는 위탁 시설에서 길러지거나, 다른 가정으로 입양된다. 베이비 박스를 통해 새 생명의 목숨을 구할 수 있다는 장점도 있다. 그러나 이에 대한 비판적 목소리도 있다. 베이비 박스에 의해서 아기를 버리는 행위가 더 쉬워졌다는 것이다. 나는 여러 가지 측면을 고려해야 한다고 생각한다. 단순히 아기를 버리지 못하게 하는 것만이 능사는 아닐 것이다. 한쪽에서는 아기를 버리지만, 한쪽에서는 다른 사람의 자궁을 통해서라도 아기를 갖고 싶어 한다. 대리모는 베이비 박스와는 다른 문제 같지만, 본질적으로는 다르지 않다. 사실 중요한 본질은 아기가 어떻게 태어나서 어디로 가는가 이전에 있다. 아기가 거래된다는 것이다. 아기는 고유의 가치를 지닌 생명 그 자체로 존중받지 못한다.

책을 읽다 보면 이러한 생각을 할 수 있다. 주인공은 3명인데 왜 제목은 '분지의 두 여자'일까? 제목에는 찾아볼 수 없는 '민준'이라는 인물이 가지는 의미는 무엇일까? 책 후반부에 나오는 작가의 말을 읽으면서 그 의미에 대해서 유추해 볼 수 있었다. 민준이 아기를 발견하게 되면서 겪는 일들이 작가에게 중요했다고 한다. 아기를 바라보는 민준의 시선, 감정이 말이다. 사실 아기는 민준과 직접적 상관이 없다. 그 아기는 진영이 임신했던 아기일 수도 있고, 샤오가 임신했던 아기일 수도 있다. 그리고 그 둘의 아기가 모두 아닐 수도 있다. 그러나 그 아기가 누구한테서 어떻게 왔는지는 중요하지 않다. 민준의 동료 상사는 아기를 보고도 못 본 척했다. 책임질 수 없기 때문이다. 하지만 민준은 아기를 데려오고, 아기가 죽을까 봐 안절부절못하며 병원까지 데려간다. 왜냐하면 아기가 생명이기 때문이다.

아기를 삶의 조건 중 하나로 여기는 사회적 분위기가 존재한다. 정상 가정을 떠올리면 흔히 생각나는 모습. 구성원은 남자, 여자, 그리고 그들의 자녀. 소설 속 진영의 대리모 의뢰인 희우는 자신의 삶을 더 이상적으로 만들기 위해 대리모 서비스를 이용하기로 결심한 사람이다. 그녀의 삶을 더 완벽하게 보이게 만들려면, 그녀가 자신을 더 완벽하다고 느끼려면 아기가 필요했다. 그러나 그녀가 지금까지 쌓아온 커리어를 안정적이게 유지하면서, 그녀의 몸을 지키면서, 동시에 건강한 아기를 낳는 일은 불가능했다. 사실 이상적인 삶을 위해 아기를 가진다는 동기는 부적절하다고 보는 것이 맞을 것이다. 아기를 낳고 키우는 과정에서 어려움이 닥쳤을 때, 어려움을 극복하는 것과 이상적인 삶을 포기하는 것 둘 중에 하나를 선택해야 한다면, 전자를 선택하게 될 가능성이 높기 때문이다. 소설에서처럼 아기는 갈 곳을 잃을 수 있다.

생명은 생명 그 자체로 목적이 되어야 한다. 슬픔을 해소하기 위한 수단, 돈을 벌기 위한 수단, 더 나은 삶을 위한 수단이 되어서는 안 되고 그럴 수도 없다. 그러나 예상치 못하게 발견된 장애가, 경제 여건이, 사고가, 대리모 서비스를 통해서라도 갖고 싶던 아기를 거부할 이유가 되기도 한다. 아기를 거부하는 일은 비단 대리모, 베이비 박스를 통해서만 일어나는 것은 아니다. 소설 속 진영은 과거에 아기를 지웠다. 결혼 후 남편과 자신 사이에서 처음으로 임신했던 아기에게 장애 가능성이 발견되자, 아기를 포기했다. 그 아기는 세상에 태어나지 못했다. 아이를 낳았어도, 아이를 지웠어도, 어떤 선택을 했어도 고통에서 자유롭지 못했을 것이다. 이러한 비극을 없애려면 어떻게 해야 할까?

'아이 하나를 키우는데 온 마을이 필요하다'라는 말이 있다. 그러나 현실에선 아기를 키우는 일에 있어서 수많은 책임이 부모, 특히 모에게 편중되어 있다. 일단 10개월이라는 시간 동안 몸속에 아기를 품고 있어야 한다. 그 기간 동안 신체엔 심한 무리가 온다. 임신 전과 후에 신체에 영구적 변형이 생기기도 한다. 출산 후에도 아기가 어느 정도 자라서 가치관이 정립되고 주체적 삶을 살 수 있을 때까지 아기를 책임져야 한다. 한 사람의 삶이 나에게 달려있다는 사실은 너무나도 무섭다. 감수해야 할 리스크가 상상도 할 수 없이 크다. 또한 아기를 낳기 전과 후의 여자의 삶은 완전히 달라지기도 한다. 가까운 예로, 우리 엄마는 나를 임신하기 전 대학원생이었고 임신 때문에 학업을 포기했다. 나는 항상 엄마에게 죄책감을 가져왔다. 엄마가 하고 싶던 공부를 나 때문에 끝까지 못한 것 같아서 미안했다. 이런 경우는 정말 흔하다. 어머니에게 일방적이고 과도한 희생과 헌신을 요구하는 사회적 분위기가 아기를 낳지 못하게 만들고, 낳아서 기른다고 하더라도 어머니 스스로 좋은 엄마가 되지 못했다는 죄책감을 가지게 한다. 아직 대학생인 나는 아기를 낳을 생각이 없다. 미래에도 낳지 않을 것이냐고 물어본다면, 답은 '그렇다'이다. 이유는 내가 하는 모든 선택이 아이의 삶에 너무나도 큰 영향을 미칠 것 같기 때문이다. 10년, 20년이 지나도 지금의 내가 크게 달라졌을 것 같지는 않다. 아무리 시간이 지나도 난 아기를 낳고 키울 만큼 어른스러워질 수 없을 것 같다.

아르바이트를 하러 가던 길, 30대로 보이는 두 여성이 대화하는 것을 들었다. 아이에겐 항상 실수하지 말라고 가르치지만 본인은 같은 실수를 반복한다는 내용이었다. 그러면서 이렇게 말했다. '실수하지 않는 성숙한 인간은 없어, 이미 성숙하면 신이야!' 미성숙한 개인에게 너무 많은 짐을 지우지 않았으면 좋겠다. 모성 신화 속 '어머니'라는 이름에 따라오는 수많은 역할과 의무들을 완벽히 수행할 수 있는 사람은 현실 속에 존재하지 않는다. 혼자서 그걸 다 할 수는 없다. 완벽한 어머니가 되지 못하는 것, 그건 오롯이 여성 개인의 잘못이 아니다. 아기를 낳고, 키우는 전 과정에서 사회 전반으로부터의 지지가 있어야 한다. 생명이 생명으로 대우받으려면 여성 개인이 아니라 사회 전체의 노력이 필요하다. 아기를 임신하고, 낳고, 키우는 과정에서 앞을 보지 못한 채 막막함을 느끼고 있는 분지의 여자들을 외면하지 않았으면 좋겠다.

숨어 숨쉬는 존재
– 이주란 『별일은 없고요?』 중 「위해」를 읽고

고재은(울산대학교 2학년)

"아빠가 돌아가셨어, 오늘 못 만날 것 같아. 미안해."

평온한 주말 아침, 친한 친구의 메시지가 나의 잠을 깨웠다. "미안해할 것 없어, 장례식장이 어디야?" 장례식장에서 본 친구는 슬픔만이 가득한 얼굴이었다. 장례식이 익숙지 않아 고인분을 뵙고 인사를 드리는 것이 어색하기만 했다. 친구의 가족분들은 나를 배려해 주셨고 나는 친구와 잠깐 밖으로 나갔다.

나는 눈물을 흘리는 친구의 등을 토닥이며 가만히 위로할 뿐이었다. "다른 친구들에겐 말하지 말아줘, 날 어떻게 생각하겠어." 나는 친구의 말에 놀랐지만 당연하다는 듯 대답했다. "응, 걱정하지마." 다른 친구들이 친구의 아버지가 돌아가신 것에 대해서 친구를 바라보는 시선이 달라진다는 걸 나는 왜 이해했을까. 왜 당연하다는 듯이 받아들였을까. 때로는 그러한 질문이 머릿속에 오래 남으며, 천천히 답을 찾아갈 수 있음을 깨달았다.

수현은 할머니의 손에서 자랐다. 할머니는 '조용히 살거라, 아무래도 그게 좋지 않겠니.'라며 수현이를 위해 늘 기도한다고 말한다. 수현은 할머니의 기도를 아무 감정도 드러내지 않으며 체념한다. 조용히 살아야 한다는 사실은 수현이의 마음에 조용한 화를 불러일으켰다. 내가 보는 수현은 늘 죄책감, 불안감과 함께하는 사람이다. 누구와 있더라도 편하게 있지 못한다. 그러한 감정에 익숙하다는 수현을 보고 나는 생각했다. 대체 무엇이 수현이를 이렇게 만든 걸까. 할머니는 왜 조용히 살라고 기도할까.

할머니도, 전 남자친구인 정호도 수현이를 위한다고 한다. 수현이에게 할머니의 기도는, 정호와의 이별은 어떤 의미였을지를 생각해 본다. 수현이는 할머니의 기도로 자신은 조용히 살아야 하고, 동정과 도움을 받을 만큼 불행해져서는 안 되는 사람이란 걸 깨닫고 상기한다. 정호와 이별한 뒤에 수현이는 정호와 나눴던 대화를 생각한다. 비록 한 방향에서만 오는 물음표의 대화였지만 수현이는 행복했다. 처음으로 누군가에게 부모님이 (살아) 있다고 거짓말을 했다. 수현이가 처음으로 진심을 드러낸 것은 정호였는데, 그마저도 거짓말이었다. 수현이는 자신을 완전히 드러내지 못하는 사람이다.

나는 이 모든 대화와 행동이 마치 속의 내용물을 감추듯 꼼꼼히 포장되어 있다는 생각이 들었다. 수현이를 위한다는 말로 포장했지만 반대로 수현이의 모습에서 행복이란 감정은 찾아볼 수 없었다. 그러나 수현이는 '난 어느 정도 행복하고 나야말로 긍정에 가깝다는 생각이 드는 것'이라며 자신은 행복하다고 한다. 짚고 넘어갈 것이 있다며 뒤에 덧붙이는 말로, '사람들 몰래 해야 한다.'고 말한다. 정신 승리를 한 거냐고, 넌 거짓말을 하고 있다며 다 아는 듯이 사람들은 말하기 때문이다.[1]

다 아는 듯이 말하는 것, 그것은 어쩌면 사회와 개인에게 내재한 선입

---

1 이주란, 『별일은 없고요?』, 한겨레출판, 2023, 154면.

견과 고정관념, 편견이다. 할머니의 조용히 살라는 기도가 수현이의 죄책감을 만들었고, 정호와의 연애에서도 자신과 함께하면 불행해질 거라며 자신을 꽁꽁 숨겼던 수현이었다. 할머니의 기도는 마냥 수현이를 억압하는 것이라고만 생각했다. 그러나 나는 소설의 후반부를 읽으며 할머니의 기도가 결코 억압이 아니라 우려였다는 것을 깨달았다.

수현은 옆방에 들어온 세입자인 유리를 만났다. 유리는 오지 않는 언니를 기다리며 혼자 지내고 있다. 수현은 동네 이웃들에게서 흘러 다니는 유리의 사정을 듣게 된다. 그 뒤로 수현은 유리에게 밥은 먹었냐며 안부를 묻고, 벽 하나를 사이에 두고 유리는 옆방에서 무엇을 하고 있을지 궁금해한다. 수현은 '뉴스 기사에서 이런 소식을 들었다면 이렇게까지 신경을 썼을까.'라며 마음만 쓰이는 게 아니라 유리를 위해 행동하고 싶은 충동을 느낀다.

유리의 언니는 돌아오지 않을 것이다. 나는 소설의 후반부에 등장한 유리의 존재가 수현과 같이 조용히 살아갈 것만 같은 존재라고 생각한다. 결국 부모에게 버려질, 혼자가 될, 수현과 비슷한 존재이다. 수현은 유리를 위해 방울토마토를 키워보는 것을 제안하고, 안부를 묻고, 등산을 한다. 나는 수현이 이웃들의 이야기를 듣고 유리에 대해 어떤 생각이 들었는지 궁금했다. 수현은 유리와 대화하며 계속해서 '실수를 한 것만 같았다.'며 유리를 조심스럽게 대한다.

'부모가 없는 아이'라고 하면 무슨 생각이 드는가. 나는 부끄럽게도 좋은 생각이 먼저 들지 않았다. 동정과 안쓰러움 등의 감정만이 먼저 나의 마음에 다가올 뿐이었다. 수현도 나와 같지 않았을까. 유리의 사연을 듣고 동질감과 안쓰러움을 느꼈기에 행동하고 싶은 충동을 강하게 느낀 것이라고 생각했다. 결국 이 같은 시선과 마음이 할머니의 기도에도 내재한 것이다. 조용히 살라는 기도, 수현이는 사람들의 눈에 띄어선 안 되고 동정과 도움을 받을 만큼 불행해서는 안 된다는 것. 사회에서 '부모 없는' 수현이, 보통의 가정과는 조금 다른 수현이에게 던져질 사회의 눈초리와 편견들을 우려한 할머니의 마음 아프지만 간절한 기도일 것이다.

유리와 수현은 등산을 한 뒤, 버스를 타고 집으로 왔다. 버스에서 내리고 나서부터는 유리가 따로 걷기를 원했다. 따로 걸은 것에 대한 나의 고민의 답은 유리는 더 이상 도움을 받고 싶지 않았던 것 같다. 유리는 사람들이 많이 다니지 않는 주말이나 저녁 시간에 종종 모습을 드러낸다. 유리도 자신에 대한 이웃들의 시선을 느끼고 돌아다니는 말을 들었을지도 모른다. 유리를 위한다는 행동과 말은 유리에게 위해危害를 가하고 있었던 것 같다.

수현과 유리 모두 조용히 살아왔고, 살아갈 것이다. 조용히 산다는 것, 결국 수현과 유리는 사람들의 눈에 띄고 동정을 받는다면 사회에 내재한 편견은 그들을 계속해서 따라다닐 것이다. 아픈 가정의 모습을 숨기고 눈에 띄지 않으려 할 것이다. 할머니의 수현이를 위한 기도, 수현이의 유리를 위한 행동, 모두 결국은 상대에게 위해危害를 가하는 것처럼 보였다. '위한다'고 포장되어 있지만 위해危害를 가하는 것은 그들이 아니라 사회가 만든 일이다. 사회에 내재한 차별과 편견의 시선으로 인해 만들어진 것이다.

"날 어떻게 생각하겠어."라고 했던 친구의 말, 그 말에 담긴 의미를 이해하고 "응, 걱정하지마."라고 했던 나의 대답도, 우리 모두 사회에 내재한 편견과 그로 인한 사회의 시선을 이해하고 있는 것이다. 친구든, 같이 잘 지내던 누구든 그에 관한 좋지 못한 말들을 들으면 자연스레 편견을 가지게 되고 그 말들에 따라 움직이는 것이 사람의 마음이다. 그 마음들이 모여 사회의 분위기를 만든다. 누군가가 좋지 않은 행동을 하거나 문제를 일으켰을 때, "부모 없는 애가 저렇지 뭐."라던가, "저럴 줄 알았어.

불쌍하니까 이해하자." 등의 말을 정말 쉽게 한다. 더욱 안타까운 것은 그러한 말들에 반박하기보다는 동조한다는 것이다.

우리의 마음도 마찬가지다. 동정심을 가지게 되고 안타까워서 더욱 그를 배려하려 한다. 그러나 수현이의 행동이 유리에게 결코 좋지만은 않았던 것처럼, 할머니의 기도가 수현을 억압했던 것처럼 상대를 있는 그대로 바라보지 않는 우리들의 시선이 상처가 되고 위해危害가 될 수 있다. 할머니의 '조용히 살아야 한다.'는 기도는 사회적 선입견이 누적된 말이다.

정상과는 다른 것이 비정상이라고만 정의되는 것일까? 또 우리가 정상이라고 생각하는 것이 진정으로 정상적인가? 소설을 읽고 고민하며 한 사람의 존재 자체가 아니라, 그 뒤의 배경을 보고 주위의 말들을 듣고서 한 사람을 판단하는 사회적인 시선과 우리의 모습을 발견할 수 있었다. 별것 아닌 것처럼 생각하는 사회적인 시선이 누군가에겐 상처를 주고, 누군가의 삶을 파괴하기도 한다. 소설을 읽는 내내 수현이의 삶을 안타깝다고 느꼈던, 친구가 나에게 건넸던 말을 이해했던 나는 선입견이 내재한 사회의 시선을 알고 있는 한 존재였다. 나의 모습을, 나에게도 알게 모르게 내재해있던 선입견을 반성하고 싶다. 상대를 있는 그대로 바라봐주는 것, 한 사람의 존재 자체를 소중하게 여겨주는 것이 진정으로 위하는 것이다. 치열한 현실 속에 누군가가 더 이상 상처받지 않기를, 조용히 살기 위해 자신의 삶을 숨기지 않기를 바란다.

어쩌면 나, 아니 너, 혹은 저기 누군가의 이야기
– 임미정 『퍼즐 맞추기』 중 「#한국어 수업#샨샨」을 읽고

홍재현(아주대학교)

 대학교에 온 지 벌써 1년이란 시간이 흘렀다. 지난 대학교 1년을 뒤돌아보자면 대학교 1학년 땐 다른 생각 말고 적당히 공부하되, 넓게 경험하라는 선배의 말을 방패 삼아 동기들과 신나게 놀았었다. 하지만 종강 이후, 방학 동안 열심히 목표를 향해 달려가는 친구들을 보며 개강 후에는 삶을 조금 더 계획적이고 열심히 살기로 했고, 그 계획의 첫걸음으로 한동안 읽지 않았던 책을 다시 읽어보기로 했다. 무슨 책을 읽어야 할까? 아니, 무슨 책을 읽을 수 있을까? 종이책을 마지막으로 읽은 기억이 2년도 더 되었기에 학교 도서관 1층 제일 앞에 꽂혀있던 『모비딕』을 만지작거리다가 이내 곧 내려놓았다. 예전부터 읽어보고 싶던 책을 읽고 싶다는 욕망이 있었지만 나 스스로가 이 책을 읽을 준비가 되지 않은 것 같았다. 시집이나 단편 소설보다는 장편 소설을 선호했지만, 여의치않아 틈틈이 볼 수 있고 비교적 가벼운 단편 소설부터 접근하고자 했다. 그런 점에서 도서관 1층 신간 자료실에 비치되어 있던 책 『퍼즐 맞추기』의 표지에 적힌 '이방인의 눈에 비쳐지는 세상의 다양한 색상과 그림자. 이 땅에서 이방인으로서 살아간다는 것.'이라는 인상적인 문구가 나의 눈에 확

들어왔다.

　'이방인'이라는 세 글자로 이루어진 단어가 주는 의미는 내게 특별했다. 특히 예전부터 인간관계에 대한 어려움, 나와 다른 사람들에 대해 많이 고민해 왔던 만큼, 이 책에 끌린 건 당연한 일이었을지도 모르겠다. 『퍼즐 맞추기』는 총 7개의 단편 소설을 엮어 만든 소설집이다. 7개의 소설 중에서도 가장 나에게 인상 깊었던 소설은 「#한국어 수업#샨샨」이었다. 주인공 진유는 중국 샨샨 출신이지만 엄마와의 갈등, 소꿉친구라고 할 수 있는 춘매의 소식, 마을 운영위원회 위원장 딸 송린의 고자질로 인한 사상교육과 무기징역 등 여러 갈등에 치이다 한국으로 오게 되었다. 중국어 강사 신분으로 서울에 온 진유의 삶은 쉽지 않았다. 규모가 큰 어학원일수록 중국어 실력만큼 한국어 실력을 중시했고, 한국어 실력이 부족한 진유는 번번이 면접에서 떨어졌다. 한국어 공부를 하게 되면서 알게 된 메이는 진유에게 한국어 강사 대신 스파숍을 권유했고, 진유는 스파숍에서 일하다가 부족한 한국어 실력 때문에 잘리게 되었다. 이후 진유가 한국어 실력을 키우기 위해 스파숍에 손님으로 방문하는 과정에서 옷을 대여하며 자신을 잃어갔던 일. 그리고 결국 자신을 찾게 된 과정까지. 책을 읽으며 나는 진유에 나 자신을 투영해서 몰입했다. 그도 그럴 것이 진유는 내 중학교 시절과 닮았다. 남들과 다른 취미, 굽히지 않는 성격을 가졌던 나와 그로 인해 일어난 많은 갈등, 그리고 결국 꼿꼿이 서 있었던 나는 굽히지 않았고, 더는 버티지 못하고 부러졌었다. 진유가 '엉니'라고 말을 실수해 직장을 잃었던 것처럼 나 또한 한 번의 말실수로 자리를 잃었다. "너 그런 거 봐?", 많은 시간이 흘렀지만, 여전히 내 맘을 후벼파는 말이다. 지금 생각해보면 그때의 우리는 너무 어렸다. 다름과 틀림조차 구분하지 못한 채 옳고 그름만 따졌으니까. 그때의 우리에게 있어 다수와 다른 개인은 틀린 것이었을지도 모르겠다. 그저 나는 애니메이션을 좋아했던 소년이었을 뿐이었는데.

　그 이후로 나는 학교에서 눈에 띄지 않게 무슨 일이든 관심 없는 척 조용히 있었다. 나에게 쏟아지는 관심은 나를 지치게 했지만, 한편으로는 나도 저렇게 밝게 웃으며 친구들과 몰려다니며 남의 시선 따위 신경 쓰지 않는 주류 무리를 부러워하고 동경했었다. 진유가 과감히 고향을 떠난 춘매를 생각하며 기차역을 바라보았을 심정이 이러했을까? 진유가 송진의 고자질로 사상교육을 받고 난 후 마을 사람들의 눈에 감시카메라가 달렸다고 느낀 것처럼 나 또한 반 친구들의 눈에 감시카메라가 달려있다고 느꼈다. 용기를 내서 나아가고 싶었지만 반 친구들의 입에 내 사소한 행동, 실수까지도 입방아에 오르내린다고 생각하니 미약한 용기는 금세 사그라들었다. 체육 시간에 실수로 공을 잘못 밟아 넘어졌을 때도 친구들의 웃는 모습이 나의 넘어짐을 비웃는 조롱처럼 느껴졌고, 쥐구멍에라도 들어가 숨고 싶었다. 그 이후로 나는 나의 사소한 행동 하나마저도 의식하게 되었고, 책잡힐 일을 만들지 않기 위해 점차 소극적으로 변했다. 진유가 집에 돌아와서 인스타그램을 열고 소꿉친구인 춘매라고 생각한 샤샤의 인스타그램을 들여다보듯이 나 역시 집에 돌아와 누가 보지도 않지만, 벽에 등을 붙이고 핸드폰을 가슴에 가까이 붙인 채 몰래 다른 중학교로 간 내 친구들, 학교에서 잘나가는 무리에 속하는 친구들의 프로필 사진, 게시물에 올라오는 사진을 들여다보며 저 자리에 내가 있는 상상을 하곤 했다. 여전히, 나는 이방인이었다.

　진유는 보면 볼수록 과거의 나를 보는 것 같아서 더욱 몰입하게 되는 캐릭터다. 손바닥만 한 조그만 핸드폰 속 파란색 배경으로 이루어진 페이스북에 올라오는 잘나가는 사람들을 보며 내 인생은 그들 같은 이야기의 주인공 인생에 스쳐 지나가듯이 한 줄 적힐까 말까 한 조연에 불과하다고 생각했다. 그도 그럴 것이 나에겐 다른 아이들과 어울릴 사교성도, 뛰어난 신체적 능력도, 특출난 재능도 없었다. 그래서 다른 조연들의 삶이 궁금해 가끔 영화를 볼 때 뛰어난 주인공에 가려진 조연으로 사는 사람들은 어떻게 사는지 구글에 그 사람 이름을 쳐보기도 했다. 어찌보면 진유가 인스타그램 속 샤샤의 사진을 보며 자신과 비교했던 것처럼 말이다. 그렇게 어둠 속에서 조연으로 살던 나를 꺼내준 친구가 있었다. 어쩌다가 취향이 맞아 친하게 지내게 된 그 친구는 나와는 다르게 운동도 잘하고, 친구들한테 인기도 많은 아이였다. 그 친구와의 만남을 기점으로 몇몇 좋은 친구들을 만나서 나는 방을 박차고 나올 수 있었다. 그때 친구의 도움 덕에 나는 스스로 걷는 법을 알게 되었고, 네모난 파란창 안의 화려한 인생을 사는 사람들도 나와 같은 사람이라는 것을 깨달을 수 있었다. 덕분에 나는 조연에서 주인공을 목표로 나아가기로 했다. 비록 내 삶이, 남들과 다른 특별한 능력도, 내세울 경험도 없지만 내가 살아온, 살아갈 인생이 한 권의 책이라면 나랑 비슷한 누군가가 내 이야기를 보고 무언갈 느낄 수 있는 그런 책을 만들고 싶다는 소망과 함께.

진유에게 몰입해서 소설을 읽다 보면 나도 모르게 스멀스멀 올라오는 열등감에 놀라게 된다. 진유가 스파숍에 가기 위해 대여한 옷과 가방들처럼 우리는 우리의 상처, 혹은 모난 부분을 가리기 위해 거짓이라는 얇은 천을 감싼다. 하지만 어설픈 거짓은 사소한 바람에도 펄럭거려 그 속이 들쳐진다. 그런 점에서 이 소설은 거짓이라는 천을 들추는 바람이라고 생각한다. 그리고 나 자신이 감추고 싶어 했던 천 속의 모습을 마주했을 때 우리는 비로소 다음 단계로 나아갈 기회를 얻을 수 있다. 나 또한 진유 덕에 한동안 잊고 있었던 과거의 나와 마주할 수 있었다. 비록 나는 진유처럼 스스로 일어나진 못했지만, 쓰러져있던 나에게 먼저 손을 내밀어주었던 그 친구처럼, 나도 다른 누군가에게 먼저 손을 내밀어줄 수 있는 사람이 되고 싶다고 잊고 있었던 소망도 떠올리며, 이제는 내 인생의 주인공으로서 잃어가던 것을 되찾아올 기회를 주신 임미정 작가님에게 감사 인사를 보내고 싶다. 또한 나와 같이 길을 잃었던, 방황하는 이방인들에게 이렇게 말하고 싶다. 밤하늘에 떠 있는 별들의 크기와 밝기는 각각 다르지만, 모두 빛나긴 매한가지라고. 우리는 모두 우리 인생의 주인공이라고.

거리는 아직도 이만큼이지만
– 임솔아 『나는 지금도 거기 있어』를 읽고

강민지

노르웨이에 잠깐 살았을 때 친구가 꼭 들러 보라던 현대 미술관이 있었다. 아스트룹 스탠리 미술관. 그곳에 들어섰을 때의 당혹스러움을 뭐라고 말할 수 있을까. 내가 본 작품 앞에 선 사람들의 표정을 말이다. 불길함, 불쾌감, 무력감이 달라붙어 있던 그 얼굴들로 나는 미국의 조각가 로버트 고버의 작품을 떠올리곤 한다. 'Untitled Leg'라고 이름 붙여진 작품으로 고버는 잘못된 곳에 놓여있는 신체를 형상화하고자 했다. 미술관의 벽면 곳곳에는 벽에서 다리가 갑자기 돋아나온 듯 실제 사람의 다리에서 본을 뜬 조각들이 붙어 있고, 그 광경 앞에 선 사람들의 당황스러운 시선이 오간다. 그는 우리에게 보여줌으로써 돌려주고자 했다. 그가 뉴욕의 성소수자로서, 사회적 소수자로서, 억압 아래에서 느껴야만 했던 감정을. 있어야 하는 자리에 자신으로 설 수 없을 때, 규정된 역할을 해낼 수 없을 때 자신이 느끼는 당혹스러움을. 사랑하는 사람들이 있는 사회가 자신에게 들이미는 불안, 소외감, 수치심을.

책을 읽으며 다시 그를 떠올렸다. 책 속의 인물들이 느껴야 했던 수치심과 투쟁하는 방식이 그와 너무도 닮아 있어서. 1980년대의 뉴욕이 아니라 지금 여기 대한민국에서 무언가를 견뎌야만 하는 사람들에 대해 생각해야 했다. "나는 지금도 거기 있어"라고 말해야 하는 사람들 말이다. 언제나 무언가를 견뎌야 하는 사람들은 있으니까. 자신에게 부여된 자리가 없거나, 자신의 자리에 놓이기 위해서는 자신을 깎아내야 하는 사람들, 『나는 지금도 거기 있어』의 인물들과 비슷한 사람들.

임솔아는 소설 속에서 우리가 사랑이라는 말 옆에 내어놓는 역할의 이면에 있는 함정들을 하나둘 뒤집어 본다. 사람들이 사랑이라는 단어 하나로 서로를 어떻게 옭아매는지, 그로 인해 우리가 어떤 장소 안에 자리하게 되는지를 이야기한다. 소설은 네 명의 인물이 각각의 삶을 살아내면서 그리는 궤적과 그들이 하나로 묶이게 되는 서사를 보여준다. 한쪽 귀가 들리지 않는 화영, 퀴어 정체성을 가지고 있는 우주, 부모의 이혼 끝에 집에서 탈출하고 언제든지 대체될 수 있는 노동자로 살아가는 보라, 자신이 좋아하는 것을 늘 흉내 내면서 살아온 정수가 그들이다. 네 명은 전시회에 작품을 출품하며 서로를 만나고, 자신의 이야기를 내어놓기 시작한다.

그들은 온전한 자신으로 살아가지 못하고 있다는 공통점을 가진다. 화영은 그의 연인 석현에게 때때로 귀가 온전하게 들리는 것처럼 연기하기를 요구받는다. '남자애 같다'고 불리는 우주는 친구들 안에 속하기 위해 사회가 요구하는 '여자애'인 것처럼 가장해야 한다. 보라의 엄마는 보라가 늘 자신의 편에 서길 요구하고, 그러지 못했던 후회는 보라의 심리 밑바닥에 놓인다. 사랑하는 사람에게 사랑받기 위해 나를 부정해야만 하는 당혹스러운 경험 속에서 그들은 무언가 잘못되었다고 느낀다. 상대방이 나에게 주는 사랑 앞에 괄호가 놓여야만 하는 상황은 부당하다고.

그들이 자신으로 존재하지 못하는 것은 우리 사회가 그들에게 어떤 자리도 돌려주지 않기 때문이다. 화영은 한쪽 귀가 들리지 않지만 다른 쪽

귀는 정상이기 때문에 장애인의 카테고리 안에 속하지 못한다. 우주가 선미를 사랑하는 일에 대한 언어는 대한민국 법률에 존재하지 않는다. 사람들이 사용하는 '여자'라는 단어가 자신을 설명하지 못한다고 우주는 느낀다. 사회에서 받아들이는 '여자애'에 들어있는 함의는 우주라는 사람을 아우르지 못하기 때문이다. 보라가 하는 일은 그게 담배를 홍보하는 일이건 타투를 하는 일이건 간에 신고 대상이다. 보라가 하는 일이 호텔 뷔페 서빙일 때도 다르지 않다. 그저 지나가는 일, 종착점이 되지 못하는 일로 여겨질 뿐이다. 그들은 사회라는 종이 위에서 자신을 기입할 항목을 찾지 못하는 사람들, 엄연히 존재하지만 우리 사회가 지워놓은 사람들이다.

마지막에 등장하는 인물 정수는 세 명의 이야기를 하나로 묶어준다. 그는 다른 이들의 이야기를 듣고 그것을 예술 작품으로 재구성한다. 이야기를 재현하는 작업에 멈추지 않고, 직접 경험하지 않았기 때문에 타인에게서 "끝끝내 알 수 없는 부분"을 가지고 작업한다. 그러기 위해서 세 사람의 옆에 선 정수가 선택하는 것은 이만큼의 거리다. 나는 당신을 판단하지 않겠다고, 그저 당신의 이야기를 듣겠다고 말하듯이 그는 조용한 다정함을 꺼내놓는다. 너무 가깝지도 멀지도 않은 다른 사람을 침범하지 않는 거리에서. 나는 아직도 당신을 모르지만, 영영 당신을 이해할 수 없겠지만, 그래도 당신과 이야기하고 싶다, 당신의 이야기를 듣겠다고 말하는 것처럼. 그리고 그렇게 들은 이야기를 정수는 자신의 기억으로 재구성한다.

자신의 이야기를 해 보라는 사람들에게 정수는 한 이야기를 들려준다. 보스턴에서 무고한 여자가 근처 건물에 들어갔다가 경비에게 끌려가는 장면을 본 적이 있다고. 시에서 읽은 적이 있는 그 장면을 정수는 마치 자신이 직접 본 것처럼 묘사한다. 정수는 생각한다. 자신은 그 장면을 직접 보지 않았고, 끌려가는 그 여자가 자신이 아니라는 것도 잘 알고 있지만 아직도 그 장면을 잊을 수 없다고. 이야기를 끝내며 정수는 자신이 읽은 시의 마지막 구절을 떠올린다.

"나는 지금도 거기 있어"

그렇다면 이 문장을 이렇게 말해볼 수도 있지 않을까. 우리는 존재하는 것만으로도 서로의 증인이 되는 세계에서 살아가고 있다고. 보스턴, 뉴욕, 서울 같은 대도시에서는 매 순간 수많은 사람이 만들어내는 장면이 우리를 스쳐나가고, 그것이 도시를 걷는 우리의 내면으로 흘러 들어오니까. 우리가 도시 밖에 살더라도 크게 다르지 않을 것이다. 시인 에이드리언 리치가 살았던 1900년대와 다르게 이제 세계는 인터넷으로 촘촘히 연결되어 있으니까. 거리에서, 미술관의 전시실 안에서, 유튜브의 추천 탭에 뜨는 동영상에서, 소셜 네트워크의 게시물 앞에서 우리가 마주하는 다른 사람들의 수치심과 분노, 폭로는 고요한 파열음을 내며 우리 안의 무언가를 영원히 깨뜨려 놓는다. 어떤 광경을 목격하는 것은, 그 장면을 기억하는 것은, 눈앞에 보이는 이를 타자화하지 않는다는 것은 그 장면이 우리 마음에 남긴 상흔과 함께 살아가기로 결심하는 일이다.

노르웨이 미술관에서 로버트 고버의 작품을 본 사람들과 내가 그랬듯이 말이다. 미술관을 나서며 생각했다. 나는 1980년대의 뉴욕을 살아본 적이 없고, 그와 같은 상황에 처한 적이 없고, 앞으로도 나에게 그의 삶은 멀게만 느껴질 테지만 나는 오늘 본 그 장면을 절대 잊을 수 없을 것이며 그 작품을 본 다른 사람들도 나와 똑같이 생각할 것이라고. 나는 절대 고버가 살았던 것과 같은 삶을 살 수 없을 것이지만 그의 작품 앞에 섰던 기억을 떠올릴 때마다 나는 뉴욕에서의 그의 삶 옆에 놓이게 된다고. 소설 속에서 정수의 작품을 경험한 관객들이 느꼈을 그 감정을 나도 느껴 보았다고.

소설의 결말에서 정수는 다른 인물들에게 들은 이야기를 재해석한 작품으로 관객들에게 말을 걸기 시작한다. 사회가 지워놓은 자리에서 살아가는 사람들이 여기 있다고, 그들 옆에 서지 않겠느냐고, 자신과 함께 그들의 이야기를 들어보자고 제안한다. 정수가 만든 유리 상자 안에 들어간 관객들은 숨겨져 있는 글자들을 찾아 하나의 문장을 만들어 낸다. "나는 지금도 거기 있어"라는 문장을. 이 부분을 읽으며 정수의 작품을 경험하는 관객에 지금 소설을 읽고 있는 나를 투영하게 되었다. 소설을 읽으며, 화영 우주 보라 정수가 들려주는 이야기를 들으며 독자들도 숨겨져 있는 그 문장을 찾는 길에 서 있으니까. 마치 독자가 읽고 있는 소설이 정수의 또 다른 작품인 것처럼, 작가가 지금까지 이 소설을 읽은 나에게 관객의 자리를 할당하는 것처럼.

그렇게 소설은 당신을, 이 세계의 관객을 호명한다. 당신에게 묻기 시작한다. 이것이 아직도 당신과 상관없는 이야기라고 생각합니까.

이 책을 읽는 당신이 장애를 가지지 않았더라도, 노동자가 아니더라도, 퀴어가 아니더라도, 인종차별을 받은 적이 없더라도, 소수자가 아니더라도, 온전한 자기 자신으로 살아가는 것이 한 번도 어렵지 않았더라도

이 책을 읽는 순간 당신은 그곳에 있게 된다고. 그렇게밖에 말할 수 없게 된다고. 나와 그들 사이의 거리는 아직도 이만큼이지만, 내가 그들과 다른 사람이라는 걸 알고 있지만, 아직도 나는 그들이라고밖에 그들을 지칭할 수 없지만 적어도 나는 이제 그들과 함께 그곳에 있게 되었다고 말하려고, 이 글을 썼다.

고모리로 가는 길
– 황정은 『야만적인 앨리스씨』를 읽고

강한조앤

그대는 어디까지 왔나

『야만적인 앨리스씨』를 다 읽고 책장을 덮었을 때. 어떤 기억 하나가 머릿속을 비집고 나왔다. 중학교 때의 학교 선배에 대한 기억이었다. 누구나 살다 보면 이유는 모르겠으나 불편한 사람이 하나쯤 있는데, 나에겐 그 선배가 그런 사람이었다. 늘 과하게 밝은 행동. 억지스러운 웃음. 먼지 냄새가 풍기는 옷의 체취. 그런 것들은 왠지 내가 모르는 뒤틀린 부분들이 선배의 안에 더 있을 것만 같은 인상을 주었다. 아무것도 모르면서 무엇이 두려웠는지. 당시의 어린 나는 선배와 은근슬쩍 거리를 두곤 했다.

어느 날 선배는 대뜸 나에게 말을 걸었다. 내일 법원을 가야 해. 내가 왜냐고 묻자 선배는 귓속말로 비밀 하나를 털어놓았다. 자신이 아버지에게 당했던 끔찍한 일에 대해. 그건 내가 살면서 들은 말 중 가장 충격적인 폭로였다. 그날 어린 내가 얘기를 듣자마자 곧바로 한 일을 지금도 잊을 수 없다. 바로, 기숙사로 돌아와 이불을 뒤집어쓰고 울려고 노력한 것이다. 그런 이야기를 들으면 응당 그렇게 하는 게 맞다는 듯. 당연히 눈물은 나오지 않았다. 전혀 슬프지 않았으니까. 그때 나는 그 선배의 일보다는 '울지 않는 나'에 더 많이 애통해했다. 스스로에게 매몰되어 있었던 것 같았다. 선배는 곧 학교를 나갔고 아마 나를 잊었을 테지만, 시간이 지나 그 일은 내게 불쑥불쑥 올라오는 부끄러운 기억이 되었다. 지금은 생각한다. 그때 울려고 끙끙대는 대신 괜찮냐고 가볍게라도 물어봐 주었다면 어땠을까. 지독한 먼지 냄새를 뚫고 그 선배를 안아 주었다면, 스스로에게 질문해 본다. 나는 그때, 어디쯤에 있었을까. 도저히 가늠이 되지 않는다. 이런 상황 앞에서는 어떠한 대답도 답이 못 되는 것 같다.

불쾌함이 던지는 도전

그대는 어디까지 왔나. 『야만적인 앨리스씨』의 도입은 묵직한 질문과 함께 주인공 '앨리시어'에 대한 묘사로 시작한다. 그것은 다른 소설들과 사뭇 다른 방식이다. 앨리시어는 여장 부랑자로, 사거리에 서 있다. 내막을 모르는 사람도 비밀의 냄새는 쉽게 알아차릴 수 있다는 사실을 보여주듯, 앨리시어의 체취는 불쾌하다. 그는 "추하고 더럽고 역겹다고 밀어낼수록 계속해서 그대의 무방비한 점막에 도꼬마리처럼" "신나게 유쾌하게 존나게" 들러붙는다. 이 단락을 읽던 초반. 뒤 내용을 보지도 않았는데 책장을 덮고 싶은 충동이 들었다. 내가 좋아하는 것은 주인공을 사랑할 수 있는 소설인데, 이 소설의 주인공 앨리시어는 독자인 나를 거대한 도전 앞에 서게 했다. '이 불쾌함을 뚫고도 다음 이야기를 궁금해할 수 있니?'하는 질문. 그 도전에 '예'라고 답하는 것은 쉽지 않았기에 오랫동안 책장을 덮었다가 다시 집어 들기를 반복해야 했다.

겨우겨우 고개를 끄덕일 정도가 되자 비로소 난 앨리시어가 하나둘 드러내는 이야기를 들을 수 있었다. 그것은 무엇보다 아픈 '폭로'의 형태를 띠고 있었다. 『야만적인 앨리스씨』는 우리의 시야 밖에서 벌어지는 폭력에 대한 소설이다. 그러나 분명 현실을 그리고 있는데도 왠지 꿈속에서 벌어지는 일들처럼 몽롱하게 전개된다. 책에 등장하는 마을 '고모리' 또한 그런 공간처럼 느껴졌다. 그곳은 앨리시어가 나고 자랐으며, 무덤이라는 지명의 유래를 갖고 있는 곳이다. 고모리 속 비가 내리는 논둑에서는 죽은 개의 부패가 이루어지며, 고모리의 몇몇 집들에서는 구타가 이루어진다.

앨리시어의 집은 그 중 하나다. 앨리시어와 앨리시어의 동생은 매일같이 어머니에게 두들겨 맞는다. 컨테이너에 갇히기도 한다. 그들이 그렇게 맞게 되는 원인은 대체로 외부에 있다. 교수인 검은 집 여자가 방문해서 '잘난 것도 없이 잘났다고 떠드는 걸 들어가지고' 라던가. 어머니의 꿈속에서 모기로 나타난 그들이 애애애- 울며 손가락을 파먹었다는 이유 같은 것들이다. 앨리시어와 앨리시어의 동생이 부르트고 터지고 피를 흘리고 죽도록 맞을 때도 그들을 구해주는 사람은 없다. 그것은 왜일까. 누군가가 관심을 가지고 들여다보기에 너무 '불쾌해서' 였을까. 나는 알 수 없다. 늙은 아버지 또한 그들에게 관심이 없기에 집은 그들에게 '맞는다'는 행위와의 동의어가 된다. 그렇지만 앨리시어와 동생은 집을 벗어날 수가 없다. 아직 너무 어리기 때문이다. 아이 걸음으로 갈 수 있는 정도까지 걷고 또 걸어도, 밤이 되면 어머니가 두들겨 패는 고모리로 돌아와야 하는 것이 그 둘의 숙명이다. 둘은 계속해서 외부에서 오는 구원을 기대할 수밖에 없다. 그렇기에 책은 자꾸만 우리에게 도움을 요청하는 듯하다. 그대는 어디까지 왔냐고. 그 질문을 들을 때마다 작품 바깥에 있음에도 자꾸만 가슴이 내려앉는 기분이 든다. 잊을 만하면 불쑥불쑥 고개를 내밀고. 내내 불편하게 한다.

이해와 '몰' 이해

그리고 곧, 나는 수많은 상황들을 맞닥뜨리며 가슴이 터질 듯한 막막함을 경험했다. 앨리시어에게 구타당하는 상황보다 더욱 절망적인 것은 '이해'라는 말에 선을 긋는 타인의 얼굴임을 머지않아 체감했기 때문이었다. 그것은 동생의 공책을 찢은 계집애의 행동과 같은 것이다. 앨리시어의 동생이 바보라고 불리는 동급생의 공책을 반으로 갈라 편지 쓰는 것을 도와줄 때, 그 계집애는 동생의 공책을 빼앗아 찢으며 말했다. "그럼 너도 당해야지, 니가 얘 거 찢었으니까 너도 찢어져야지." 또한 앨리시어와 동생이 찾아간 가정폭력 상담센터의 상담사도 다를 바 없다. 서로의 상처를 이해하라는 노력과 인내심을 갖길 종용하며 그들의 이야기를 묵살해 버린다.

놀라운 점이 있다면 이들의 말은 표면적으로 모두 입바른 소리라는 것이다. 세상을 옳고 그름 두 가지로 나눈다면 바보 아이의 공책을 찢는 것은 나쁜 일이고, 어머니를 가지고 안 좋은 욕을 하는 것 또한 나쁜 일이다. 이들을 보는 내내 참을 수 없는 수치심이 들었던 것 같다. 숨고 싶었다. 이들 또한 상황에 대해 '응당' 그래야 한다며 판결을 내리는, 자기 자신에게 매몰된 것이 보였기에. 선민의식 같은 것. 정작 그 아픔을 당하는 사람에게는 그렇게 큰 관심도 없으면서 그 문제를 해결하려는 스스로에게만 몰두된 예전의 내가 보였다. 실은 세상의 모든 것이 그렇게 간단하게 나누어지지 않는다. 알려고 하지 않으면 영영 모르는 것들도 있다. 아버지와 고모리의 이웃들처럼, 알기 때문에 모르고 싶어하고 모르기 때문에 결국은 모르기도 한다. 이를테면 공책을 찢긴 동급생이 바보가 아니라 할머니랑 둘이 살아서 말을 잘 못 한다는 사실이나 앨리시어가 어머니를 욕으로 표현할 수밖에 없는 이유 같은 것 말이다. 앨리시어와 동생, 오직 당사자만 알고 있는 영역들은 엄연히 존재하는 또 다른 진실이다.

모든 진실은 내러티브(narrative) 안에 있다

그 몰이해를 해결할 수 있는 방법을 난 상상도 못한 부분에서 발견했다. 바로 앨리시어가 세상을 바라보는 시선이었다. 어머니가 마당에서 동생을 두들겨 패던 어느 날 저녁. 앨리시어는 불쑥 자신이 그녀의 '씨발 됨'을 설명할 수 있을 것이라고 생각하지만 스스로 '웃기시네' 하고 생각을 차단한다. 때리고 싶으니까 때리는 거야. 라고 단정지으려 애쓴다. 그러나 앨리시어는 다음 단락에서 결국 토해내듯 독백한다.

추웠을 것이다. 라고.

앨리시어가 들은 이야기 속에서 어린 그녀는 아버지에게 발가벗겨져 쫓겨난다. 그녀 또한 아버지에게 상시적이고 일상적으로 매질을 당한다. 앨리시어는 잠든 어머니를 궁금해하는 그녀를 떠올린다. 어머니는 왜 아무것도 하지 않을까. 죽고 싶을 정도로 나는 추웠는데 왜 나를 궁금해하지도 않는 얼굴로 자고 있나. 마치 그 장면을 보는 듯한 앨리시어의 섬세한 상상에 멈춰 난 오래 울었던 것 같다. 그것이 어머니를 이해하기까지 가지 않아도 좋다. 그저 여기까지 들여다보려고 애쓴 마음을 도저히 가늠할 수 없어서였다. 동생에게 어머니의 서사를 가진 여우의 이야기를 들려줄 때도. 여장 남자인 친구 고미를 대할 때도 마찬가지다. 이것은 앨리시어가 어머니를 비롯한 많은 타인을 바라보는 시선이라고 생각한다. 삭막한 세상 속 끈질기게 시도하는 노력이다. 모든 사람이 이 정도만 들여다보려고 한다면 세상이 얼마나 진실에 가까워질까. 문득 그런 생각을 했다. 상황 아닌 사람에게 한 걸음만 가까이 가 본다면, 세상이 이 정도까진 삭막하지 않을 텐데. 그러나 누가 기꺼이 갈 수 있을까.

다시, 고모리로 가는 길

작품의 말미에서 동생은 하수처리장의 모래에 파묻혀 죽는다. 사고의 영향이라고는 볼 수 없는 멍과 긁힌 자국. 구타 흔적들로 인해 드디어 어머니의 폭력은 세상으로 나온다. 매스컴은 그 사실에 대해 뜨겁게 다루지만. 평가와 비난이 소낙비처럼 쏟아지지만 한순간이다. 그것을 과연 이해하려는 시도 중 하나로 볼 수 있나. 그렇다 아니다 말할 순 없지만. 대중의 관심은 아까 언급한 여러 상황들과 꽤 닮아 있다. 뒤늦게나마 이런 상황에선 '응당' 화를 내야 한다는 스스로에게 몰두되어 있음에 가깝다.

이 시점에서 질문한다. 진짜 이해란 무엇일까. 상황을 면밀히 분석하는 데서 그치는 것이 아닌. 사람을 똑바로 보고 한 발짝 가까이 가는 것이 아닐까. 더 이상 우는 내 자신의 모습에서 만족하고 그칠 수 없다. 그 사람이 가지고 있는 고유한 이야기 속으로 성큼성큼 걸어 들어가는 것이 시작이다. 설령 그것이 불쾌한 냄새를 풍기더라도 말이다. 모든 진실은 예쁘든 더럽든 이야기 안에 있다. 앨리시어의 음성이 나를 스친다.

그대는 어디까지 왔나.

아직도 때리고 맞는 일이 만연한 세상의 수많은 고모리를 생각한다. 난 어디쯤 왔을까. 애초에 난 출발하긴 한 걸까. 막막하다. 책은 말한다. "이제 그대의 차례가 되었다, 앨리시어가 그대를 기다린다"고. 이제는 안다. 고모리로 가는 한 발자국은 몰이해에서 이해로 가는 경계를 넘는, 결코 좁지 않은 보폭이라는 것을. 지금 나는 고모리로 들어가는 초입에 서 있다. 고모리에서 풍겨오는 냄새는 불쾌하다. 어쩌면 뒤틀리고 더럽고 역겨운 것을 보게 될지도 모른다. 그러나 그 안엔 사람이 살고 있다. 나와 조금도 다를 바 없는 생生의 이야기가 있다. 누구에게나 있기에 서로를 안아 주고 보듬어 줄 수 있는 진실, 내 자리에 머물러 있으면 절대로 볼 수 없는 이야기.

이젠 그 속으로 발걸음을 옮기는 사람이 되고 싶다.

21.5세기의 수호자
– 배명훈 『미래과거시제』 중 「수요곡선의 수호자」를 읽고

김현경

AI는 결국 인간을 이길 수 없다. 자율주행 자동차, 배송 로봇, 안내 로봇과 같이, 인간은 로봇에게 점점 삶을 기대고 직업마저 빼앗기고 있다. 인공지능은 이 순간에도 끊임없이 발전하고, 인간은 로봇에게 정복당할 미래를 두려워하곤 한다. 그러나 역설적으로 인간은 단순 편리함과 이익을 위해 더욱 적극적으로 로봇을 이용하고 있다. 배명훈 작가의 『미래과거시제』는 AI와 인간이 공존하여 살아가는 미래에 대해 질문을 던지는 작품이다. 작품 속 인물들은 과거의 데이터를 토대로 만들어진 현시대의 인공지능을 두려워하지 않는다. 로봇은 인간이 쌓아온 과거의 데이터와 앞으로의 미래를 담아낸 정수이다. 인간의 과거와 현재로 만들어진 AI는 결국 인간을 이길 수 없을 것이다. 미래에 대한 기대를 걸며 나아가는 인간만이 오직 21.5세기의 수호자로서 자리 잡을 것이다.

『미래과거시제』는 AI가 이기냐 지냐의 문제를 고민하게 하지 않고, 온전히 AI에 대해 이해할 수 있게 한다. 평소 나는 AI와 공상에 대해 다루는 SF보단 감정이 가득한 로맨스에 익숙한 사람이었다. 배명훈 작가의 『미래과거시제』는 SF 장르임에도 로맨스처럼 흥미진진하고 달콤하다가

도, 광활하고 특별했다. 미래의 측면을 다루는 주제 속에서 언어의 속성을 유려하게 드러낸 부분들은 무척이나 흥미롭게 다가왔다. SF에서 중세 국어와 언어의 구조적 특성을 만나볼 수 있다니! 국문학도로서 매우 반가운 작품이었다. 제목에도 언급된 '미래과거시제'형은 문장 내 형태소를 분석해 보며 이해하려고 애썼던 기억이 있다. 단순 SF 장르로서가 아닌 다양한 형식으로 독자에게 다가오며 이 책은 특별한 첫인상을 남겨주었다.

『미래과거시제』에서는 여러 지면에 실렸던 SF 단편들을 한 권으로 만나볼 수 있다. 2113년에 논문을 작성하기 위해 연구 중이던 역사학과 대학원생이 발견한 파열음(격음)의 통시적 변화를 담은 「차카타파의 열망으로」, 현대에는 생소한 '미래과거시제'형을 사용하는 미래에서 온 남성과 평범한 현대 시대 여성이 시공간을 초월하여 결국은 만나게 된다는 로맨스적 전개를 담은 「미래과거시제」, 사고로 사망하게 될 딸의 하반신을 AI와 접목해 생명을 연장하는 이야기를 다룬 「절반의 존재」 등 다채로운 작품이 있었으나, 제일 인상 깊은 단편은 첫 순서를 차지한 「수요곡선의 수호자」였다.

「수요곡선의 수호자」는 수심 70미터 해저에 심해도시 건설 프로젝트를 진행하고 있는 회사의 인간 책임자인 '유희'와 '수요곡선의 수호자'라는 별칭을 가진 로봇 '마사로'의 만남에 관한 이야기이다. 어느 날, 그녀는 '마사로'를 만나게 되는데, 그 로봇은 본인을 '세상을 구하기 위해 만들어진 로봇'이라고 소개한다. 보통 우리가 사용하는 로봇이라 함은 공장에서, 무인카페에서, 음식점 등에서 사용되는 생산용일 것이다. 그런데 '마사로'는 달랐다. 그는 공익 증진을 위해 공공 기금의 돈을 가지고 직접 사회에 나가 소비자의 임무를 수행하는 로봇이었다. '마사로'는 구매뿐만 아니라 감상해야 하는 로봇이기에 인간과 비슷한 수준의 감정을 가지고 있었다. 그런 '마사로'를 두려워하는 사람들의 공격으로 인해 심해도시 외부에는 균열이 생겼고, 그 문제로 '유희'는 '마사로'를 그곳에 둔 채 탈출하게 된다. '유희'는 그를 그리워하다, 로봇의 개발자를 만나 AI 발전 현황에 대해 각인하게 된다. 결국 '유희'는 '마사로'를 다시 찾아내 세상을 구하라는 메시지를 전하며 작품은 끝이 난다.

이 작품에서 굉장히 흥미로웠던 점은 작가의 미래적 상상에 꽤 디테일한 설정이 있다는 것이다. 심해 도시의 시설을 점검하는 실질적 업무자는 열아홉 대의 로봇이지만, 단 한 명의 인간이 그 모든 일을 책임져야 한다는 것. 직장인으로서 일을 하다 보면, 팀원의 실수를 내가 책임진다는 일도 어렵게 느껴질 법한데, 19대의 로봇의 실수를 인간이 진다는 설정이 현실적으로 다가왔다.

이 주제의 연장선으로 자율주행차 규제 이슈에서 책임에 대한 문제를 생각해 볼 수 있었다. 자율주행차로 인해 인명피해가 났다면, 누가 그 법적 책임을 물 것인가. 자율주행차인가? 그 안에 있던 사람인가? 혹은 그것을 만들어 낸 사람인가? 인공지능 하면 역시 책임 윤리적인 딜레마가 따라올 수밖에 없는 문제인 것 같다. 이 작품 속에서도 로봇을 고용한 자, 노동 로봇, 팀장, 3단계로 구분된다. 책임 윤리 딜레마에 따라 고용한 자가 책임을 질 것인지, 노동자가 책임을 질 것인지, 팀장이 책임을 질 것인지 등 현실적인 문제에 대해 짚고 있다. 이러한 디테일을 통해 AI의 안전 문제에 대해 생각해 볼 수 있었다.

더불어, AI와 인간의 차이점에 대해서도 생각해 볼 수 있었다. '유희'는 일과 중 어떤 희열을 느끼게 되었는데, 이 '영감'을 보존하기 위해 휴가까지 내며 감정을 중요시하는 태도를 보였다. AI는 감정에 따르지 않기에, 반복적이고 규칙적인 작업에 집중하여 업무의 효율을 올리고, 결국 생산성을 향상한다는 장점이 있다. 하지만, 감정이라는 키워드가 이 작품에서는 생산에 방해되는 부정적인 것으로 느껴졌다. 그녀가 어떤 돈오를 느꼈던, 이것은 인간만이 가질 수 있는 생각이며, 투미한 행동이겠구나 싶었다.

반면, 감정 없이 일만 하는 로봇들과는 다르게 '마사로'는 감정이 충만한 로봇이었다. 간혹 로봇의 발전은 인간의 일자리를 빼앗고, 신뢰할 수 없는 존재로 인식했는데, 인간의 생산에 도움이 되는 소비자 로봇이라는 아이디어가 굉장히 신선했다. 요즘은 AI가 단순한 물건 생산뿐만 아니라, 미술이나 음악 같은 예술품도 생산해 내기에 창작가들이 열정을 잃어가고 있다. AI라면 독후감 정도는 책을 안 읽고도 온갖 데이터를 가지고 1분도 채 안 되어 뚝딱 써낼 것이다. 하지만 '마사로'가 인간의 창작물을 소비하고 감상하다니. 이는 창작자로서 희망적인 소식일 것 같다는 생각이 들었다.

그렇다면 '마사로'가 현실에 존재하는 로봇이라면 어떨까? 우선 나는 찬성이다. 예술 작품에 대해 함께 긍정적인 감상을 나눌 수 있는 존재. 나의 예술품을 소비해 주는 존재. 소비를 통해 관광도시를 살려내는 존재. 결국 인간에게 유익한 존재라고 생각되었다. 창작자들은 결국 계속 창작해 낼 것이다. 소비자가 인간이든 로봇이든 창작자로서 설 자리가 생길 것이다. 이상적이고 추상적인 예술보다는 대중의 감성을 공략하는 작품이 더욱 성행하며, 로봇과 인간이 함께 공동체가 되어 작품을 즐기게 될지도 모른다. 감정의 가치를 존중하고, 나의 감정을 풍부하게 표현할 수 있는 자들 곁에 실제 '마사로'가 존재한다면 어떨까.

「수요곡선의 수호자」를 통해 작가는 사회적 문제와 AI의 윤리적 딜레마를 짚어내며, 인간의 심리를 잘 담아내 주었다. '마사로'에게 감정을 심어주기 위해 연구소에서 '감정'에 대한 연구를 진행했다는 내용이 있었는데, 요즘 감정이 메말라가는 현대인들에게 감정의 연구와 보존도 굉장히 중요한 주제일 것 같다는 생각이 들었다. 사람을 닮은 휴머노이드 로봇을 우리는 불쾌한 골짜기로 여기며 인간이 AI에게 정복당할 위험만 걱정하곤 하는데, 작품을 통해 로봇의 감정 변화를 긍정적으로 바라보며 '마사로'의 편에 서서 읽을 수 있었다는 점이 흥미로웠다. 로봇을 만들고, 파괴하고, 또다시 세상에 내보내는 것은 인간이라는 점을 다시 한번 떠올리며 로봇에 대한 두려움보단, 인간과 로봇의 공생관계에서 얻을 수 있는 이익에 대해 생각해 볼 수 있었다. 더불어, 작가와 소비자의 편에 서 줄 우리 '마사로'를 통해 힘을 얻었다. 로봇과 함께 사는 세계에서 누구도 밀려나지 않고, 각자의 자리를 지킬 수 있었다. 나는 독자로서 책을 소비하여 '마사로'를 만나고, 그의 이야기를 다룬 독후감을 작성하고, 이 독후감을 읽는 또 다른 독자를 생성했다. '마사로'는 자신의 자리를 지키고 서서, 세상을 돌아가게 하는 힘을 발휘한 것이다. 세상을 구할 '마사로'가 실제로 우리의 마음 끝까지 닿아올 수 있길. 다양한 시선과 방향으로의 AI 발전을 응원하며, 21.5세기에 우리가 '마사로'와 나란히 옆에 설 수 있는 그날이 오길 바란다.

상냥하고도 폭력적인 세계
– 장진영 『치치새가 사는 숲』을 읽고

박지윤

　사랑해서 그랬어요. 연인에게, 자식에게, 혹은 이름 모를 타인에게 할 수 있는 가장 상냥하고도 폭력적인 말.

　미디어에 출현하는 '사랑'은 대부분 아름답고, 숭고하며 찬란하다. 부모는 자식을 위해 무엇이든 다 할 수 있는 존재로, 연인은 서로에게 가장 이상적인 상대로 묘사된다. 그러나 현실은 마냥 다정하지 않다. 어떤 사랑은 결핍을 채우지만, 어떤 사랑은 깨진 유리 조각처럼 위험하다. '사랑'이라는 명사 뒤에 '그랬다'라는 동사가 붙으면 의미가 사뭇 달라지는 것처럼. 사랑해서 때리고, 사랑해서 죽이고, 사랑해서…

　내게도 사랑은 다정하고 따뜻한 것이었으므로, 『치치새가 사는 숲』에 등장하는 '사랑'은 당혹스럽고 이질적이었으며, 더 나아가 그 행위를 감히 사랑이라 명명해도 되는지, 의문이 듦과 동시에 불쾌함을 느꼈다.

　작중 '나'는 못생김이란 숙명을 가진, 그래서 사랑과 관심이 간절한 평범한 14살 소녀이다. 정상적인 사랑이 존재하지 않는 나의 세계에선 무관심은 일상이 되고, 폭력은 관심거리가 된다. '나'의 부모님은 내가 몇 살인지, 어느 학교에 다니는지, 공부를 잘하는지, 초경을 할 나이가 됐는지, 가슴이 자랐는지, 그 어느 것도 알지 못한다. 그들에게 나의 존재는 영원한 부재이므로.

비정상이 주류가 된 세계 속, 소녀는 알록달록한 싸구려 관심들을 갈구하지만, 그마저도 쉽지 않다. '내'가 전교 2등을 했던 날, 칭찬을 기대하는 내게 엄마는 '마취 크림 좀 가져올래'라고 말한다. 아빠는, 휴, 말을 말자(본문의 표현을 빌렸다). 이곳에서 유일하게 '내' 마음을 알아준다고 생각했던 언니는 합의금을 받기 위해 차장과 내가 연인 관계였다고 주장한다. '무슨 생각해? 네 생각.' 치치림의 세계는 상냥하지만 폭력적이다.

치치림을 처음 만난 날, 그녀와 닮은 한 사람이 떠올랐다. 영화 〈혐오스러운 마츠코의 일생〉의 주인공, 마츠코이다. 그녀는 일평생 사랑에 목말라 있는 인물로, 아버지의 사랑을 갈구하지만, 아버지는 아픈 여동생만 예뻐하며 마츠코를 홀대한다. 이는 그녀가 병적으로 사랑에 집착하는 원인이 된다. '맞는 게 혼자인 것보다 나아.' 이 대사는 그녀가 얼마나 온정에 메말라 있었는지를 간접적으로 보여준다. 마츠코는 연인에게 배신당하고, 맞고, 아파해도 절대 그들을 떠나지 않는다. 마츠코에겐 사랑만이 유의미한 것이기 때문이다. 그러나 결국 마츠코는 '사랑'으로 구원받지 못했다. 그녀가 사랑했던 모든 이들은 끝끝내 마츠코를 떠났고, 그녀는 홀로 남겨졌다. 사랑은 폭력의 명분이 될 수 없다. '사랑'은 구원이 아니다.

만약 마츠코의 부모가 그녀를 있는 그대로 사랑해 줬더라면 어땠을까. 밥을 잘 먹고, 건강하게 자라는 것만으로도 축복이라고 말해줬더라면. 어른들은 아이들이 아무것도 모른다고 생각하지만, 아이들은 우리의 생각보다 훨씬 더 기민해서 부모의 눈빛과 표정, 말투, 호흡에서 사랑을 감지한다. 또는 위험을 감지할 수 있다. 이건 태어날 때부터 내재한 하나의 감각 기관이자, 생존을 위한 본능이다.

가만히 숨만 쉬어도 애정 어린 눈으로 바라봐 주지 않는다면, 잠자코 기다리기만 해선 안 된다. 직접 찾아 나서야 한다. 그래서 '나'는 사물함 위에 앉아 부러 팬티를 보여준다. 이건 못생긴 내가 남자아이들에게 관심받을 수 있는 유일한 수단이다. 자폐아인 옥수의 옷을 벗긴 건 달미와 멀어지기 싫어서, 차장을 '사랑'한 건 내가 예쁘다며 유일하게 칭찬해 준 사람이기 때문이다.

마음씨가 고운 사람에게만 보인다는 신비로운 새, 치치새가 사는 숲. 차장이 내게 '치치림'이라는 이름을 붙여줬을 때, 나는 치치림이 되었다. 치치림은 차장을 사랑했다. 그도 자신을 '사랑'했다고 믿었다. 그러나 차장은 치치림을 사랑하지 않았다. 사랑을 논했던 그의 모든 말과 행동은 자신의 더러운 욕망을 처리하기 위한 수단이었을 뿐이다.

'나'는 어떤 마음이었을까. 치치림이라는 이름이 그저 꽁치 김치 조림의 뒷글자를 보고 지어낸 것임을 알았을 때, 차장이 이혼도 하지 않은 유부남이었음을 알았을 때, 합의금을 위해 그와 내가 사랑하는 사이였다고 주장하는 언니의 모습을 보며, '나'는 무슨 생각을 했을까. 그들을 때려주고 싶었을까? 아니면 아무도 모르는 곳으로 훌쩍 떠나버리고 싶었을까. 어쩌면 울분에 찬 목소리로 외치고 싶었을지도 모른다. 그저 사랑받고 싶었을 뿐이라고. 물방울무늬 팬티가 산처럼 쌓인 공간에서 살아남기 위해 몸부림쳤을 뿐이라고.

사회화 과정을 거치기 전, 아이의 세계는 오로지 부모로 채워져 있어서 그들이 주는 사랑만을 양분 삼아 자라난다. 그러나 제때 양분을 섭취하지 못한 아이들은 생존을 위해 다른 곳에서 사랑을 얻으려 노력한다. 그 대상은 친구가 될 수도 있고, 연인이 될 수도 있고, 어느 집단이 될 수도 있다.

어렸을 때, 나도 그랬던 경험이 있다. 친구의 관심을 끌기 위해 예쁜 핀을 선물하고, 초콜릿이나 사탕 따위를 가방 주머니에 넣고 다니며 나눠줬었다. 그런 행동들이 결핍에서 비롯되었음을 이제는 알지만, 그때 누군가 나의 행동에서 결핍을 알아차렸다면, 그래서 내게 말해줬더라면.

다행히 치치림에겐 희미하지만, 희망이 남아 있다. 아이러니하게도 그녀의 임신을 알아차린 사람은 서로 말 한마디 나눠보지 않은 달미의 엄마였다.

> "달미의 어머니는 과묵한 분이었다. 우리가 귀가하면 별다른 인사 없이 식사를 준비했다. 기억하기로 달미의 어머니는 내게 말을 한마디도 걸지 않았다. 학교생활은 어떤지 성적이 어떤지 묻지 않았다. 내 이름도 묻지 않았다." (본문 p.29)

그녀가 어떤 마음으로 주인공의 임신 사실을 학교에 알렸는지는 알 수 없다. 다만, 어떠한 이유로든 그 속에 주인공이 잘못되지 않았으면 하는 바람이 존재했음은 분명하다. 말 한마디 섞어보지 않은 타인의 아주 작은 관심이 치치림을 구한 것이다. 다시 '내'가 될 수 있도록. 비로소 사랑은 구원이 되었다.

책의 마지막 장을 넘겼을 땐, 끔찍한 범죄 현장을 목도한 것처럼 속이 거북하고 찜찜했다. 불편할 정도로 세밀한 묘사와, 끔찍한 사건의 연속 때문이기도 하지만, 가장 큰 이유는 권선징악을 기대했으나 현실과 별반 다르지 않은 씁쓸한 결말 때문이었다. 다른 영화나 소설 속 주인공들처럼 복수했다면, 뻔하지만, 해피엔딩이었다면 기억은 금방 휘발될지 몰라도 마음은 편했을 텐데. 그러나 『치치새가 사는 숲』은 잘못 삼킨 알약처럼, 아릿한 쓴맛이 기억 속에 오래 남아있다.

지금도 우리 주변엔 수많은 치치림이 존재한다. 그들은 각기 다른 얼굴을 하고, 다른 이름으로 살아갈 것이다. 비록 나는 그들을 잘 알지 못하지만, 어른이 된 주인공의 바람처럼 부디 그들에게도 커다랗고 단단한 게딱지가 생기기를, 그것이 단지 표상일 뿐이라 하더라도 단단한 갑옷이 되어 그들을 지켜 주기를, 달미 엄마만큼의 다정함으로 내 주위의 치치림을 알아차릴 수 있기를, 간절히 바라는 마음이다.

그러자 나는 나 자신이 미워졌다[1]
– 황정은 『야만적인 앨리스씨』를 읽고

채윤서

　밀란 쿤데라는 『참을 수 없는 존재의 가벼움』에서 이름을 '영혼의 표지'라고 말한다. 그렇다면 죽은 사람의 이름을 부르는 것은 영혼을 소환하기 위한 일종의 제의적 의식으로 이해할 수 있다. 이것은 영혼과의 연결에 대한 기원이며, 죽음에의 간접적 동참이다. 그러나 앨리시어는 죽은 동생의 이름을 끝내 부르지 못한다. "앨리시어는 그의 동생을 야, 라고 부른다. 그대에게 그 이름을 말하고 싶어도 말할 수 없다. 여태 노력했으나 그 이름 여태 말할 수 없다."(161쪽) 부르지 못한 동생의 이름 대신 그대에게 넘겨주는 이 '실패와 패배의 기록'을 어떻게 받아들여야 할까? 나에게 『야만적인 앨리스씨』는 불편한 의문문으로 다가왔다.

　앨리시어는 소설의 말미에 이르러 이 소설 전체가 자신의 '실패와 패배의 기록'이라고 말한다. 그런데 그의 것 외에도, 『야만적인 앨리스씨』에는 실패하고 패배하는 것들의 이야기가 세 번 삽입된다. 첫 번째는 "온 집안을 완전 씨발 상태로 만들어버리고 씨발 사라졌다는" 여우의 이야기, 두

1　브레히트의 시 「살아남은 자의 슬픔」의 마지막 구절에서 인용

번째는 얌들의 종말 이야기, 세 번째는 "상당히 어둡고 긴 굴속"으로 떨어지는 앨리스 소년의 이야기다. 이 이야기들은 모두 앨리시어가 동생에게 들려주는 삽화의 형태로 구전된다. 이 이야기들 각각의 함의는 알기가 어렵다. 하지만 이 이야기들이 공통적으로 지시하는 어떤 방향으로 가다 보면, 마침내『야만적인 앨리스씨』로 들어가는 통로가 보이지 않을까. 이 글이 어떻게 끝날지는 모르지만, 일단 여기서부터 출발해야 할 것 같다.

이야기라는 것은 본래 허구이지만, 앨리시어가 들려주는 이야기들은 그 정도가 특히 심하다. 인간에게 시집온 여우, 배꼽을 눌러 죽는 얌들, 고래가 빠져나간 네꼬, 끝없이 낙하하는 소년. 앨리시어의 동생도 이 이야기들이 진짜라고 생각하지는 않았을 것이다. 그럼에도 앨리시어는 이야기를 해 주고, 동생은 듣는다. 마치 정말로 일어난 일인 것처럼 몰입해서. 그 이유는 이야기의 내용 자체는 허구이지만, 그 속을 채운 고통은 진실이기 때문이지 않을까. 그리고 그 고통이 앨리시어와 동생의 것이기 때문이지 않을까. 그들은 이야기를 통해 그들이 현실에서 겪는 고통을 언어적으로 재현한다. 하지만 그들은 고통을 직접 대면하는 대신, 우화적 세계로 후퇴한다. 그들에게 이야기란, 현실의 고통에 대한 재확인인 동시에, 그 고통으로부터의 도피다. 이것은 황정은이 그녀의 전작들인 『일곱시 삼십이분 코끼리열차』,『百의 그림자』등에서 즐겨 구사해온 화법이다. 고통에 대해 일일이 설명하는 대신, 그 고통을 표상하는 우화를 툭 던지기. 많은 사람이 황정은의 세계를 동화적이고 신비하다고 느끼는 이유도 여기에 있을 것이다. 그러나『야만적인 앨리스씨』에는 이것만으로는 설명되지 않는 '슬픔'이 있다.

이 슬픔을 읽어내기 위해 우리는 동생에게 들려주는 세 가지 이야기 외에 "앨리시어가 이야기를 해 줄까."(113쪽)라는 문장에 이어 제시되는 하나의 이야기가 더 존재한다는 것을 기억해야 한다. 내용은 이렇다. 마을에서 축제가 벌어지던 날, 시체가 발견된다. 앨리시어가 그를 알아보지만 혀가 사라지고 입이 닫혀 그 이름을 부르지 못한다. 그는 그저 살인범이 시체의 길이를 재는 것을 지켜볼 뿐이다. 이 이야기가 슬픈 이유는 이것이 앨리시어의 어머니가 꾼 꿈에 대한 환유인 동시에, 동생을 상실한 비극에 대한 은유로 읽히기 때문이다.

앨리시어가 이 꿈을 꾸기 전, 어머니가 먼저 이와 비슷한 내용의 꿈을 꾼 적이 있다는 것을 우리는 안다. 어머니가 꾼 꿈을 앨리시어가 따라 꾼 것인지, 아니면 각각이 따로 존재하는 것인지는 불분명하다. 중요한 것은 둘 사이의 인과성이 아니라 인접성이다. 명쾌한 논리적 해석은 불가능하지만, 어쨌든 어머니의 꿈은 앨리시어의 꿈으로 이어졌다. 이것은 폭력이 전도되는 과정과 유사하다. 폭력 역시 인과적이건 아니건, 이어진다. 폭력은 일회적인 것이 아니다. 육체적인 외상으로 끝나는 것이 아니라, 정신적인 내상으로 이어진다. 꿈이 무의식의 산물인 것처럼, 폭력 역시 의식의 지평 너머에서 사람을 씨발로 만든다. 앨리시어와 동생 사이에서 얼핏 드러나는 폭력과 욕설은 그들도 모르는 사이에 어머니의 폭력과 욕설이 그들에게 상속되고 있음을 방증한다. 앨리시어의 어머니와 아버지 역시 폭력을 스스로 깨친 것이 아니라 물려받았다. 씨발 년은 포스트 씨발 년이 발아하게 하고, 아버지가 받은 멸시는 자신을 멸시한 자들을 아버지가 다시 멸시하게 한다. 폭력은 환유적이다. 그것은 끊기지 않고 이어진다. 마치 계절처럼. "앨리시어의 사계에서 씨발 년은 아이들의 뒤를 성큼성큼 쫓고 아이들은 노인을 쫓고 노인은 씨발 년을 살금살금

쫓는"(88쪽) 것처럼.

반면 동생에게 일어난 비극은 앨리시어의 꿈에서 은유적으로 현현한다. 동생의 비극과 앨리시어의 꿈이 구조와 내용 면에서 겹쳐 있다는 것은 명확하다. 끝내 동생의 이름을 부르지 못한 앨리시어는 꿈에서도 시체의 이름을 부르지 못한다. 개천에서 건져진 시체 조각들은 물에 쓸려가다 발견된 동생의 시체에 대한 보조관념이다. 그런데 이런 내적 체계의 유사성보다도, 이 은유는 놓인 위치 때문에 더 처연해진다.

소설 속 맥락을 짚어보면 이렇다. 이야기가 말해지기 전, 동생은 앨리시어에게 형, 형, 하며 말을 건다. 하지만 앨리시어는…으로 일관한다. 그러다가 "앨리시어가 이야기를 해 줄까./여기 이 모퉁이에서"라며 이야기가 문득 시작되는데, 3인칭의 문어체로 쓰였다는 점에서 위 세 이야기와는 분명히 다르다. 이것은 동생에게 들려준 이야기가 아니다. 차라리 동생에게 들려주지 못한 이야기일 것이다. 자기 전 들려주던 삽화들과는 달리, 잠든 후 펼쳐진 꿈에 관한 이야기이기 때문이다. 들려주지 못한 자신의 꿈, 이것은 그 자체로 동생의 사고에 대해 앨리시어가 갖는 단절감의 은유적 형상이다. 세 개의 삽화가 앨리시어와 동생 사이의 공유된 고통에 관한 것이었다면, 이 꿈은 둘 사이의 단절에서 오는 고통에 관한 것이다. 이 단절감 때문에 앨리시어는 동생의 영혼과의 연결을 도모할 수도, 그의 죽음에 동참할 수도 없다. 이렇게 앨리시어는 동생의 이름을 부를 수 없는 자가 되었다. 초혼의 실패와 구원의 패배는 결국 비극의 순간에 대한 괴리이자 유책이며, '살아남은 자의 슬픔'(브레히트)이다.

그런데 나는 이 이야기가 놓이는 또 다른 맥락을 소설에서 찾을 수 있었다. 원래 이 이야기는 "밤이 되면 앨리시어는 고모리로 돌아간다. 여기 모퉁이에서, 지린내 나는 구정물에 발을 담근 채로 눈을 뜨고 꿈을 꾼다."(10쪽) 라는 문장 뒤, 즉 소설의 도입에 나왔어야 한다. 대놓고 겹치는 '여기 이 모퉁이에서'라는 어구와 '꿈'이라는 지표가 그 증거다. 따라서이 꿈은 앨리시어가 고모리에서 빠져나온 다음에도 계속 꾸는 꿈이다. 그렇다면 앨리시어가 길거리를 부랑하며 그대를 찾는 까닭은 동생 대신 꿈 이야기를 들려줄 상대를 찾기 위함일 것이다. "그대는 어디까지 왔나."라는 앨리시어의 반복적인 외침은 "그(동생)는 어디에 있나."에 대한 비극적인 변주다. 동생은 죽었고, 앨리시어는 살아남았다. 살아남은 자의 슬픔은 결국 자신을 향한다. 그래서 그 슬픔은 고통스럽다. 자신의 존재에 대한 미움이 그것이니까. 그는 그 미움을 도꼬마리처럼, 혹은 고모리를 덮고 있던 냄새 입자처럼 그대에게 전파한다. 살아남은 앨리시어가 전달할 수 있는 것은 동생의 삶도, 고모리에서의 폭력도 아닌, 자신의 슬픔과 미움이다. 그게 앨리시어의 이야기다. 그렇다면 나는 다짐한다. 기꺼이 앨리시어의 그대가 되기로. '이것을 기록할 단 한 사람인 그대'가 되기로. 그가 신나게 존나게 유쾌하게 들러붙는 그대가 되기로. 그 과정이 어떻게 끝날지는 나도 모르겠다. 그 천천한, 고통스러운, 언제고 끝날 이야기를, 듣고 싶을 뿐이다.

고등부

구의 증명을 읽고
– 최진영 『구의 증명』을 읽고

노효은

　사랑이 무엇이라고 생각하는가. 역설적이게도, 나에게 사랑이란 내 삶의 이유이자 자기 파괴적인 개념이었다. 나는 항상 한없이 어떤 존재 – 그 존재는 사람이기도 했고, 사물이기도 했으며, 어떤 개념이나 문화처럼 형질을 갖추지 않은 무언가이기도 했다 – 를 사랑하며 나의 삶을 그 존재에게 바쳤다. 그 존재는 나의 삶 일부분에 뿌리를 내려, 내 인격을 자양분 삼아서 나를 갉아먹었다. 그렇게 그가 내 모든 것을 빨아들이고 난 후, 내겐 그 존재만이 남았다. 내가 사랑해 마지않던, 나의 전부를 바쳐 찬양하고 숭배하던 그 존재만이 나였고, 그 이외의 것들은 모두 증발한다. 결국 내게 마지막으로 남은 그 사랑만이 비로소 내가 되어 나의 존재를 증명하게 되는 것이다. 누군가는 자신의 사랑을 영원한 반쪽이라고 생각하며, 그를 잃게 되었을 때 나의 반쪽이 잘려 나가는 듯한 고통을 받는다고 한다. 하지만 나는 달랐다. 그가 없다면, 나도 없어지는 것만 같았다. 그는 나의 유일한 존재가치, 존재 증명이 되어버렸기에. 그런 나로서 『구의 증명』은 큰 충격이었다. 내가 누군가를 사랑할 때마다 어렴풋이 느꼈던 그 감정들이, 폭력적이지만 우아한 형태로 묘사되고 있었다.

내가 이 책을 읽고 가장 먼저 든 생각은 '구와 담의 감정을 사랑이라고 단순화시킬 수 있을까'였다. 『구의 증명』을 읽은 독자들은 대게 구와 담의 관계를 사랑 그 이상으로 생각하곤 한다. 하지만 그들의 관계는 범차원적인 것이라고도 볼 수 있어서, 애시당초 인간의 언어로 둘의 관계를 정의할 수 있을지 모르겠다. 나는 우리가 감지하고 인지할 수 없는 그들만의 형이상학적 주파수 – 심지어 구와 담 본인들조차 인지하지 못하는, 그러나 느낄 수는 있는 – 가 느지막하게 세상에 흐르고 있다고 생각한다. 우리 개개인은 관측하지 못한 구와 담의 주파수의 기이한 형질을, 각자가 아는 가장 비슷한 주파수에 끼워맞춘다. 그 주파수는 사랑 같기도, 집착 같기도, 정신병 같기도 하다. 사채를 뒤집어쓴 자신을 따라오겠다는 담에게 구는 말했다.

> 이건 사랑이 아니야.
> 구가 말했다.
> 뭐든 상관없어.
> – 『구의 증명』152p –

구와 담의 유년 시절 서로의 마음을 채워준 건 오직 서로뿐이었다. 그렇기에 자아의 개념이 멀어지고, 오직 구와 담 서로가 느끼는 사랑이 온전한 자신이라고 받아들였다. 그렇기에 아무것도 남지 않은 공허한 삶일지라도, 모든 것이 흐려지고, 다 무너지고, 흘러내리는 세계에서 살고 있을지라도, 오직 당신만이 내 삶의 이유이자 나의 삶이 되는 것이다. 세상을 살아갈 이유는 모르겠지만 당신을 향한 사랑이 나의 삶을 영위케 만든다. 나의 결핍을 온전히 채워줄 당신이 내 주위의 모든 것을 집어삼킬지라도, 그런 건 아무런 상관이 없다. 내 눈앞의 당신만 있으면, 그거면 다

될 거란 생각을 한다. 그 저릿한 행복과 쾌락이 온통 내 정신계를 마비시켜서, 그저 이런 순간과 감각만이 지속되길 원하게 된다. 담과 구의 관계는 그렇게 시작되었다고 생각한다. 그것은 사랑도, 집착도, 정신병도 아니다. 함부로 명명할 수 없는 둘 사이의 주파수는, 그 어떤 단어로도 함부로 정의하기 힘들다.

그래서인지 내가 『구의 증명』을 통해 가장 크게 느낀 것은, '언어로 정의되지 않는 감각의 아름다움'이었다. 『구의 증명』은 수많은 고어적 요소들 사이 아름다움이 깃들어있었다. 게다가 그 아름다움마저 구와 담의 관계처럼 어떠한 언어로 정확히 형용하기 힘들다. 세기의 사랑이라거나 운명적 만남이라는 등 드라마틱하거나 판타지적인 요소가 없는, 그렇게 그저 쫓기는 삶을 살았을 뿐인 구와 담의 일생은 어째서 독자들에게 이렇게 거대한 파급력을 주었을까. 그들만의 관계 속 우리는 무엇에 동하였고, 무엇에 공감하였고, 무엇에 아파했을까. 어째서 식인이라는 비윤리적 행위를 마지막에서야 납득할 수 있었을까.

나는 세상에는 언어로 형용되지 않은 채 실존하는 수만 개의 메온 적 요소가 있다고 생각한다. 우리는 그것을 관측할 수 없다. 하지만 우리의 체감으로서 증명할 수 있다. 〈구의 증명〉은 완벽히 그 요소를 건드렸다고 생각한다. 난 감정의 언어화를, 범용적인 스펙트럼 중 편협하고 단편적인 일부분을 빼내어 언어라는 좁은 틀 안에 형상화한 것이라고 생각한다. 조금 더 풀어서 설명하자면, 예를 들어 우리가 '행복'이라고 부르는 언어 속에는 훨씬 폭이 넓은 스펙트럼의 행복이 있다는 뜻이다. 쨍한 느낌의 행복도 있고, 평온한 느낌의 행복도, 설레는 느낌의 행복도, 찌릿한, 푸른, 잔잔한 느낌의 행복도 있다. 우리가 흔히 사랑, 행복, 슬픔, 기쁨, 유쾌, 공허라고 명명해 둔 감정들뿐 아니라 언어화되지 않은 수많은 감각들이 있는 것이다. 그러니 『구의 증명』을 읽고서 내가 알 수 없는 여운을 느낀 것은, 이 책이 세상에 드러나지 않은 그 어떤 나의 감각을 건드린 것이다.

역설적이게도, 우리가 증명할 수 없는, 관측할 수 없는 감정을 느끼게 만든 이 작품의 제목은 『구의 증명』이다. 증명. 담은 구의 무엇을 증명하고 싶었던 것일까. 관측할 수 없는 구와 자신의 관계였을까, 구와 담 사이 서로에게 느낀 감정이었을까, 이 세상에서 사라져 버렸으나 구가 세상에 실존했다는 사실일까, 아니면 구를 사랑하여 구가 되어 버린 담 그 자체였을까. 다만 분명한 건, 담과 구는 서로의 삶에 뿌리내려 서로를 야금야금 갉아먹었다는 것, 자신의 삶에서 마지막으로 남은 서로의 존재가 비로소 자기 자신이 되어 존재를 입증해 주었다는 것이다. 그러다 구가 죽음을 맞이하여 자연에 소실되기 전의 담과 구의 불완전한 결합은, 담이 구를 먹으며 비로소 완전히 결합된다. 마지막에서야 담과 구는 한 몸에 있고, 구를 구성하던 탄수화물과 단백질 따위의 요소들은 담의 체내에서 흐른다. 이제 구는 형이하학적으로도 담이 되어 담의 감각으로 세상을 느끼고, 담을 느낀다. 담의 존재는 구의 존재가 되었고, 그들의 관계는 사라지지 않고 영원히 남는다. 담이 구를 탐식하는 행위는, 서로의 존재의 증명이자 눈에 보이지 않는 주파수의 유일한 증명이다. 당사자들 역시 완벽히 서로의 관계를 관측하거나 정의하지 못한다. 다만 느낀다. 서로로서 서로를 증명하며.

비극은 언제나 우리 곁에
– 이꽃님 『여름을 한 입 베어물었더니』를 읽고

고나영(부곡고등학교)

누군가 사계절 중 어떤 계절을 좋아하냐고 물으면 나는 늘 단번에 대답하지 못한다. 사람의 생각은 하루가 멀다고 새로운 사고를 받아들이고, 성장하기 때문이다. 또한 계절마다 좋아할 수밖에 없는 그 이유와 그럼에도 보이는 단점이 있어 대답을 망설이기도 한다. 그중에서도 여름은 사계절 중 가장 매력이 돋보이는 계절이라 생각한다. 뜨겁게 내리쬐는 햇살과 습한 공기는 사람들의 불쾌감을 쌓을 만하다. 다만, 늦은 시간에 푹 가라앉은 산산한 공기 사이로 불어오는 시린 바람은 미워할 수 없는 것을 넘어 여름의 매력에 푹 빠지게 만든다.

나는 지독한 운명론자로 세상을 바라본다. 모든 행동과 이에 따른 결과는 지독한 운명에 의한 끝이다. 또한 세상에 운명이 아닌 만남은 없고, 스쳐 지나가는 사람마저 살면서 꿀 수많은 꿈에 한 번쯤은 동네 사람 4 정도로 등장할 인물일 거로 생각한다. 그리고 이러한 내 생각과 '스스로 태어나선 안 되었다고 생각하는 아이.'라는 주인공 지오의 대한 설명이 연관성이 없음에도 공감이 갔다.

책『여름을 한 입 베어물었더니』는 계절 같은 책이었다. 언제쯤 오는지 한참 동안 기다려도 오지 않고 존재를 잊고 살아가다 정신을 차렸을 때, 이미 모든 걸 전하고 떠나기 직전인 계절처럼 긴 여운을 남겼다.

어떤 비극은 순식간에 찾아와 모든 것을 앗아가고, 어떤 비극은 야금야금 상처를 파낸다. 하지만 어떠한 비극이든 간에 비극의 끝이 모두 고통이라고는 장담할 수 없다. 특히 하지오와 유찬의 시점에서 번갈아 가며 전개되는 방식은 덕에 다른 소재에 묻히지 않고 오직 하지오와 유찬의 관계에 몰입하도록 만들어 준다고 생각한다.

주인공 하지오는 스스로가 태어나선 안 되었다고 생각한다. 어린 나이에 사고로 생긴 지오는 도망간 아빠 없이 엄마와 단둘이 살았다. 완전한 가정에서 태어나지 못한 것에 대해 불만을 품을 만도 했지만, 세상의 모든 부모자식관계가 그렇듯 서로를 쉽사리 미워할 수 없기에 혼자 자신을 키워준 엄마를 위해 지오는 유도를 시작한다.

시간이 흘러 지오가 고등학생이 되고, 엄마의 부탁으로 자신을 버린 아빠가 살고 있는 '번영읍'으로 전학을 가게 되었다. 지오는 번영에서 아빠와 결혼한 아줌마, 그리고 아줌마 배 속에 있는 아기까지 이미 한없이 따스함이 감도는 집을 보게 된다. 자신과 엄마를 버리고 떳떳한 가정을 차린 아빠에게 지오는 벽을 허물기는커녕 더 두꺼운 벽을 쌓았다.

번영읍에서 태어나 살고 있는 유찬은 12년간 가져온 모든 것을 불길 하나로 빼앗겼다. 그 불은 부모님 없이 혼자서 어린 두 동생을 키우던 동네 형 새별의 절박한 감정으로 인해 실수로 일어난 화재였다. 새별이 자백했다는 사실을 들은 뒤에도 유찬의 할머니를 포함한 마을 주민들은 새별을 감싸주기로 한다. 부모님이 자신을 지키다가 화재로 죽은 후부터 유찬은 다른 이의 속마음이 들린다. 유찬은 화재의 범인을 알고 있는 마을 주민들과 그럼에도 그를 벌하지 않는다는 사실을 알게 되며 자신의 모든 것을 가져간 이들에게 신의 분노가 섞인 무섭고도 잔인한 벌이 내려지기를 바라며 살아간다.

낯선 동네, 말만 아빠지 아저씨에 불과한 남 경사와 아줌마랑 함께 살아가는 건 예상대로 쉽지 않았다. 끝내 지오는 홀로 키운 엄마에게 다시 같이 살자고 전화했지만, 엄마가 암에 걸렸다는 소식을 듣게 된다.

죄책감과 분노에 무너진 지오는 마당에서 들리는 집 안 웃음소리에 차마 문을 열지 못했다. 마당에 주저앉아 우는 모습을 아빠에게 들킨 지오는 여태껏 쌓여왔던 서러움을 거침없이 내뱉었다. 그리고 이 아우성을 아줌마 또한 듣고 있었다는 사실을 깨닫자마자 지오는 또다시 집 밖으로 달려 나갈 수밖에 없었다.

그리고 달려 나간 곳에서 유찬을 다시 마주쳤다, 스스로 태어나서는 안 되었다고 생각하는 지오에게 "그냥 너는 특별해"라고 말해 준 유찬이 말이다.

유찬은 지오가 밟아버린 이어폰 따위는 값이 얼만지 상관없었다. 지오만 곁에 있다면, 떨어지지 않는다면 신의 비극적인 천벌마저도 은혜로운 자비로 느껴질 테니 말이다. 그러나 신의 자비는 한정적이고 모든 인연은 뜻대로 되지 않는다. 하필이면 유찬의 모든 것을 앗아간 원인인 새별과 지오가 친해지고 있기 때문이다.

자신의 부모님을 죽게 한 원인을 제공한 새별을 용서하는 건 쉬운 일이 아니었다. 새별과 친해진 지오는 새별이 유찬에게 죄를 지은 사람이라는 사실을 알게 된다. 지오는 돕기 위한 말이었지만 유찬은 자신이 겪은 고통을 쉽게 지오가 여기는 것으로 받아들이고 선을 긋게 된다.

　그럼에도 유찬은 누구보다 이 지옥에서 자신을 꺼내 줄 사람이 지오라는 것을 알고 있었다. 지오 또한 자신을 특별하게 여겨주는 유찬이 계속 생각났다.

　부모님이 먼저 사고로 곁을 떠나면서 할머니와 단둘이 살아온 유찬은 눈치를 챌 새도 없이 시야가 좁아지고 있었다. 어린 유찬의 눈에는 자신을 지키다가 곁을 떠난 부모님과 갑작스레 다른 이의 속마음이 들리는 상황에서 불을 지른 이를 감싸주는 사실을 알게 된 이상 당연한 일이다.

　속마음이 들리는 것은 평생 사과를 받으라는 신의 자비 같아 보일지 몰라도 그날에 대해 연관이 있는 사람들의 사과와 진심을 들을 수 있을 뿐 죽은 사람이 살아 돌아오지는 않는다.

　하지만 지오는 달랐다. 적어도 유찬에게서 들은 특별하다는 말과 지오의 분노와 서러움을 감싸주는 서늘하면서도 따뜻한 유찬의 말을 들은 지오는 이미 번영에서 누구보다 넓은 시야를 펼칠 수 있었다.

　5년 전 그날, 불에 잠식당하는 집 밖에서 어떤 일이 있었는지 지오를 통해 알게 된 유찬은 추운 날씨에 갈 곳 없이 불을 피우고 떨던 새별을, 자식이 죽었음에도 남아있는 것을 지키기로 선택한 할머니를, 단지 같은 마을 주민이었지만, 이를 지키기 위해 가리지 않고 최선을 다한 마을 주민들은 이해하게 된다.

　애써 아물지 못해 움푹 파인 상처 위에 새살을 욱여넣는다. 그래야지만 또 다른 내일을 살아갈 수 있게 된다. 자신의 비극을 남에게 부탁하고 넘기는 순간 정말 약한 사람이 되어가는 감정은 누구나 느끼고 싶지 않을 것이다. 아무리 내일은 새로운 내가 뜻깊은 하루를 지어낼 것이라 믿어도 오늘의 나 또한 내일의 내가 상처받는 일이 없길 바라기에 같은 행동을 반복한다.

그럼에도 이 책을 읽은 내가 강조하고 싶은 한 부분은 이 세상은 나 혼자 살아가는 곳이 아니라는 것이다.

우리가 사는 이 별, 지구에는 약 81억 명이 살아가고 있다. 각자 다른 나라, 환경, 가정에서 다른 시점을 가지며 살고 있다. 아무리 피를 나눈 가족이라 한들 시점을 옮겨가며 서로의 삶의 개입할 수 있는 것은 아니니 이 세상은 철저히 혼자 살아가야 하는 곳이다. 그럼에도 눈앞에 신의 모습이 보이지 않는 이유는 이미 신의 도움 없이도 살아갈 힘과, 버거울지라도 도움을 줄 사람이 있기에 나타나지 않는 그것으로 생각한다.

그럼에도 이 글을 부정할 사람은 분명 어딘가에 있다. 다만 이 소설은 청소년들의 비극을 받아들이고 오해를 풀며 한 걸음 성장해 가는 이야기이다. 겉으로 보기에는 주인공들이 과거를 풀고 성장했다는 이유로 모든 게 해결된 것처럼 보일지 몰라도 지오와 유찬의 비극은 오해가 풀렸을 뿐 바뀐 것은 없다.

지오는 아빠가 자신의 전부를 포기할 만큼 아꼈다는 걸 알았지만, 홀로 지오를 키우다 병든 엄마의 고된 과정과 아빠 없이 자란 영향은 여전히 남아있다. 유찬 또한 자신을 지키기 위해, 자신의 목소리를 듣고 충분히 삶을 이어 나갈 수 있었음에도 유찬에게 달려와 불을 막아준 엄마와 아빠에게 감사함을 전할 수도 없고 불을 피운 새별을 벌해 보았자 이미 곁을 떠난 부모님은 돌아오지 않는다.

한참 파란만장한 고등학생의 성장 소설은 언제나 많은 생각을 가져다 준다. 이들을 괴롭힌 비극은 해결되지 않았음에도 말이다. 하지만 움푹 파인 상처에 새로운 것을 얹히기만 한 것이 아닌 새로운 생각을 채워 넣었으니 아름다울 수 있었던 이야기라고 생각한다.

여름을 한 입 베어 물었더니, 유찬이 싫어하는 낮의 뜨거운 햇살은 사라지고 여름밤의 선선한 달빛만이 지오와 유찬을 비춘다.

이처럼 이 책을 읽는 모든 사람이 응어리를 껴안고 사라지기를 바라는 그것보다 새로운 그것으로 채워 넣어 하루라도 빨리 상처에서 새살이 돋아나 가기를 바란다.

나에게 필요했던 사소한 숨구멍

– 권혜영 『사랑 파먹기』를 읽고

전세은(동화고등학교)

고등학교에 올라가면서, 나의 목표는 단순해졌다. 남들이 부러워하는 대학에 진학하는 것. 그것이 내 목표였다. 그래서 모범생으로 살았는데, 성적은 내 마음대로 되는 것이 아니었다. 그러다 보니 지쳤고 나는 조금씩 늘어지기 시작했다. 학교에서는 선생님을 뚫어져라 쳐다보다가, 집에만 가면 온종일 침대 위에 누워 있었다. 성적 스트레스는 점점 불어나서, 나는 조금만 건드려도 터질 것 같이 위태로웠다. '나는 입시를 위해 경주마처럼 달려야 할 고등학생인데, 나만 뒤처지는 것은 아닐까. 또래 친구들보다 뒤떨어진 인간이 되는 건 아닐까.' 그런 (지금 생각하면 어처구니가 없는) 생각을 수없이 했고, 나는 쉽게 슬퍼졌다.

초조하고 불안했던 마음을 진정시키기 위해, 나는 침대 위에서 책을 읽었다. 특히 소설을 좋아했다. 소설을 읽는 동안에는 현실을 잊게 되니까, 그래서 자주 읽었다. 그러다가 발견한 권혜영 작가의 『사랑 파먹기』라는 소설집은 내 마음을 뒤흔들었다. 이 책은 얼핏 보면 단순한 문장들로 구성된 것 같지만, 섬세한 묘사가 깃들어 있다. 마음을 쿡쿡 찌르고 가기도 하고, 킥킥 웃게 하기도 하는 실감 나는 소설이라고 할 수 있겠다. 일단 소설 속 인물들은 제각기 다른 이유로 지쳐 있었다. 내 눈에는 그들이 성장에 염증이 난 사람들처럼 보였다. 나는 그저 (도태되어도 상관없다는 듯이) 회복에 필요한 시간을 만끽하는 사람들을 지켜보는 것만으로도 치유되는 느낌이 들었다.

표제작인 「사랑 파먹기」도 물론 좋았지만, 나는 수록작 「유예하는 밤」과 「다음 챕터」에 더 마음이 갔다. 이 사랑스러운 두 단편에 대해 하고 싶은 말이 참 많다.

'잠에서 깬 지 아홉 시간이 지났지만 침대에서 한 발짝도 나갈 수가 없다.' 「유예하는 밤」은 이렇게 시작한다. 서술자인 정혜진은 현재를 비관하며 죽고자 한다. 그녀는 어느새 창문 틈새를 틀어막고선 번개탄을 피운다.

죽는다고 해서 노래까지 축 처질 필요는 없다며, 혜진은 재생되는 우울한 노래를 지우려고 핸드폰을 집어 든다. 때마침 유튜브 알림이 뜬다. 혜진은 알림을 확인한다. 누군가 혜진의 채널에 '구독'과 '좋아요'를 누르고 간 것이었다. 첫 댓글도 달렸다. "여긴 부계정 채널인가요? 이제야 발견했네요. 구독 누르고 갑니다!" 그러나 혜진은 본계정만 운영하고 있을 뿐, 부계정은 따로 없었다. 혜진은 스타 뮤지션들의 노래를 커버해서 영상을 게시했는데, 인기는 없었다. 그때, 또다시 댓글이 달린다. "혹시 고독한 정혜진 방의 존재를 아시나요?, 들어오시면 예전에 찍은 고화질 공연 사진 드릴게요." 양시훈이라는 사람이 쓴 댓글이었다. 혜진은 그동안 팬이라 부를 만한 사람이 없었다며 의아해한다. 다만, '고독한 정혜진 채팅방'은 정말로 존재했다. 혜진은 한 시간만 죽음을 유예하기로 한다. 이 부분을 읽고 있자면 혜진은 사람이 고팠던 사람인 듯하다. 그녀는 작은 관심이라도 뿌리치지 못하고 마음을 다하는 사람이다. 나와 참 닮았다.

채팅방의 인원은 방장과 부방장 단 두 명이었다. 이름 모를 방장과 부방장 양시훈. 이미 눈치챘을 수도 있겠지만, 사실 양시훈과 정혜진은 서로 다른 세계에 존재한다. 정혜진은 자신도 모르는 사이에 '나를 불러 줘'라는 노래를 발매했으며, 그래미 어워드에서 상을 탔다. 하지만 양시훈의 세계에 존재하는 '성공한 정혜진'은 '죽고 싶은 정혜진'처럼 지친 사람이다.

나는 이따금 평행 세계에 존재하는 나를 상상하곤 한다. 그런 곳에 사는 나는 어떤 모습일까. 어쩐지 행복하게 살고 있을 것 같지는 않다. 지금의 나처럼 불안감을 붙들고 살고 있지 않을까.

「다음 챕터」는 또 어떤가. 「다음 챕터」의 주인공 '나'는 도서관에서 산다. 관용적 표현이 아니라, 실제로 그곳에서 먹고 자고 생활한다. 씻고 밥을 먹고 책을 읽고 영화를 보다 보면 '나'의 시간은 훅훅 지나간다('나'는 100일째 그렇게 지내고 있다). 도서관에서 지내는 동안 '나'의 유일한 목표는 843번대 책을 전부 읽는 것이다.

'나'에게도 사연은 있었다. '나'는 직장 상사가 매일 혼잣말처럼 하는 욕을 듣고, 상사의 신경질적인 태도를 감내해야 하는 상황에서 피로감이 커졌다. 아무 잘못도 없는 '나'가 당하기만 하는 건 아무리 봐도 부당했다. 「다음 챕터」의 '나'도 그런 마음이었는지 사무실로 향하지 않고, 무작정 인도를 걷는다. '나'는 우연히 SF 소설가의 강연을 알리는 큼지막한 현수막을 보고선 도서관으로 향한다. '나'는 그날 강연을 들으며 모처럼 깊은 잠을 잤고 그때부터 계속 도서관에 있게 된 것이었다. 그날 이후로 '나'는 집에 들어가지 못했다. '나'는 가끔 집 근처를 배회하다가 오후 10시까지 도서관에서 쉬고, 이후엔 사촌 동생인 지우가 운영하는 카페로 향해서 영상 편집 일을 한다. 지우는 '나'를 잘 챙겨준다. 지우는 '나'에게 언제든 카페에서 머물다 가라고 말하지만, '나'의 마음이 편하지만은 않다. 감당하기 벅찬 힘듦을 이끌고 이리저리 떠도는 방랑자인 '나'를 보고 있자면 가슴이 먹먹해진다. 지친 이들은 하나같이 안쓰럽다.

「유예하는 밤」에서, 양시훈은 정혜진과의 연락을 시도하고 결국엔 영상 통화 비슷한 것도 하게 된다. 그는 통화를 끊기 전에 "부탁 하나 해도 될까요?"라고 묻는다. 양시훈은 먼저 세상을 떠난 연인이 잘 있는지 확인해달라고 부탁한다(양시훈의 연인은 고독한 정혜진 방의 방장으로 추정된다). 양시훈은 그녀가 8시부터 9시까지 노들섬 입구에 있는 알파벳 조각상 위에 앉아 있을 거라고, 곁에서 챙겨달라고 부탁한다. 혜진은 그 부탁을 들어주기 위해 51일 만에 외출한다. 노들섬에는 양시훈이 말한 대로 노래를 들으며 빵을 먹고 울기까지 하는 사람이 있었다. 양시훈의 연인은 정혜진을 알아보고 혜진은 그녀 곁에 머물러준다. 양시훈의 연인은 "노래 잘 듣고 있어요."라는 한마디를 건넨다. 그걸 들은 혜진은 생각한다. '실제로 들으니 알게 됐다. 그렇게 휘발되는 말 한마디로는 우리 마음 속 깃든 빛이 열 촉은커녕 세 촉도 밝아질 수 없다는 것을. 지속될 수 없다는 것을. 금방 또 죽고 싶은 마음이 생기리란 것을.' 그리고 "내일은 또 어떨지 모르겠지만 지금은 이걸로 괜찮았다."라는 문장으로 이 소설은 마무리된다. 저절로 고개가 끄덕여지는 문장이지 않은가? 나는 이 소설의 마지막 부분을 한참 동안 곱씹었다. 전체적인 내용 자체는 먹구름이 가득하지만, 혜진의 유예하는 밤과 유예하는 맘(마음)이 따뜻해서 자꾸만 돌이켜보게 되는 소설이었다.

한편, 「다음 챕터」의 '나'는 아침이 밝아오자, 카페에서 벗어난다. 그렇게 해서 도착한 곳은 다름 아닌 '나'의 집이다. 많은 것이 망가져 있고 너저분한 집에서 '나'는 되려 담담하다. 아무것도 하기 싫은 마음을 안고서 '나'는 24시간 가까이 잠을 잔다. 일어난 '나'는 충전이라도 되었다는 듯이 모든 것을 새롭게 해낸다. 밥도 안치고 샤워도 하고 부패한 것들을 전부 버린다. 그리고 감당할 수 있는 밤에만 천천히 집에 와서 자 보기로 한다. 조금은 다른 아침을 맞이한 '나'는 다시 도서관으로 향한다. '나'는 노트를 펼쳐서 다음 문장을 적는다. "다음 챕터로 넘어가야만 하는 이유, 그 밑에 1이라는 숫자를 적고 오랫동안 가만히 바라본다."라는 문장으로 이 소설은 끝이 난다. 「다음 챕터」가 좋았던 이유는 결론을 내리지 않아서다. 다음 챕터는 독자들에게 스스로 써보라고 펜을 쥐여준 느낌이랄까. 이 소설을 읽고 나서, 나는 '나의 삶은 결국 나의 것'이라는 걸 절실히 느꼈다. 그 누구도 나 대신 내 삶을 살아줄 수는 없다는 것이다. 다만, 권혜영 작가는 그동안 지쳐도 되고 방황해도 된다고 토닥여 준다. 그리고 언젠가는 삶으로 돌아와서 다음 챕터를 써 내려가자는 희망의 손길을 건넨다.

나는 언제나 그랬듯이 침대로 발걸음을 옮길 것이고, 침대에서 이야기 속으로 순간이동을 할 것이다. 무기력한 상태는 나아지지 않았지만, 그저 현재라는 시간 속에서 방전된 마음을 재충전하는 것만으로도 충분하다는 걸 이젠 안다.

「유예하는 밤」과 「다음 챕터」는 마음껏 쉬어도 별일없이 산다고, 그래도 된다고 다독여주는 소설들이었다. 울고 있을 때 누군가가 건네주는 손수건 같은 소설이랄까. 『사랑 파먹기』는 나약한 나에게 절실하게 필요했던 사소한 숨구멍이었다. 소설 속에서나마 철저하게 내 편이 되어주었던 인물 정혜진 씨, 양시훈 씨, 양시훈 씨 애인, 다음 챕터의 '나', 그리고 지우 씨에게 감사의 말을 전한다. 덕분에 소설이 가진 힘을 믿게 되었다. 언젠가 만난다면 꼭 한번 안아드리고 싶다.

나는 지금도 거기 있어. 그리고 나도 거기에 있다.

– 임솔아 『나는 지금도 거기 있어』를 읽고

박비전

이 책은 크고 작은 사람들이 모인 무리에서 끼지 못하고 도태된 사람들이 서서히 발전하면서 소외된 사람들끼리 무리를 이루며 살아가는 생존의 이야기라고 생각했다. 첫 장은 무리에 들어가기 위해 자신을 깎아내는 화영과 앞으로 남은 다음 장들을 적응하고 이해하기 위한 튜토리얼 같다. 첫 장에서 인물들의 아픔과 트라우마 등이 나오는 데 그 아픔과 슬픔을 겪고도 다시 도전하여 조금씩 서로를 발전시키는 화영과 석현의 모습이 아름답다는 생각이 든다. 또한 장애인과 비장애인의 경계에 있는 화영과 완전 한 장애인인 석현은 사회가 결정한 기준을 깨고 스스로 극복하며 발전하는 모습이 읽는 나를 부끄럽게 한다. 장애와 비장애의 경계는 과연 무엇일지 내 작은 생각 주머니를 열어 보지만 생각으로만 되지는 않는다. 석현과 화영이 이별하는 과정을 보면서, 같은 공통점을 갖고 있어도 서로에 대한 존중과 대화가 없다면 무리에서 나오게 된다는 것을 깨달았다. 서로의 존중을 위해 가끔은 자신이 겪고 있는 문제나 자신을 존중해 달라고 말을 해야 부정적인 감정이 쌓이지 않을 수 있다고 생각한다. 영원히 함께하는 무리일 것 같았던 석현과 화영의 관계는 끝이 났고, 또 모두 그럴 수 있다는 사실은 조금 마음이 숭숭하고 아픈 느낌이 든다. 사실 나는 초반부를 읽었을 때 장애를 극복하는 소설인 줄 알았다. 하지만 석현과의 이별 또한 화영이 잠수타며 하는 생각에서 나의 섣부르고 미숙한 생각이 화끈거렸다.

두 번째 장은 대인관계에서 자신이 소외되기 싫어서 자신을 깎아내는 사람들의 이야기이다. 우주와 선미의 관계를 보면서, 어쩌면 나도 우주처럼 내가 붙잡아서 지속되는 관계가 있지 않을까라는 생각이 들었다. 우주가 선미와의 헤어짐은 실패가 아닌 결실이라고 하는 것처럼, 내가 놓음으로써 끝나는 인연은 서로에게 축복이고 결실이라고 생각을 하게 한다. 그리고 나는 아직 우주처럼 성장하지 못한 모습이어서 가슴이 미어지는 통증을 느낀다.

세 번째 장에서 어린 보라에게 느꼈던 것은 안타까움과 측은함이다. 엄마가 말해줬던 해결 방법인 안아주기는 결국 보라의 인생의 문제에 해결 방법이 될 수 없었다. 어린 보라는 해결 방법을 안아주기 말고는 몰랐기 때문에 결정적인 순간의 문제는 결국 해결하지 못하고 암울한 유년기를 보내고 정수를 만나기 전까지 영향을 끼친다. 청소년기의 보라는 안아주기 대신 싸움으로 문제를 해결하려 한다. 어렸을 때 나도 무작정 싸우기만 한 모습이 생각나 부끄러웠던 장면이었다. 마지막 부분의 보라는 소신과 의지 있는 사람으로 발전한다. 안아주기만 했던 어린 자신을 후회하며 싸우기만 했지만 결국 명확한 해결 방법은 아니었다. 투지를 불태우는 것이 아닌, 폭력을 쓰는 것도 아닌, 자신이 할 수 있는 일을 하는 싸움을 하는 보라의 모습에 소신과 의지가 보이는 대목이다. 내가 생각하는 〈화롯불〉의 의미는 엄마에 관한 좋은 기억이다. 화롯불을 연주하며 어렸을 때 엄마와의 추억을 생각했고 엄마와 보라를 이어주는 매개라고 생각한다. 또한 서서히 잊히는 〈화롯불〉은 점점 잊어가는 엄마를 의미하는 것 같다. 화롯불에 탄 알밤은 자신의 어릴 적의 타버린 20대를 의미하는 것 같아서 안타까워진다. 알밤 옆에 둔 눈동자는 그 사람 자체를 표현한 것이라고 생각한다.

상상력이 풍부한 아이였던 정수는 자신이 본 관찰한 것들이 상상력이 지나쳐서 그렇다는 사람들의 말에 자신을 틀에 가둬 성형하고 관찰하여 사람들이 말하는 모범생이 된다. 정수는 여태까지 나왔던 화영과 우주와 닮은 점이 있는 것 같다. 자신을 무리 안에 집어넣기 위해 남들이 원하는 사람들을 관찰하여 남들이 원하는 사람이 되었던 정수의 모습이 화영과 우주의 모습을 섞어놓은 듯한 느낌이 든다. 그러한 자기 모습에 회의감이 든 청소년기 정수는 여러 친구들을 관찰하며 그 친구들이 하는 특이한 행동을 따라 해 보며 그 친구들이 말하는 행동의 이유를 듣고 자신도 함께 고민하였다. 그러다가 멸치 때문에 미술학원에 다니고 미술대학에 간다. 그곳에서 운명적으로 누리를 만났다. 누리는 자신이 스트레스받는 일이나 피하고 싶은 일은 기억하지 못하는 사람이었다. 정수의 졸업과 누리의 자퇴가 있었지만, 둘은 가까워지고 정수는 누리와 함께 활동가가 되어 집회의 당사자들을 취재하고 다녔다. 하지만 누리는 그만두고 정수 혼자서 활동가를 하게 된다. 그러면서 누리가 활동가로 지낼 때 자신을 배려하며 얼마나 많은 아픔을 혼자서 감당해야 했는지 알게 되면서 결국 일상생활이 힘들어진다. 활동가로서 생활을 그만두고 다시 미술을 한 정수는 보라와 만나 여행을 갔지만, 처음이자 마지막인 보라와의 여행이었다. 정수는 혼자서 보라와 갔던 펜션을 가 보기도 해보고 게스트하우스에서 여러 사람의 이야기를 들으며 시간을 보낸다. 그러면서 정수는 자신이 읽었던 시를 말해주었다. 정수는 그 시를 진짜 벌어졌던 일인 것처럼 말하였다. 겨울날 버스를 기다렸던 여자가 추위를 피하려 건물에 들어갔다는 이유로 체포된 이야기에 '나는 아직도 거기 있어'라는 내용과 그 뒤에 '당신도 아직 거기에 있다'라는 말을 계속 생각하고 어떤 의미인지 생각하게 만들었다. 정수는 앞에 나왔던 사람들과 전시회를 연다. 전시회가 끝나고 정수는 참가자들과 종종 만났다. 석현과 만나면 전시에 관한 이야기를 하고 우주와는 체육관에서 만나 우주가 공중에서 도는 것을 도와준다. 정수는 누리와 만나면 전시회에 참여한 사람들의 이야기를 들려주겠다고 생각하며 지하철역에 앉아있었다. 그리고 지하철역에 있는 '당신'을 생각하면서 당신은 지금도 거기 있다고 말해주며 이야기는 끝이 난다.

이 책을 읽으면서 잘 때 빼고 온 신경이 거기에 집중되어 있었다. 하지만 뭔가 부족했다. 그래서 모티브에서 답을 찾기 위해 에이드리언 리치의 '한 장면'이라는 시를 찾아보게 되었다.

세찬 바람이 부는 어느 날. 한 여자가 추위를 피하려 정거장 인근 건물 안에서 한참 오지 않는 버스를 기다린다. 단지 그뿐이었다. 백인이 아닌 그녀가 백인 경찰에게 체포된 이유 말이다….

나는 지금도 거기 있어

에이드리언 리치 한 장면

나는 나름 고민했던 시간들이 허무할 만큼 쉬운 답이었다. 원작 시 속에는 '차별의 장면' 이었지만 나의 답은 '차별'이 빠진 '장면'이다. 화영의 프리다이빙 '장면' , 우주가 방을 꾸미는 '장면' 등 책 속의 장면부터 당신, 즉 내가 살아가는 '장면'을 말하고 싶었던 것은 아닐까? 그렇다면 왜 나는 아직도 거기 있다고 말할까? 라는 질문이 나온다. 어떤 '장면'에 있는 이유는 그 '장면'에 미련이 있기 때문이다. 바꾸고 싶은 '장면'이거나, 혹은 일어나지 않았으면 하는 '장면'이거나, 너무 행복한 '장면' 거기에는 아직도 있을 것이다. 나의 특별했던, 특별한 '장면'은 아직도 진행되고 있다. 중학교 3학년 때 첫사랑을 만난 그 '장면'과 떠나가야 하는 '장면' 또 지금 이 순간에도 보고싶어 하는 '장면'까지 2년이 지나도 아직도 그 '순간'에 있는 것처럼, 나처럼 행복한 기억일 수도, 트라우마일 수도 있는 순간에 있는 당신을 말하는 것 같다. 이 책에서 말하는 '나는 아직도 거기에 있어'의 메시지와는 별개로 나는 또 하나의 메시지를 받았다. 바로 사회의 구성원이 되어보려 애쓰는 각양각색의 아름다운 사람들이 점점 빛을 잃고 무색이 되어 섞이고 있는 순간이 나는 정말 안타깝다.

화영과 우주, 정수를 통해 엄청난 재능과 빛이 나는 사람들에게 자신의 기준과 다르다고 배척하고 거부하는 사회의 모습이 그려지는 것이 나는 보기 싫었다. 또한 그런 사회에 들어가려고 자신의 빛을 죽이는 등장 인물들이 너무나 안타깝고 슬펐다. 나는 이 책을 보면서 한가지 나 자신과 약속을 했다. 주변을 돌아보면서 사회에서 정한 평범함과 거리가 있는 사람을 나만큼은 그 사람과 나란히 있어 주고 편견 없이 배척하지 않으면서 친구가 될 것이라 다짐하였다. 이것이 내가 이 책에서 받은 나의 두 번째 메시지이다. 이 책을 통해 나는 나를 거울에 비추어 본 기분이다. 세상을 향해 조금 더 책임 있게 나를 나타내며 정직하게 살면서 살아가고 싶다.

고통에 관하여
– 정보라 『고통에 관하여』를 읽고

박상준

'고통에 관하여'는 고통을 받아들이는 여러 방식을 알려주는 소설이다. 등장인물들이 각자의 삶 속에서 서로 얽히고 뒤엉키며 받은 고통을 어떻게 받아들이는지, 고통에 어떤 의미를 부여한 채로 살아가는 지 알려주고 있다.

나는 책을 평가하는 여러 기준들 중, 이 책을 읽고 난 후의 내가 얼마나 많은 생각을 할 수 있었고, 스스로의 삶과 가지고 있던 생각들을 돌아볼 수 있는지를 가장 중점적으로 생각한다. 그러한 관점에서 '고통에 관하여'는 아주 좋은 책인 것 같다. 따라서 나는 이 글에서 나의 생각의 흐름을 쭉 써내려 한다.

내가 생각하는 삶이란 무엇인가? 내가 생각하는 고통이란 무엇인가? 인간은 어떻게 고통을 받아들여야 하는가? 등의 질문들을 나는 책을 읽는 중에도, 책을 읽고 난 뒤에도, 책을 한 번 더 읽으면서도 끊임없이 스스로에게 묻고 또 물었다.

책을 읽은 지 이틀이 지난 후, 우연하게 한 영상을 접하게 되었다.

그 방송은 토크 쇼였다. 두 명의 MC 한 명의 게스트가 방송을 이끌어 나가고 있었다. 그리고, 이번 화의 게스트는 유명한 물리학 교수였다. 그 교수는 죽음에 대해 이야기해주고 있었다. 그는 "물리학적인 관점으로 우주를 바라보면 죽음은 자연스러운 겁니다. 우주의 관점에서는 오히려 생명이 더 이상한 거예요. 우주는 죽음으로 충만하고, 죽음이 오히려 더 자연스럽습니다. 원자들은 대부분의 시간을 죽은 상태로 있다가 우연한 이유로 모여 생명이 됩니다. 생명이라는 정말 이상한 상태로 잠깐 머물다가 죽음이라는 가장 자연스러운 상태로 돌아가는 것이죠."라고 말했다.

나는 다시금 생각에 빠졌다. 어째서 원자들은 생명으로 변하는가. 어째서 원자들은 살아가고 싶어 하는가. 어째서 삶은 유한한 것인가. 어떤 이유로 원자들은 우연히 생명을 얻는 것인가.

이윽고 나는 한 가정을 세워보았다.

만약 우연이 아니라면? 부풀어오른 생각이 캄캄했던 어둠 속을 헤집었다. 그리고 '고통에 관하여'를 읽었던 기억을 이 생각에 접목시켰다. 그러자 뒤엉킨 실타래와 같았던 어지러운 나의 생각들이 조금씩 풀어져 나갔다.

또 한 번, 책을 살펴보니 '고통에 관하여'의 뒷표지에는 '세상에서 고통이 사라지자, 인간은 그것을 다시 갈망하기 시작했다'라는 문구가 짙은 폰트로 강조되어 있었다.

그 구절을 읽자마자 나는 우주 역시, 우주를 이루고 있던 무수한 원자들 역시 불완전함을 갈망했다고 여겼다. 끝없는 세월 동안 저 암흑 속을 유유히 방황하던 그 삶이, 지루한 별들의 이동을 바라보며 하루하루를 무기력하게 보내야 했던 그 순간들이 지루했던 것이다.

원자들은 지루함을 참을 수 없어 했던 것이고, 그 덕분에 지금의 생명이 탄생한 것이라는 결론에 나는 다다랐다. 결국 생명이란 삶. 삶이란 의지요. 무한한 시간의 수레바퀴 속에서 탈출하고픈 의지, 이 세계의 일부가 되어 순간순간을 능동적으로 살아가고 싶은 의지가 서로를 끌어당긴 것이다. 응집된 어마어마한 수의 원자들이, 그들의 의지가 서로를 엮고 결속하여 완전했던 죽음에서 불완전한 삶으로 나아가는 것. 그것을 나는 삶이자 생명이라 생각했다.

그렇기에 모든 생명은 나아간다. 그저 나아간다. 누군가가 나아가는 길의 끝은 낭떠러지일수도 있고, 또 다른 누군가가 향하는 길의 끝에는 낙원이 반기며 어서 오라 손짓할 지 모르지만, 모든 이들은 시간의 흐름에 몸을 맡긴 채 나아간다.

팔 다리가 자라고, 걷고, 세상을 노닐며 우정을 경험하고 사랑을 배우는 그런 나아감. 가치관이 확립되고 생각이 깊어지며 삶의 길을 정해가는 그 모든 나아감들은 태어났을 때부터 임종에 다다르기까지 쉬지 않고 이어진다.

우주에서 죽음이라는 개념 속 영원과 완전무결을 인정받았던 원자들은, 정반대의 불완전함을 추구했기에, 역설적으로 불완전한 우리들은 완전해지기 위해 끊임없이 나아가는 것이다.

나는 또 다시 생각했다. 삶이 나아감이라면 고통은 무엇인 걸까. 각자의 나아감의 끝에 놓여진 보상들을 더욱 찬란하게 빛내어주기 위한 시련인가. 혹은 나아가지 못한 이들과 나아갈 수 있는 이들을 구별하는 방법인가.

고민 끝에 내가 다다른 결말은 그리 거창한 것이 아니었다. 고통은 그 무엇도 아니었다. 힘겹게 하루하루를 살아가는 사람들을 짓누르는 거대한 무형의 힘도 아니었고, 인간을 혐오했던 신적 존재가 내린 시련은 더더욱 아니었다.

위에서도 말했듯 인간은, 생명은 모두 나아간다. 지치고, 때론 괴롭고, 언제는 힘들고 도저히 살아갈 용기가 느껴지지 않을 때도. 그들은 슬픔을 배우고 좌절에서 벗어나는 경험을 습득하며 또 다시 나아간다. 고통이란 그 길에 보이는 모든 것. 비가 내린 후 생긴 물웅덩이에 맑은 하늘이 비치기도 하는, 새벽녘 밀려오는 졸음을 가시게 만들어주는 이슬의 잔향과 새들의 지저귐과 같은, 적적할 때 내지르는 발길질에 기꺼이 몸을 내어주는 작은 조약돌 같은 것이다.

고통이란 삶의 전부. 때로는 제 발길질에 휙휙 날아가던 조약돌에 발이 걸려 넘어지기도 하고, 방심한 틈에 빗물이 고인 물웅덩이에 발을 빠뜨려 불쾌감을 느끼기도 하지만, 그 역시 삶이다.

때론 웃어넘길 수도 있고 때로는 얼굴을 찡그릴 수도 있고 또 때로는 좌절해 잠시 쉬어 갈 수 있게 해주는 것. 그 순간순간에는 그저 고군분투하며 나아갈 뿐이지만 오랜 시간이 지나 뒤를 돌아보았을 때 보이는 것은 그림 같은 한 폭의 자연뿐. 우거진 나무, 숲에서 삶을 영위하는 짐승들, 그 사이사이를 채운 암석들과 존재감을 뽐내는 꽃들 등등. 한데 어우러진 고통과 행복들은 추억, 기억 등의 찬란한 이름으로 우리를 더 멀리 나아갈 수 있도록 해준다고 나는 느꼈다. 그 때문에 오랜 세월을 산 노인들이 입을 모아 말하는 것이다. 힘들었다고 생각했던 과거들도 지금 돌아보니 더 없이 아름다웠다고, 그것 역시 삶이었다고 말이다.

그렇게 난 마지막으로 스스로에게 물었다. 그렇다면 나는 이 고통을 어떻게 대해야 하는 것인가.

고통이란 삶의 전부이자 무. 나의 태도에 따라 불어오는 상쾌한 산들바람이 될 수도 있고, 나아가고자 하는 길을 막는 장벽이 될 수도 있기에 나는 그 어떤 때보다 깊게 생각했다. 지금껏 이어져왔던 나의 생각들을 천천히 되짚었고 아직은 그리 길지 않은 내가 걸어왔던 길을 되돌아보았다. 생각보다 이번 고민은 길지 않았다. 답은 정해져 있었기 때문이다.

그저 인정하는 것. 그들이 나의 주위에 있다는 것을 담담히 받아들이는 것이 최선이었다. 작고 아름다운 보석에 눈이 팔린 이는 다가오는 먹구름을 인지하지 못할 것이고, 그 이후 개어진 하늘 위 모습을 드러낸 무지개에 감탄할 수 없다. 그렇다고 가까이 있는 것들을 모조리 무시한 채 저 멀리 보이는 장엄한 산맥에 눈이 먼다면 수풀에 살점을 긁히고 번번이 돌부리에 걸려 넘어질 것이다. 받아들이는 것. 그리고 그들의 존재를 인정하는 것이다. 지나가는 길에 갈대가 팔뚝을 간지럽힌다 하여 모조리 자른다면 먼 훗날 돌아보았을 때 보이는 것은 볼품없는 잔디뿐일 테니. 그리고 또 한 가지, 모두가 알고 있고, 당연한 정론이지만 그렇기에 가장 지키기 어려운 규칙. 그것은 고통을, 나아가며 얻게 된 흉터의 존재를 결코 잊어서는 안된다는 것이다.

고통이란 삶이기 때문에 고통은 삶의 증거이다.

또한 완전해지고 싶었던 불완전한 우리의 역사이기에 우리는 각자가 겪었던 고통을 절대로 잊어서는 안된다는 것이다. 겪었던 고통을 잊지 않는다면 그 경험은 우리가 더 오래도록 나아갈 수 있게 해주는 발판이 될 것이다.

험준한 산세를 포기하지 않고 오를 수 있도록, 평지를 더욱 힘차게 박차고 나아갈 수 있도록 말이다.

난 지금 너무도 감사한 마음을 담아 이 글을 쓰고 있다. 이 대전에 참여한 것 만으로 과분한 경험을 얻었다. 나는 이 기회로 또 한 걸음 내딛었고, 내가 나아가고 있는 길에 새로운 발자취를 남겼다 내가 행한 고민의 끝에서 발견한 결론이 정답인지 아닌지 나는 알지 못하지만 나는 아주 거대한 것을 얻게 되었다.

굳건히 나아가고 있을 미래의 나에게 새로운 양분을 주었다는 사실. 그 사실만으로 깊은 뿌듯함과 정신의 고양을 느끼고 있다.

먼 미래의 내가 문득 가던 길을 멈추고 뒤를 돌아 걸어왔던 곳을 바라볼 때, 환한 웃음을 지을 수 있는 기억을 얻은 것 같아 너무 행복하다.

소중한 사람을 떠나보낸 자들의 삶

– 최윤석 『달의 아이』를 읽고

최승민(숭덕고등학교)

사람들은 갑작스럽게 변화하는 것을 받아들이기 힘들어한다. 그렇기에 우리는 이별이란걸 받아들이기 힘들어하는 걸지도 모른다. 어제까지도 멀쩡하던 사람도, 하루하루를 연명하며 살아가는 사람도 그다음 날 떠날지 누가 알겠는가?

우리가 가장 이별을 쉽게 접할 수 있는 건 만화나 드라마, 영화 같은 매체에서 접할 수 있다. 독자들이 주인공에게 가장 잘 몰입할 수 있는 장면이 바로 주인공이 이별을 경험하게 되는 장면이기 때문이다. 생을 마감한 가족이나, 소중한 사람을 끌어안고 애절하게, 처절하게 울부짖는 장면을 보면 우리는 그 주인공을 동정하며 같이 슬퍼한다. 주인공이 사는 세상과, 잃은 대상 모든 게 우리와는 직접적인 연관은 되어있지 않지만 말이다. 즉, 우리는 주인공이 잃게 된 상황을 보고 이에 대해 몰입하게 된다.

몰입에 가장 큰 핵심 요소는 바로 비슷함이다. 매체 속의 주인공은 우리와는 다른 세상을 살아간다. 판타지라면 초자연적인 현상 속에서, 로맨스라면 사랑의 이야기 속에서. 우리는 이런 현실적이지 않은 장면에서는 큰 비슷함을 느끼지 못한다. 하지만, 이별은 어떠한가? 매체 속 주인공도, 현실을 살아가는 우리도 겪을 수 있는 아주 흔한 일. 그 순간만큼은 매체와 현실의 경계가 느슨해진다. 그리고 우리는 그들의 감정을 느끼며 몰입하게 된다.

이처럼 이별은 우리의 곁에 있는 존재이다. 언제라도 일어날 수 있고 누구에게도 일어날 수 있는 존재. 그런 이별을 겪은 사람은 과연 어떻게 변할까? 아마 크게 두 가지로 나눌 수 있을 것이다. 이별을 받아들이고, 현실적으로 현재를 살아가려는 사람과 이별을 받아들이지 못하고 과거에 얽매인 사람.

'달의 아이' 책에선 주인공 부부가 각각 이에 속한다. 부부는 딸을 잃었지만, 남편 '상혁'은 이를 받아들이고 어떻게든 살아가려고 애를 쓰지만, 아내 '정아'는 딸 수진이를 어떻게든 되찾기 위해 안간힘을 쓴다. 상혁은 밥도 굶어가며 계속해서 헤매는 정아를 답답해하며, 정아 또한 슬픔을 금방 잊어버리는 상혁에게 배신감을 느끼게 된다. 분명 잃은 사람은 그들의 딸로 같았으나 서로 이별을 다르게 받아들이고 있다.

이별의 다섯 단계라는 말을 어디서 들어본 적이 있다. 부정 – 분노 – 타협 – 우울 – 수용 이렇게 말이다. 처음엔 이별 자체를 부정한다. 현실이 아닌 것만 같고, 이런 일이 일어난 게 믿기지 않는다. 그다음은 분노. 왜 이런 일이 내게 일어났는지 분노가 치밀어 오른다. 많고 많은 사람 중 왜 내게 이런 일이 일어났냐고. 그다음은 타협을 진행한다. 타협 상대가 누구인지는 관계없다. 그 상대가 신이 될 수도 있고, 아니면 그냥 미지의 존재일 수도 있다. 그 존재에게 더 잘할 테니, 아니면 나를 희생할 테니 되돌려달라는 무의미한 타협을 진행한다. 하지만 이별한 대상이 돌아오는 일은 없을 테니 우울 상태에 빠져든다. 가장 이별 상대의 빈자리를 크게 느끼는 상태로, 아무것도 하기 싫고, 먹기도 싫은 살아있지만 살아있지 않는 상태가 된다. 마지막은 수용. 이별을 받아들이고, 현실적으로 살아가는 형태이다.

재빨리 수용의 단계에 들어선 상혁과는 달리, 정아는 아직도 타협의 상태에 머물러 있는 것이다. 이런 정아를 보고 이렇게 말하는 사람도 있을 것이다. 왜 이렇게 집착하는지. 돌아오지 않을 걸 알면서도 왜 자꾸만 미련을 갖는지 말이다.

하지만 난 정아의 마음에 공감한다. 나 또한 내 가족을 떠나보낸 경험이 있으니까. 내가 중학교 1학년이었을 때. 형은 급성 골수성 백혈병에 걸리고 말았다. 사실 그 전에 한번 심정지가 온 적이 있었다. 하지만 기적같이 형은 살아주었고 우리 가족은 앞으로 형은 절대 죽지 않을 거라며 행복한 일상만이 앞길에 펼쳐질 거라고 믿었다.

그렇게 하루하루를 살아가던 중 부모님께 연락이 왔다. 형이 아프니까 몇 개월 동안은 많이 신경 못쓰니까 부탁한다고. 순진했던 그때의 나는 그냥 형이 심하게 아픈가 보다 하고 생각했다. 독감도 사람에 따라서 치명상을 입을 수도 있지 않은가? 게다가 형은 심정지 환자였기도 했으니까. 하지만, 형이 걸린 병은 내 상상을 초월하는 병이었다. 완치되지 않는 무서운 병인 백혈병. 엄마로부터 그 이야기를 전해 들었을 땐 세상을 미워했다. 심정지도 모자라서 아예 백혈병까지 걸리게 하다니. 하지만 내가 정말 세상을 증오했던 이유는, 나의 첫 병문안 날이 형의 기일이었기 때문이다. 몇 개월 동안 얼굴도 못 봤던 형을 처음 본 날이 마지막이었다니. 시간이 지난 지금은 좀 괜찮아졌지만, 한동안 난 내가 형을 죽인 것만 같아서 거의 반쯤 폐인처럼 지냈었다.

그러고 보니 나와 등장인물 중 하나였던 '정아'는 참 닮은 것 같다. 딸 수진이를 잃은 건 정아의 잘못이 아니었지만, 상황이 정아가 죽였다고 말하고 있다. 나도 똑같았다. 형이 죽은 건 나 때문이 아니었겠지만, 내가 병문안을 찾아간 날 형이 떠나고 말았다. 서로 소중한 사람을 잃은 경험을 본인 때문으로 인식하다니. 형이 떠났을 때 참 소설 속에나 나올법한 이야기라고 생각했었는데, 정말 소설 속 이야기였구나.

이 책을 읽으면서 가장 눈길이 가는 인물이 바로 '정아'였다. 앞서 말한 이야기 때문일 수도 있지만, 난 이 정아라는 인물이 '이별'의 유무에 따라 독자가 다르게 느끼는 인물이라고 생각이 들었다. 이별을 겪은 나는 나와 비슷하다고, 공감이 간다고 느꼈지만, 이별에 벗어나지 못하고 허우적대는 그 모습은 이별을 아직 겪지 않은 독자들에겐 그저 답답하다고 느낄 수도 있을 것 같았다. 직접 겪어보지 못한 일에 대해 공감을 완벽히 느낀다는 건 거의 불가능한 일이니까.

이 책은 이별에 대해서도 담고 있지만, 또 다른 것에 대해서도 담고 있다. 바로 아이에 대한 부모님의 사랑. '부성애'와 '모성애'이다. 부모들은 아이들을 위해서라면 그 무엇도 할 수 있다는 말. 살면서 한번은 들어본 말이다. 이 책에선 이런 부모의 사랑을 끊임없이 머릿속에 집어넣는다. 계속 언급되고 있는 '정아'는 모성애를, 그리고 또 다른 주인공인 '해준'이라는 인물은 '부성애'를 아낌없이 보여준다. 이별을 통해 그려지는 부모들의 사랑. 이별도 충분히 이 책의 큰 주제 중 하나라고 생각하지만, 난 이런 부모의 사랑까지 작가가 독자들에게 알아줬으면 하는 교훈이라고 생각한다.

난 이 책에서 다시 한번 읽어봐야 할 장면을 바로 결말이라고 생각한다. 모든 걸 잃고 딸을 만나러 가는 엄마 '정아'. 그녀는 딸 수진이를 보려는 그 마음만을 가지고 자신의 모든 걸 져버리고 결국 세상과 이별을 고하게 된다. 모든 것을 잃어도, 딸 수진의 얼굴을 볼 수만 있다면 상관없다는 그녀의 강하고 일관된 마음가짐은 결국 그녀를 '해피엔딩'으로 이끌어 줄 수 있었다.

부모는 자식들에게 아낌없는 사랑을 퍼부어 준다. 그 사랑을 주는 대가가 자신의 모든 것을 포기하는 대가여도. 그럼, 자식은 그런 부모의 사랑을 받고만 있어야 할까? 자식은 모든 것을 내던지고 주는 부모의 사랑을 보답하기 위해서 대체 어떤 대가를 지불해야 하는 걸까. 라는 생각이 든다면 지금 당장 부모님에게 '사랑합니다'라는 말을 해보길 바란다. 당신을 위해서 아무 득이 없어도 자신을 포기할 수 있는 사람은 부모님뿐이라는 걸 명심하길 바란다. 그분들이 바라는 건 오직 단 하나, 당신의 사랑이라는 것을.

'개판'에서 살아남기
– 서재일 『개로 살 만해 VS. 살기 힘들어』를 읽고

김선재

최근 뉴스를 통해 KB 경영연구소의 '2023 한국 반려동물보고서'와 관련된 내용을 본 적이 있다. 해당 기사에 따르면 2022년 말 기준 반려동물을 키우는 가구의 수는 552만 가구로 역대 최고치이고, 그중 반려견을 키우는 양육 가구가 394만 가구나 존재한다. 2020년 기준 0세에서 9세까지의 인구수가 391만명 정도이니 사실 어린이를 키우는 가구의 수보다 반려동물을 키우는 가구의 수가 많은 셈이다.

나는 반려동물을 양육한 적이 없고, 몇 년 전 까지만 하더라도 반려동물을 키우는 상상조차 해본 적 없다. 그런데 요즈음 "나도 한번 반려견을 키워볼까?"하는 생각을 많이 하게 된다. 반려견의 수가 급증하고 코로나 시대를 거치며 유튜브나 인스타그램 을 통해 반려견 영상을 올리는 채널이 많아졌다. 인터넷에서 유명한 강아지인 '노을이'나 '킹율'을 보면서 나에게도 저런 충성심 넘치는 강아지가 있으면 참 든든할 것 같다는 마음이 드는 게 사실이다. 그러면서 나는 개로 살 만한 정도를 넘어 개는 참 살기 좋겠다는 생각까지 하게 되었다. "개들은 참 좋겠다. 일할 필요 없지, 근심 · 걱정 없지, 자고 싶을 때 원 없이 잘 수 있지, 참 부럽다."

그래서 처음 서재일 작가의 소설 〈개로 살 만해 VS. 살기 힘들어〉의 제목을 본 순간, 이 책은 무조건 지난 세월 동안 동물에 대해 '인간 중심적 전제'로 살아오던 나를 포함한 많은 독자의 부끄러운 철학에 날카로운 질문을 던지는 보편적인 동물권 서적일 것이라 생각하였다. 실제로 책은 동물실험에 사용되는 개, 중성화 수술을 당하는 개, 자유를 찾아 탈출하는 개, 부잣집에서 사는 개, 스님과 함께 사는 개, 마약을 탐지하는 개 등 저마다 다른 사연을 가진 다양한 개가 등장하는 '개판'에서 반려견의 이야기를 개의 시점을 통해 서술해 독자가 반려견이 처해있을 다양한 상황들에 대해 깊이 이해할 수 있도록 돕는다.

소설의 여러 이야기 중 작가의 반려견에 대한 세심한 관찰이 가장 돋보인 서사는 「13. 무한리필」이라 생각한다. 서사는 「13. 무한리필」은 돼지갈비 무한리필 식당에서 식사하는 마을 사람들의 대화로 시작된다. 오랜만에 모인 동네 사람들은 각자의 근황을 나누는데, 먹다가 남은 갈비뼈들은 각자 집에 있는 반려견들에게 나눠주기 위해 챙겨왔다. 반려견들은 살점 하나 없는 뼈다귀뿐인 갈비뼈를 투덜거리면서 먹고 결국 배탈이 났다. 며칠 후 동네 사람들은 개들을 위한 돼지갈비 무한리필이 있다는 소식을 듣고 자기네 반려견들을 데리고 가 인간들처럼 잔치를 한번 벌이기로 한다. 회식 소식을 들은 반려견들은 신이 나 마을 입구 하천에서 꽃단장하고 흥분을 감추지 못한 채로 식당에 도착했다. 식당에 도착한 개들은 오랜만에 먹는 고기 살점에 허겁지겁 음식을 해치웠다. 그러면서 마을의 반려견들은 인간들에게 평소에 가지고 있었던 불만들을 토로한다.

"그렇지요. 우리 견공들은 부드러운 고기보다는 뼈에 살점이 약간 붙어 있는 이런 돼지갈비를 좋아하는데 며칠 전에 주인님께서는 살점은 자기들끼리 다 발라먹고 뼈다귀만 가져와서 그것 먹고 변비 걸려서 혼났습니다."

"인간들은 너무 잔인해요. 우리가 그들을 위해서 밤새도록 경비 서고 집 지켜주는 노동의 대가로는 너무 싸다는 생각이 듭니다. 가끔 특식이라곤 그들이 먹다 남은 생선 대가리나 돼지고기 찌꺼기가 전부인 걸요. 그것도 생색은 다 내더군요."

(「13. 무한리필」, 118페이지)

그래도 좋은 날인 만큼 그동안의 일들을 모두 잊어버리고 맛있게 고기를 뜯은 개들은 밤늦게 집으로 돌아간다. 하지만 몇시간 후 문제가 발생한다. 저녁으로 먹었던 고기 질에 이상이 있었던 것인지 개들이 구토와 설사를 하며 탈진하고 심지어 숨을 거두기까지 한 것이다. 주인들이 동물 병원에 방문해 의사의 소견을 들어보니 상한 음식 또는 과식으로 인한 증상이라고 하였다. 알고 보니 개들을 위한 돼지갈비 무한리필 집에서 유통기한이 지난 고기들을 사 와 대충 만들어 세균이 가득한 음식을 내놓았던 것이었다. 동네 사람들은 역시 이래서 개들한테는 고기 같은 것을 줄 필요가 없다고 이구동성으로 뜻을 같이하면서 서사가 마무리된다.

「13. 무한리필」은 외적으로는 엉터리 무한리필 식당에 방문한 개들이 상한 음식을 먹고 건강에 이상이 생겨 탈진하거나 죽는 이야기이다. 하지만 그 안에 포함된 인간들의 행동과 개들의 말을 통해 서재일 작가는 우리가 평소에 반려견의 의식주에 대해 깊게 생각해본 적이 있는지 질문한다. 식사는 살아감에 있어서 중요한 활동 중 하나이다. 그게 우리가 친구에게 "밥 먹었니?"와 같은 질문을 던지는 이유이고, 또 오래 뵙지 못한 부모님께 전화를 올릴 때 "식사하셨어요?"와 같은 인사말을 하는 이유일 것이다. 사랑하는 사람이 '살아감'에 있어서 가장 중요한 행동을 잘하고 있는지 물어보는 것만큼 그 사람을 사랑한다고 표현하는 방법은 많지 않기 때문이다. 그런데 인간들이 자신이 키우는 반려견에게 주는 식사가 그런 깊은 뜻을 담고 있는가?

"그렇게 개들은 사료만 주어야 한다니까요!"

"우리 집은 가끔 고기도 줘요. 우리가 먹고 남은 고기니깐 안심하고 먹어도 탈이 없습니다."

"고기 따위는 안 줘도 개들은 잘 살아요. 개들이 몇 년 산다고."

(『13. 무한리필』, 121페이지)

대개 반려견의 식사는 인간의 편의를 위해 사료로 제공되는 경우가 허다하다. 최근에는 반려견 생식의 중요성이 높아지면서 고기와 영양제를 제공하는 보호자가 많아지긴 했지만, 사료를 아예 제공하지 않는 보호자는 흔치 않다. 물론 매일 영양을 살펴 가며 다른 음식을 제공하기는 어렵고, 사료는 영양성분을 적절히 구성한 음식이기에 반려견에게 사료를 제공하는 것이 옳지 않은 것은 아니다. 다만 나는 서재일 작가가 「13. 무한리필」를 통해 '식구'의 의미를 다시 한번 살펴보기를 원하지 않았을까 생각한다. 식구는 '함께 밥을 먹는 사람'이라는 의미를 지니고 있다. 우리가 개에게 매일 똑같이 정량의 사료를 툭 제공하는 것처럼 식구에게 날마다 똑같은 음식을 성의 없이 제공하는 사람은 없다. 또 우리가 개에게 먹다 남은 음식물 쓰레기를 던져주는 것처럼 식구에게 자신이 먹다 남은 뼈다귀를 던져주는 사람도 없다. 반려동물 550만 가구인 현재, 반려견의 행복에 우리가 조금 더 귀 기울이고 함께 밥을 먹는 진정한 '식구'가 되기를 소망하는 서재일 작가의 따뜻한 마음이 돋보이는 이야기라 생각한다.

서재일 작가는 「13. 무한리필」의 제목을 통해서도 우리에게 일침을 놓는다. 「13. 무한리필」의 서사는 아래의 묵직한 대사를 통해 끝난다.

순돌이네 주인은 이렇게 말했다.
"모란장날 똥개나 한 마리 사 와야 되겠어."

(「13. 무한리필」, 121페이지)

우리는 반려견을 애견 가게, 대형마트, 인터넷 등에서 쉽게 구매할 수 있다. 하지만 이러한 구매는 모두 강아지 번식장의 비인도적인 행위를 간접적으로 도와주는 행동이다. 강아지 번식장에서는 개들을 인위적으로 교배하여 반려견 시장에 반려견을 '무한리필' 한다. 단순히 개들을 강제로 번식시키는 것을 넘어 소비자들이 원하는 '예쁜 강아지'가 아니라면 무자비하게 버리기도 하고, 노견이 더 이상 가임하지 못하면 식육용으로 팔거나 그냥 뒷마당에 묻기도 한다. 이러한 추세를 줄이고자 유기견이나 파양견을 입양하려는 움직임이 많아지고 있기도 하다. 결과적으로 서재일 작가는 반려견들이 엉터리 식당에 갔다가 음식을 잘못 먹어 죽는 이야기를 통해 반려견 생명의 소중함을 이야기하고 반려견 시장의 안타까운 현실을 비판하고 있다.

서재일 작가의 연작소설은 결국 독자에게 개가 살기에 현실은 너무 냉정하고 차가움을 개의 시점에서 설득한다. 「13. 무한리필」을 포함한 모든 이야기에서 등장하는 제각각의 개를 향한 속박은 반려 가구가 550만 시대가 되었음에도 불구하고 아직 부족한 인간의 모습을 여실 없이 보여주고 있다. 반려견과 인간이 알맞게 함께 살아가는 사회를 꿈꾸고 희망하는 소설가이자 동물병원의 원장인 작가 서재일의 모습을 따라 우리도 반려견을 향한 속박을 풀고 서로 의지하며 공존하는 미래로 나아가야 할 것이다.

오르트 구름 너머
– 탁경은 『오르트 구름 너머』를 읽고

김승혜

　나도 어릴 때부터 과학을, 그중에서 특히 물리를 가까이하고 자랐더라면 광속의 털끝만큼도 미치지 못하는 롤러코스터의 빠른 속도를 지금처럼 두려워할 일은 없지 않았을까, 하는 어리석은 생각을 자주 하곤 한다. 이 책의 제목이자 처음을 장식하는 단편소설 「오르트 구름 너머」는 가끔 너무 차갑다고 느껴지는 과학을 소재로 어떻게 따뜻한 울림을 주는 소설을 쓸 수 있는지를 내게 여실히 보여준 단편소설로 오래도록 기억에 남을 것이다. 소율은 호기심이 많고 영웅이 되기를 꿈꾸는 흔한 어린아이의 모습을 보이지만 훌륭한 과학자가 될 수 있는 자질이 다분한, 그리고 너무나도 용감한 그런 아이다. 나는 줄곧 밤하늘에 무수히 떠 있는 별들을 볼 때면 소율의 성격을 지니면 정말 좋겠다고 생각할 때가 많다. 우주에 내던져져 허우적대는 나를 상상하는 내가 아니라, 복잡하고 까다로운 물리 법칙을 연상하고 양자역학의 세계에 흠뻑 빠져들어 판도라의 상자에 꼭 들어맞을 열쇠를 제작하는 일을 하는 듯한 그런 사람을 그린다는 말이다. 하지만 나는 지율과 참 닮았다. 이른 나이에 인간에 대한 회의감이 눈덩이처럼 커졌고, 밤보다는 아침에 쌩쌩한 편이라 어둠이 찾아오면

울적하기도 하며 무엇보다 기분이 제멋대로다. 책 읽기를 좋아해서 또래보다 정신적으로 성숙하다고 스스로 평가하는 면이 있고, 정해진 틀이 부당하다고 느끼면 그 안에 얽매이기를 죽도록 싫어한다. 혼자만의 세계에 빠져들 때면 남들이 힐끔 들여다보기만 해도 몸서리칠 정도로 수많은 생각들을 떠올리고, 그 생각들은 저마다 참으로 그 깊이가 깊다. 나조차 헤어 나오지 못하는데 기꺼이 뛰어들어 내 안의 실타래를 풀 수 있는 사람이 존재할 리가 만무하다. 그래서 나는 나와 같은 듯 다른 지율이 부럽기도 하다. 비록 다른 분야에 열정을 가졌더라도 수준 높은 학문적 대화가 가능한 말동무이자 배신의 가능성이 0에 수렴하는 하나뿐인 단짝, 소율이 존재하는 까닭이다. 나는 7살 어린 동생이 있어 늘 모범을 보여야 하는 위치에 있기에 정작 내가 모범의 대상을 필요로 할 때면 나의 상황을 진심으로 이해하고 이끌어 줄 이가 없었다. 당연하게도 친한 친구들이 내게 해줄 수 있는 영역은 내가 부당하거나 슬픈 일을 겪었을 때 위로해주거나 격려해주는 것, 그게 남이면서도 가까운 우리의 최선이다. 하지만 지금도 뼈저리게 느끼고 절실히 바라는 건, 내가 걸어갈 방향에 대해서 자신이 없을 때 몇 마디 말로 이리로 오라고 손짓하거나 저리로 가보라고 멀찍이 말하는 그런 사람이 아니라 내 손을 직접 붙잡고 함께 발자국을 맞춰 나가줄 수 있는 그런 사람이 필요했다. 나는 틀에 얽매이기를 싫어하는 탓에 남들과 비슷한 경로로 가지 않고 나 자신만을 믿고 독단적으로 걸어가는 일이 많았다. 그래서 나를 응원하는 사람은 많아도 내가 무엇을 하고 무엇을 느끼는지 알아주는 사람이 없다고 늘 생각해와서 많이 외로웠고, 그렇기에 내가 먼저 손을 내밀거나 나를 봐달라고 말하지 않으면 "무소식이 희소식이다."라는 말처럼 나를 '하고 싶은 일을 자유롭게 실행하면서 살기에' 나보다는 '걱정 없이 사는 사람'으로 바라보는 시선이 많았다. 그래서 나는 나에게 '소율'이 되어줄 사람을 간절하게 찾고 싶다. 그러나 소설의 후반부로 갈수록 내 마음을 어루만져 준 건 나를 나만이 이해했던 나처럼, 지율이었다. "사랑하는 사람 곁에서 사랑이 충만한 삶을 살 것인가. 아니면 일을 미치도록 사랑하는 삶을 살 것인가(p.32)", (중략) "사랑은 그 사람이 필요한 순간에 곁에 있어 주는 일이라는 것을. 같은 공간, 같은 시간 속에서 살겠다고 다짐하고 행동으로 옮기는 일이라는 것을(p.33)." 내가 이 소설에서 가장 인상 깊었던 구절의 인용이다. 꼭 직접 내 손을 붙잡아주지 않아도 같은 시간, 같은 공간에서 서로가 만나 같은 공기를 공유하며 함께 하는 게, 그게 사랑이라고 말이다. 비로소 나는 깨달았다. 내가 지금 굳건히 자라나고 있는 건 나를 향한 나의 신임이기도 하지만, 궁극적으로는 '조금'과 '조금'이 모여 커다랗게 나를 사랑해준 수많은 이들 덕분이라는 것을 말이다. 뻔해서 의미가 와닿지 않는다고 무시해버린, 쉽게 내던질 수 있는 사소한 위로라고 느낀 말 한마디라도 이렇게 드넓은 우주에서, 어쩌면 우주마저 단 하나가 아닐 수 있는 이 세계에서, 용기를 내는 나를 응원하기로 용기를 낸 그들이 얼마나 감사하고 소중한지 이제는 알 것 같다. 그래서 덜 외롭고 인연의 소중함을 깨우쳤다. 내가 악착같이 살고자 하고 미묘한 변화도 놓치지 않기 위해 늘 신경을 곤두세우고 살았던 건 스스로가 멋들어지게 살길 바란 나의 욕심이자 목표이기도 했지만, 부모님, 부모님을 넘어 가족, 가족을 넘어 지인, 지인을 넘어 친구, 친구를 넘어 '내 편'을 위해, 그들의 신임을 저버리지 않기 위한 몸부림이었음을 이제는 정말 알겠다. 그렇다고 해서 이러한 생각을 떠올린 지율만이 초월적인 것은 아니다. 자신을 덜 깊게 살펴보더라도 수많은 인류를 위해 기꺼이 몸을 내던질 준비가 되어있는 과학도로서의 소율도 빛나도록 멋있는 사람이다. 더욱이 소율은 지율의 진심 어린 편지를 읽고 그의 마음을 헤아려 이해했으니 이 얼마나 초월적인 마인드인지 감히 평가하기도 조심스럽다. 비록 소설 속에 존재하는 작은 꼬마 아이들이지만, 나는 그들에게 배웠고 깊이 깨달았다. 그래서 나는 7살 어린 나의 동생에 대한 생각도 많이 변했다. 내가 7살 더 많아도 내 동생이 나보다 눈치가 빠르고 사회성이 좋다는 것을 사실 아주 잘 알고 있다. 동생이 티가 날 정도로 친화력의 측면에서는 뛰어나기 때문이다. 동생은 남자임에도 애교를 부려 어른들의 사랑을 독차지하는 방법을 알았고, 나는 그의 곁에서 미움을 받거나 외면당할 때도 있었지만 설움에 북받쳐 그런 일이 생길 때마다 동생을 힐긋 보며 닮고자 노력했다. 덕분에 어릴 때보다 지금 부모님께 애교를 더 많이 부리려고 노력하는 것 같다. 내가 동생에게 모범을 보여야 하는 위치라고 소개했지만, 그건 말 그대로 그런 위치라는 것일 뿐이다. 내가 그에게 모범이 되었는지는 내가 평가할 수 있는 영역이 아니기에 어쩌면 말을 아껴야 할지도 모르겠다. 그리고 모범적이었다는 평가가 나에게 어떤 의미를 주는지도 여전히 어리석은 탓인지 사실은 잘 모르겠다. 나이 차이가 큰 탓에 부모님의 역할을 일정 부분 도맡아 동생에게 엄마도 아빠도 아닌 세 번째 부모가 되어야 한다고 늘 생각해왔다. 그래서 너무도 억울했지만 이제는 그렇지 않다. 그렇게 생각한 건 온전히 나인 것이다. 나는 내 안에 나의 감정을 느끼고 다루는 또 다른 자아가 존재한다고 가정하고 그와 나를 분리해 대화를 나누며 나를 어루만져 주려는 행동을 자주 하곤 하는데, 이제는 "네가 맞아, 옳았어. 잘못한 거 없으니까 됐어. 떨지 마, 왜 이렇게 불안해 해."라고 채찍질하거나 거칠게 다루지 않고 이렇게 말해주고 싶다. "우주선을 타고 가고 싶은 곳으로 떠나도 좋고, 가끔은 이것저것 따지지 않고 구름이랑 눈을 맞춘다거나 꽃이랑 대화를 해도 좋아. 앞으로 살아갈 날이 더욱 많이 남았지만, 그럼에도 꽤 긴 세월을 살아오며 아파한 너의 청춘이 헛되지 않았음을 알아줬으면 좋겠다. 너의 미래는 더욱 빛날 것이고, 청춘이 아파한 만큼 해를 거듭할수록 너는 알맞게 익은 달콤하지만 약간의 쓸쓸함이 존재하는 그런 건강한 열매를 충분히 맺을 수 있어. 내가 본 너는 남을 너무 신경 써서 남에게 상처받고, 너 자신을 너무 신경 써서 너한테 또 상처받는 것 같아. 실타래가 풀리기 시작했으니까 다음으로 찾아야 할 꼬인 부분을 향해 자신감을 가지고 나아가자."라고 말해주고 싶다. 이제 나는 빛을 쫓으며 살아가 보려고 한다. 빛은 가지 못하는 곳이 없다. 틈이 비좁으면 그 사이를 비집고 들어가면 되고, 그 어떤 틈도 보이지 않을 때는 힘껏 부딪혀 다시 꺾어져 나오면 된다. 그럼에도 부딪힌 흔적은 남으므로. 내가 부딪혀 왔을 수많은 곳에 각인된 나의 흔적이 내 안에도 분명 남아 있을 테다. 그 시간을 품고 새로운 시간을 맞이할 차례다. 두려워할 필요도, 이유도 없다. 빛이 나의 손을 잡아주기 시작했으니까. 우리는 발걸음을 맞춰 나갈 테다.

꿀빵 되기

– 심은신 『꿀빵 레시피』를 읽고

김준희(제자국제크리스천학교)

이 책을 읽으면서 정말 화가 난 부분이 많이 있다. 그 중 내가 가장 분노했던 부분은 학급 동급생인 김모나가 이 책의 주인공인 노래의 아버지에게 '늙은 벙어리', '똥냄새 나는 전신마비 환자'라고 조롱하는 장면이다. 게다가 김모나가 이렇게 대놓고 시비를 거는데 방관하는 주변인들의 반응을 정말 이해할 수 없었다. 그 주변 사람들은 모나를 말리지도 않고 오히려 자기 아버지의 모욕을 듣고 감정 주체가 안 된 노래를 저지한다.

나는 아무리 폭력이 나쁘더라도 패드립을 날리는 친구는 좀 맞을 필요가 있다고 생각했다. 하지만 이 책을 다 읽어 갈 즈음엔 이것이 정말 나의 기준에서의 인간적인 생각이라는 것을 깨닫게 되었다.

현재 나의 인격은 내가 자라 온 환경과 내게 주어진 여러 인간관계에 의해 형성된 것이라고 한다. 그렇기 때문에 내가 정말 이해하지 못하겠고 나와 너무나도 안 맞는 그 사람의 환경에서 내가 자란다면 나도 그 사람이 가지고 있는 가치관을 똑같이 가졌을 것이다.

노래의 가족을 패드립한 모나도 자신이 살아온 환경에 의해 그렇게 행동한 것일 것이다. 모나의 아버지와 어머니는 이혼하였다. 이혼 후 두 분

모두 재혼하셨는데 아버지는 다시 가정을 꾸리자마자 자기 딸과 연락을 끊었다. 그래서 모나는 현재 외삼촌의 집에 얹혀살고 있다고 한다.

이런 모나는 자신과는 다른, 비록 아버지와 어머니가 농인이긴 해도 그분들의 사랑을 듬뿍 받고 함께 살아가고 있는 노래가 부러웠을 것이다. 아이러니하게도 그 당시의 노래는 학교생활이 사바나와 같다고 생각하며 그 누구 하나 의지하지 않았고 또 가정에서도 사고가 있어 굉장히 불완전한 정서 상태를 지니고 있었다. 이 사실을 모르는 모나는 그저 노래가 자신이 그토록 원하는 가족과 친구들의 사랑을 듬뿍 받음에도 그 사실을 잘 모른다는 게 본인에게 비참하게 다가와 질투했던 것 같다.

이런 상황과 이유가 겹친다면 모나가 노래를 충분히 질투할 수 있다고 생각한다. 나는 모나가 아니기에 그 아이의 정확한 생각을 알 수 없지만 짐작하자면 외롭고 마음이 공허한 아이였던 것 같다. 모나가 자신의 감정을 원활히 표출하고 풀어나가 본 적이 없어 방법이 잘못되었지만, 그 배경을 알게 되고 생각해 보니 오히려 참 불쌍했다. 지금은 성장의 과정이기에 여러 힘듦과 어려움이 있겠지만 더 자라서는 모나가 깨끗한 마음으로 행복한 나날을 살길 바라는 마음이 들었다.

이러한 분노를 불러일으키는, 그러면서도 더 나아지기를 소망하게 하는 인물이 있는 반면 노래에게 어떻게 삶을 가치 있게 살아가는지 알려주고 또한 나의 마음에 강한 도전을 안겨 준 인물도 있었다.

그 대표적인 인물은 바로 노래의 아버지인 은호 씨이다. 벙어리 은호 씨는 이 책의 제목에 나와 있듯 꿀빵 레시피로 자신의 딸에게 인간관계를 지혜롭게 해결할 수 있는 단서를 쥐여주고 또한 나의 가치관을 바른 방향으로 이끌어 주었다. 은호 씨의 가르침을 한번 나열해 보겠다.

첫째, 요리를 위해선 깨끗한 믹싱 그릇이 필요해, 지금 힘들어하는 그

일 깨끗한 마음으로 해결할 수 있겠니?

둘째, 밀가루와 베이킹파우더를 곱게 내리쳐야 반죽과 잘 어우러져, 지금 힘든 일을 겪더라도 다른 사람과 잘 어우러질 수 있겠니?

셋째, 반죽 위 팥앙금을 넣고 반죽으로 팥앙금을 완전히 감싸 이음매를 붙여주어야 해, 지금 힘들어도 주변 사람들의 허물을 감싸줄 수 있겠니?

넷째, 꿀 빵에게 벌꿀과 흑설탕은 선물이야, 넌 외로운 누군가에게 선물 같은 사람이야, 맞지?

다섯째, 화덕 온도 170도가 되어야 반죽은 빵이 될 수 있어. 너의 온도는 몇도니? 다른 사람에게 따뜻한 사람이 되어주고 있니?

은호 씨가 전달하는 이 말을 들으면서 나의 마음에 많은 찔림이 다가왔다. 나는 다른 사람에게 어떤 사람이지? 은호 씨가 기독교인이듯 나도 기독교인이다. 그런데 등장인물인 은호 씨와 나의 가치관과 행동은 너무나 다르다. 노래와 같이 인간관계를 어렵게 생각하고 사람을 불신하고 갈등의 해결 방법을 모르는 나로선 은호 씨가 딸에게 해주는 말들이 나에게 하는 것처럼 들려왔다.

깨끗한 마음으로 사람과 잘 어우러지고 그들의 허물을 감싸며 외로운 누군가에게 마음의 온도를 나누어 주는 사람.

정말 말도 안 되게 힘든 요구이다. 자신을 헌신하여 다른 이에게 편안한 안식처가 되어주는 것, 가장 이기적이고 본인만 생각하는 게 인간인데 남에게 다 맞춰주라니 정말 말만 들어도 스트레스받는 기분이다. 그런데 놀랍게도 소설이라 그런지 노래는 해내었다. 완벽하게는 아니지만 순수한 마음을 가지고자 했고 편견을 가지고 바라보던 사람을 천천히 다시 바라보았고 정말 너무나도 싫어했던 모나의 마음을 조금이나마 이해하려고 노력했다.

책 속의 이러한 발전을 읽어가며 어쩌면 나도 해낼 수 있지 않을까? 라는 아주 조그마한 희망이 자라났다. 생각을 행동으로 옮긴다는 것이 결코 쉬운 일이 아니지만 나도 내 주변 친구들을 'classmate'가 아닌 'friend'로 너무 숨기기에만 급급하지 않고 서로의 이야기를 나누면 같이 성장해 가고 싶다는, 그러한 결심이 생겨났다. 부디 내가 지금의 결단을 잊지 않고 실천하길 바라며 마지막으로 이 책에서 가장 감명받았던 글을 인용 후 글을 마치겠다.

"장미는 화려해서, 백합은 순결해서, 코스모스는 청순해서, 국화는 우아해서 아름답지? 노래는 노래여서 아름다운 거야. 노래만의 아름다움으로 노래해 보렴."

모태 솔로에게 사랑을 증명하는 방법
– 최진영 『구의 증명』을 읽고

박서현(서울 무학여자고등학교)

나는 책 속에 빠지는 걸 좋아한다. 작가가 스스로 만들어낸 세계에 문체를 덧칠하면 내게 글은 언제나 현실이 됐다. 내가 주인공이 되기도 했고, 주변 인물이 되기도 했다. 그렇게 한참 책에 몰입하면 다른 것은 하나도 눈에 들어오지 않았다. 그래서 소설이 좋았다. 책을 겨우 한 권 읽었을 뿐인데 내가 모르는 세계를 느끼고, 그 기억이 마치 내 경험인 것처럼 마음속에 담아낼 수 있어서.

하지만 과한 감정 이입이 때로는 독이 되기도 했다. 감정에 빠져 허우적거리는 기분이라고 해야 할까. 어둡고 우울한 분위기의 책을 읽으면 하루 종일 기분이 좋지 않았다. 손원평 작가의 아몬드라는 장편소설을 읽고 기분이 이상해서 일주일 내내 잠을 못 자기도 했다. 그래서 이 책을 펼치기까지 꽤 많이 고민했다.

내가 처음으로 '구의 증명'을 알게 된 건 서점의 베스트셀러 책장이었다. 지나치듯 본 제목에서 '구'라는 글자가 눈에 들어왔다. 나는 한자 구球를 떠올렸다. 수학 논문인가? 뭐 원의 방정식 그런 거? 뼛속까지 지독하게 문과였던 나는 금세 흥미를 잃었다. 그다음으로 구의 증명과 재회한 건 블로그 포스트에서다. 자주 보는 서평 블로거가 구의 증명을 소개했다. '진정한 사랑이란?'이라고 붙어 있던 부제목을 기억한다. 그제야 이 책이 소설이라는 걸 알게 되었다. 구가 사람 이름이라는 것도 아마 그때 처음 알았던 것 같다.

책을 읽기 전 간단히 조사했을 때, 구의 증명은 호불호가 굉장히 많이 갈리는 소설이었다. 독립서점을 운영하는 언니는 그냥저냥 읽었다고 했고, 같은 도서부 친구는 제 인생의 베스트셀러라며 극찬했다. 어떻게 식인과 사랑을 동일시할 수 있냐는 인터넷 서점 후기를 보기도 했다. 나는 처음 제목을 들어본 소설이 꽤나 인지도가 있던 책이라는 사실에 한 번, 책을 읽은 사람들의 반응이 정말 극과 극이라는 것에 두 번 놀랐다. 조금 흥미가 생겼다.

홍대입구역 교보문고에서 집어 든 책 뒤표지엔 '사랑 후 남겨진 것들에 관한 숭고할 만큼 아름다운 이야기'라고 쓰여 있었다. 사실 나에겐 연애 경험이 한 번도 없어서 누군가를 사랑한다는 감정이 참 생소했다. 그래서 정말로 숭고할 만큼 사랑이 아름다운 건지 궁금했다. 결국, 망설임은 호기심을 이기지 못했고, 나는 책장을 넘기게 되었다.

구와 담은 어렸을 때부터 같은 동네에서 자랐다. 구는 가난한 부모와 살았고, 담은 이모와 함께 살았다. 구와 담은 상대의 결핍과 자신의 결핍을 채우며 10대를 보낸다. 떨어져 있는 시간보다 붙어 있는 시간이 더 길었던 두 사람은 성인이 되고 구가 군대에 가면서 헤어지게 된다.

구는 제대 후 담을 만나러 온다. 부모가 떠넘긴 엄청난 사채 빚을 떠안고. 절절한 재회를 한 지 얼마 지나지도 않은 것 같은데 구는 또다시 담에게 이별을 고한다. 하지만 담은 구와 절대로 헤어질 수 없다고 말한다.

그렇게 전국을 돌아다니다가 빚을 받으러 온 사채업자들에게 죽도록 맞고 길바닥에서 죽는다. 뒤늦게 구를 찾아온 담을 맞이하는 건 싸늘한 시체뿐이었다. 담은 구의 장례를 식인으로 대신하며 이 소설은 끝을 맺는다.

읽는 내내 시작과 맺음이 확실하다는 점이나 대사가 특색 있다는 점이 좋았는데, 그 밖에도 책의 독특한 문체가 오랫동안 기억에 남는다. 잿빛 독백체와 회백색 논문체를 적당하게 섞은 듯한 느낌. 처음엔 꼭 시집을 읽는 것 같았는데, 어느 순간 소설로 돌아와 있었다.

그리고 구와 담의 말투가 비슷해서 좋았다. 담담하지만 그 속에 억눌린 슬픔이 조금씩 흘러나오는 것. 독자인 내가 보기에 위태로워 보이지만 서로에게 분명히 위로되어 주고 있다고 말하려는 것 같았다.

열일곱 살의 구는 담에게 말한다. 무거운 짐을 이고 나르며 몸을 쓰는 일을 할 때는 시간이 너무 빨리 지나가서 걱정이라고. 그 속도로 자신의 삶이 지나가는 중이라고 생각하면 좀 무서워진다고. 나도 그런 생각을 한 적이 있다. 열아홉에 갈림길에 서서 내 인생에 대해 고민하다 보면 시간은 순식간에 눈앞을 스쳐 지나간다. 미래라는 어둠이 숨통을 조이듯 다가오는 기분도 자주 든다. 그래서 구의 말을 듣고 심장이 울렁거렸다. 너 혼자만 그런 생각을 하는 건 아닐 거라고 열일곱 살의 구에게 말해주고 싶었다. 그만큼 구라는 인물이 정말 살아 움직이는 것처럼 생생했다. 그래서 그건 내게도 위로가 되었다.

구와 담의 이야기를 전부 읽고 나니 내 머릿속에서 사랑이라는 개념이 더욱 모호해지는 것 같았다. 내가 무언가를 정말로 사랑해 본 기억이 있을까. 가족이 아니더라도. 한참을 고민하다 보니 떠오르는 것이 있었다.

나는 초등학생 때 나이 많은 고슴도치를 키웠다. 이름은 도치였다. 등을 가득 덮은 가시에 비해 작고 둥근 코, 새끼손톱만 한 앞발. 도치를 쓰다 듬으려면 장갑을 껴야 했지만 나는 그 두툼한 천 사이로 만져지는 도치의 따끔함을 사랑했다. 지금 생각해 보면 다소 우습긴 하지만 그때는 맨손으로 도치를 만지고 싶다고 생각했다.

고슴도치의 수명은 평균 5년이라던데 도치는 12년 하고도 6개월을 더 살다가 고슴도치별로 떠났다. 어느 날 아침에 밥을 주려고 케이지를 열었을 땐 파리가 벽에 이리저리 머리를 박고 있었다. 엄마가 바느질로 만들어준 집에 얼굴만 겨우 집어넣은 채 축 늘어져 있던 도치의 몸. 죽음을 한 번도 본 적 없었어도 도치가 죽었다는 걸 단숨에 알 수 있었다.

사람이 죽으면 키우던 강아지가 계단 앞에서 주인을 기다린대. 네가 강아지는 아니지만 나를 마중 나와 줬으면 좋겠어. 빌라 앞 화단에 묻어주고 온 날 나는 처음으로 기도라는 걸 해보았다. 그게 사랑일까. 그렇다면, 담의 마음도 그랬을까. 너무 사랑하다 못해 가슴이 절절해져서 구의 몸을 먹기로 다짐했던 걸까. 그렇다면 담의 마음을 조금 헤아려볼 수 있을 것 같다고 생각했다.

여전히 누군가 내게 사랑을 물으면 확신을 가진 답을 내놓을 수는 없을 거다. 친구들에겐 여전히 모태 솔로라며 놀림을 받을 거다. 하지만 나는 그런 사람들이 평생 동안 경험할 수 없는 사랑을 옆에서 지켜본 것처럼 생생하게 지켜보았다. 책장을 넘기는 내내 아주 다른 모양의 사랑을 내 마음속에 담아내고 있다는 사실에 가슴이 두근거리기도 했다. 나도 구와 담처럼 나만의 사랑의 의미를 만들어 가고 싶다는 생각이 든다.

모태 솔로에게 사랑을 증명해 준 소설, 구의 증명이다.

완벽한 것들을 위하여

– 이지애 『완벽이 온다』를 읽고

심민성

내가 그들과 같은 처지가 아니어서일까. 그들의 성장 이야기에 감동받은 부분도 있었지만 동시에 아쉬운 부분도 많았던 게 사실이다.

『완벽이 온다』는 셋이 함께 이루어가는 성장 스토리로 민서만이 아니라 해서와 솔을 포함한 그룹홈 전체가 주인공이다. 제목에서 보듯 이 작품은 '완벽'에 주목한다. 완벽은 작중에서 해서의 아이 완벽이를 의미하는데 나는 그것을 완전체이자 그들의 진짜 시작이라고 생각하는 것이다.

하지만 다른 의미 또한 내포하고 있음을 안다. 그들의 아픔과 문제점역시 모두 완벽에 해당한다. 나는 먼저 그들이 고아인 점에 주목한다. 이들은 모두 시작부터 부모에게 버려진 존재들이었다. 이는 이들의 의지와상관없이 영원히 따라다닐 '완벽'한 결함을 가진 셈이다. 아무리 외면하고 원망해보아도 결국 그들은 존재론적으로 부모의 빈자리에 허전함을느낄 수밖에 없다. 작품 초반 아빠에 대한 콤플렉스에서 벗어나지 못하는 민서와 아무리 문제가 있어도 아빠를 필요로 하는 설과 솔 자매, 그리고 강한 척하면서도 엄마에 대한 미련을 버리지 못했던 해서를 본다.

이 중 특히 그녀의 과거 경험이 성인이 된 해서를 주목한다. 그녀는 불나방처럼 남자에게 달려들었고 결국 임신 후 버림받은 존재가 되었다. 어렸을 적 부모의 부재와 그녀의 성격적 하자로 인해 내재적 결핍이 만들어졌고 동시에 그녀의 부모와는 다르게 살겠다는 의지로 단단한 인격체를 갖게 되었다. 하지만 이러한 습성이 이혼과 결혼을 반복했던 그녀의 엄마를 답습하고 말았다는 것을 부정할 수 없다. 부모에게 버림받고 살아온 삶의 정서적 문제점이 여실히 드러나고 만 것이다.

다음으로 나는 삶과 죽음에 주목한다. 이는 후반으로 가며 분위기가 고조될수록 더욱 부각되는데 "시들고 썩느니 예쁠 때 죽는 게 낫지"라는 해서의 말은 곧 설과 솔의 입장에 적용할 수 있을 것이다. 한창 나이에 죽은 설과, 할머니의 생명을 위해 시들고 썩어가는 솔의 모습은 서로 대조된다. 그러나 설이 함께하였다면 그들은 서로에게 버팀목이 될 수 있었으리라. 솔이 극단적 선택까지 시도했던 것은 설의 부재가 부모의 부재보다도 더 컸기 때문이다. 그러나 이 또한 '완벽'에 대한 미련의 끈을 놓지 못했던 자매의 비극으로 심란한 마음을 지울 수 없는 것이다.

나는 설과 솔의 아빠보다 할머니의 캐릭터에 더 주목한다. 할머니는 무기력한 인물의 전형으로 경제력이 없으나 꿋꿋이 모성애로 견뎌내려는 모습을 보인다. 결국 설이 쓰러졌을 때도 울고만 있었다. 그녀의 입장에 있어서도 충분히 불리한 점이 많았으나 도덕적 판단을 외면하였으니 비판 받을 여지가 있다. 모성애보다도 상식과 양심에 입각한 행동을 보였으면 어땠을까.

마지막으로 결말이다. 나는 개인적으로 이런 결말이 아쉽다. 결말에서 민서, 해서, 설은 다시 함께 살게 된다. 이는 그들이 함께한 성장과 유대가 사는데에 도움이 되었지만 동시에 개인의 성장에 있어서는 아쉬움을 남겼다고 보기 때문이다.

이 작품은 '부모 없는 아이들'이라는 사회적으로 불리한 조건에서 냉담한 사회의 어엿한 구성원으로 나아가는 성장소설이다. 따라서 나는 무엇보다도 개개인의 성장과 독립성을 가지고 가는 장면이 부각되었어야 한다고 생각한다. 그룹홈 식구의 독립체의 모습을 부각하였다면 그들의 진짜 시작을 더욱 강조할 수 있었을 것이다.

나는 곧 사회 초년생이 될 나이이다. 그래서일까. 성장소설을 읽을 때마다 성숙으로 나아가기 위한 고통과 연단을 생각하게 된다. 부모님이 계심에 감사하면서도 내가 가진 결핍이 무엇인지 돌아보게 된다. 불안하면서도 달큰한 느낌이라고나 할까. 그래서 완벽한 삶보다도 온전한 삶을 더 희망한다. 고난과 희열로 점철될 청춘을 기대한다.

중등부

세상의 경우에게

– 백온유 『경우 없는 세계』를 읽고

천효연(거제여자중학교)

『경우 없는 세계』는 읽기 쉬우면서도, 여운을 받아들이기 힘든 책이었다. 백온유 작가의 문장은 가느다란 펜으로 그린 듯한 미묘함이 잘 살아 있다. 독자의 마음을 무겁게 두드리기보다는 한 방울 한 방울 건드린다. 그 속에서는 예고 없는 소나기처럼 쏟아지는 잔잔한 아픔과, 어두운 기억의 흐릿함과, 부드러운 위로가 존재한다. 그러다 책을 다 읽고 나면 어느새 가랑비에 젖어버린 자신을 발견할 수 있다. 그리고 그 감정을 정리하는 데는 오랜 시간이 필요할 것이다. 인수와 성연과 경우에 대해 생각하게 될 테니까. 백온유 작가는 소설에 아주 희미한 경계를 부여했다. 그것은 독자와 소설 너머의 현실을 이어주는 역할을 한다. 책을 내려놓은 후 나의 생각은 자연스럽게 인수와 성연 같은 아이들, 그리고 가출 청소년으로 향하게 되었다.

소설의 인물들을 따라가 보면, '경우 없는 세계' 말 그대로 경우가 사고로 죽은 뒤의 세계를 의미하는 것이라고 볼 수 있을 것 같다. 소설 속에서 '경우'라는 아이는 인수에게 많은 영향을 준다. 난생처음으로 가출을 결심하고, 성연과 함께 길거리를 맴돌던 인수는 일탈에 점점 무감각해진다. 그러다 만난 경우는 인수에게 새로운 길을 제시했다. 인수는 경우를 여전히 기억한다. 반듯하고, 부드러운 말과 분위기에, 때로는 답답하도록 긍정적인 소리를 하는 아이였다. '(…)' 나는 경우 곁에서 나쁜 짓을 하지 않고도 살아갈 방법이 있다는 걸 알게 되었다.라고 인수는 말한다. 그 때문에 인수는 경우에게 간접적으로 많은 영향을 받는다. 가출 이후로 자신이 끌고 다니던 그림자가 조금 누그러지는 듯한 기분을 받았기 때문이다. 때문에 인수에게 '경우가 사라진 세계'는 큰 성장통을 겪게 했다. 더 이상 기댈 곳을 내어주는 사람이 없는 상황에서, 인수는 스스로 서는 법을 배우게 되었다. 그리고 밝은 곳으로 돌아오는 법도.

그러나 이만으로는 온전한 설명이 아니라는 느낌이 들었다. 나에게 『경우 없는 세계』를 읽는 것은 경우의 의미를 찾아가는 과정이었던 것 같다. 그러므로 다른 해석에 대해 말하고 싶다. 나는 '경우의 수'에 대해 생각하게 되었던 것 같다. 소설을 읽는 동안 끊임없이 상상하게 되었다. 누군가에게 주어질 수 있었던 기회. 사건 하나. 말 하나. 이런 것들에 대해. 인수가 가질 수 있었던 온화한 아버지, 집을 나간 그의 발길을 되돌릴 수 있었던 말 한마디. 지민에게 조건만남과 각목, 성폭력과 거짓말 대신 주어질 수 있었던 이혜연으로서의 삶. 성연에게는 조건 없이 온정을 줄 수 있는 사람을 만날 기회가 성연이 가지지 못한 경우의 수였는지도 모른다.

온정적인 말 한마디, 집을 나간 자신을 붙잡아줄 수 있었던 누군가의 존재. 인수에게는 처음부터 주어지지 않은 것들이었는지도 모른다. 인수는 12년 뒤 지금이 되어서야 잃어버린 경우의 수를 찾을 수 있었다. 자신에게서가 아니라 이호에게서. 인수는 이호의 팔을 붙잡는다. 그리고 운전자를 가로막는다. 아니, 인수가 아이를 붙잡았다기보다는 오히려 12년 전 과거의 기억이 그를 붙잡아버린 모양이다. 다른 경우의 수를 가질 수 없었던 인수는, 자신의 과거와 닮은 이호에게 '경우의 수'를 건네준다. 그가 내어준 옥탑방 구석과 옷 한 벌, 그리고 이야기가 이호에게 무슨 의미를 지닐지는 아직 모르겠으나, 나는 인수가 어느새 경우의 모습과 많이 닮아있음을 발견했다. 경우가 인수에게 알려 준 것처럼, 하고 싶지 않아도 하게 되는 나쁜 짓을, 하지 않고도 살 수 있다고. 학교에 다닐 수 있다고. 집과 옷과 다른 것을 지닐 수 있다고. 네가 원한다면. 인수는 무덤덤하지만 마음을 담아 이호에게 당부한다. 인수는 이호에게 말하고 싶지 않았을까? 네게는 더 많은 기회가 있다고…. 이렇게 추측해 본다.

인수는 여전히 과거를 잊지 못하고 있다. 옥탑방의, 더운 밤의 진득함처럼, 질기게 인수에게 달라붙는 귀신들과 계속해서 떠오르는 A, 그를 떠나지 못하는 한기와, 한여름에도 거울 속의 새파란 색이 되어있는 얼굴은 그 증거이다. 그러나 인수는 분명 성장했다. 과거의 자신에게 주어지지 못했던 기회를 남에게 건네기까지. 이 장면이 잔잔한 울림을 주는 이유였던 것 같다.

『경우 없는 세계』를 읽는 것은 나에게는 '경우'의 의미를 찾아가는 과정이었던 것 같다. 작가의 의도인지는 모르겠다. 제목부터가 몹시 중의적이었으니 말이다. 그러나 나는 이렇게 말하고 싶다. '경우'란 주어질 수 있는 기회이며, 우리가 누군가에게 건넬 수 있는 길이라고. 때로는 우리가 만들어내는 1도 1도의 기울어짐이 누군가의 인생이 향하는 각도를 완전히 바꾸어놓는다. 그 순간이 눈에 띄지 않을 수도 있다. 그러나 가속도가 붙기 시작하면, 그 변화는 분명히 나타난다. '미세한 각도로 꾸준히 틀어지고 있던 내 인생에 가속도가 붙은 시점이 그때가 아닐까 하고 생각한다.'라고 작중에서 인수가 말하는 장면이 있다. 나는 다르게 해석하고 싶다. 미세한 각도로 꾸준히 틀어지는 것이 가능하다면, 반대로 되돌리는 것 역시 가능하다고. 그리고 누군가의 인생에 큰 반동을 주어, 힘차게 밀어 올려주는 것 역시 가능하다고 믿는다. 그저 유일한 선택이 아닌 다른 길과 다른 경우의 수가 존재함을 생각하고 싶다. 나는 '경우 없는 세계'에서, 누군가의 경우의 수가 되고 싶다.

반드시 주인공답지 않아도 좋다
– 임미정 『퍼즐 맞추기』를 읽고

강건희(하늘빛 중학교)

책을 읽으며 떠오르는 친구가 한 명 있었다. 중학교가 달라지면서 지금은 자주 만나지는 않지만, 그 친구는 무엇이든지 잘하는 아이였다. 공부면 공부, 운동이면 운동, 그림이면 그림. 그래서 늘 사람들의 중심에 있는 사람. 지금 생각해 보면 그 친구는 주인공 같은 아이였다. 정민이에게 이준이 그랬던 것처럼.

외로운 섬처럼 지내던 정민은 육교 위에서 이준을 처음 만났다. 좀 더 정확히는 오토바이를 몰다가 육교 난간에서 잠깐 휴식을 취하며 담배를 피우는 이준을 육교 아래에서 쳐다보았다. 마치 우상을 보는 듯한 눈빛으로. 하늘을 나는 새를 동경하는 네 발 달린 동물의 마음으로.

학교에서 만나게 된 이준은 다재다능하고 친구 관계도 좋으며 운동도 잘했다. 게다가 공부까지 만능이었다. 웹툰 속 완벽한 주인공 모습처럼 말이다. 이준의 불량스러워 보이는 행동마저도 정민에게는 자유를 갈망하는 모습으로 보였다. 아마 그때부터 정민에게는 이준은 손에 닿지 않는 새 같았다. 그런 이준이 정민에게 손을 내밀고 외로움의 섬에서 꺼내 주었다. 준은 정민을 친구로 대해줬지만, 정민에게 준은 너무나도 멀리 있는 존재였다. 정민은 자신도 네 발 달린 동물이 아닌 새가 되고 싶었다. 그때부터 정민의 마음엔 준과 같은 곳에 있고 싶다는 갈망이 생기기 시작했다.

하지만 준의 특별함은 일진 민준의 눈에 거슬리게 되고, 수시로 옥상에서 괴롭힘을 당했다. 그때마다 준은 비명 한번 지르지 않고 참다가 옥상에서 떨어져 다리 한쪽이 짧아지는 장애를 갖게 된다.

정민은 내심 준의 짧아진 다리가 마음에 들었다. 그것이 새가 될 수 없는 자신과 곤두박질친 준의 눈높이를 같게 해 주는 것 같았다. 사고 후에도 준은 다를 것이 없었다. 당당한 걸음걸이와 은은한 미소, 평소와 다를 것 없는 준의 모습에서, 정민은 여전히 주인공답다고만 생각해 준의 상처를 알아채지 못했다. 어쩌면 알면서 외면했을지도 모른다.

과연 정민이 준의 웃는 얼굴에서 씁쓸함을 찾아내지 못했을까? 오토바이를 타며 자유를 느끼던 준이 정민의 등에 기대고 있을 때의 기분을 몰랐을까? 나는 이런 정민의 태도에서 이기적인 비릿한 냄새를 느꼈다.

정민이 모르는 사이 준의 내면은 서서히 색이 바래 갔고, 어느새 따돌림의 대상이 되어있었다. 그리고 그 곁에는 정민만이 자리를 지키고 있었다. 이 이야기의 주인공은 정민이지만, 난 이준이 더 주인공에 가까워 보였다.

주인공은 이야기의 중심이 되는 인물을 뜻하는 말이다. 사건의 중심이고, 비극의 중심이며, 동시에 기쁨의 중심이다. 하지만 정민에게 현실이라는 외투는 너무 두꺼웠고, 주인공이라는 무게는 너무 무거웠다. 정민은 많은 시선을 견뎌내고, 실수하지 않을 자신이 없었다. 그래서 자신의 인생에서 스스로를 엑스트라로 설정했다. 부담을 내려놓고 편하게 지내고 싶었던 것이다.

고등학교를 졸업한 둘은 가끔씩 만나는 사이가 된다. 정민에게 준은 인생에서 가장 큰 존재였지만, 그것도 시간과 함께 조금씩 흐려지게 된다. 그런 정민의 마음은 준을 막 대하는 행동으로 이어지고, 사과를 점점 미루게 된다. 정민은 준이 어떤 창도 막을 수 있는 방패를 가지고 있다고 생각하며 스스로 자기합리화했다. 하지만 준의 사망 소식을 들은 후, 정민은 커다란 바짓가랑이를 출렁이며 애써 웃던 준의 마지막 얼굴을 떠올리며 미뤄둔 사과와 자기합리화는 의미 없다는 걸 깨닫는다.

장례식장에서 정민은 준의 영정사진을 보고 허탈함이 밀려왔다. 준에겐 무슨 창이든 막을 수 있는 방패 따위는 없었다.

정민은 무작정 걸었다. 자신을 망각하고 싶어 걸었고, 세상을 망각하고 싶어 걸었다. 그러다 정민은 처음 준을 만난 육교 앞에서 멈춰서 바닥에 있는 부서진 타일 조각을 봤다.

"딱 들어맞는 조각을 잃어버려 뭔가 어설픈 내 인생과 같아 보였다."

정민은 동시에 자신의 보잘것없는 인생이 퍼즐이라도 된다는 것에 내심 안도했다. 정민은 육교 위에 올라가 같이 오토바이를 타던, 같이 공부를 하던 준을 떠올려 보았다. 준은 항상 닿을 수 없는 곳에 있는 새였고, 준의 이야기의 주인공이었다. 아니, 주인공이라고 믿고 싶었던 걸지도 모른다. 다리가 짧아진 후에는 준은 오토바이를 탈 수 없었다. 자신의 유일한 자유를 느낄 수 없게 된 상실감, 홀로 오토바이를 타던 정민에게 등을 댈 수밖에 없는 허전함. 그 모든 게 준의 얼굴에 드러나 있었다. 정민은 그걸 정말 몰랐을까? 아니면 준을 자신의 신화로 남겨두고 싶었던 걸까.

며칠 뒤, 정민은 길을 걷다 민준을 마주쳤다. 자신의 주인공을 불행으로 물들인 장본인이었다. 그는 어느새 경찰이 되어있었다. 벌을 받아야 할 사람은 과분한 상을 받았고, 상을 받아야 했던 사람은 과분한 벌을 받았다. 정민은 문득 이 불공평한 세상이 보잘것없이 느껴졌다. 정민의 퍼즐이 맞지 않았던 것이 아니라 이 세상이라는 퍼즐 판이 맞지 않았던 것이 아닐까. 정민은 후자라고 생각하기로 했다. 정민의 합리화는 어느새 사람이 아닌 세상을 향해 있었다. 잘된 일인지 못 된 일인지는 아무도 알지 못했다.

최근 독수리에 관한 책을 봤다. 야생 독수리의 평균 수명은 40년 정도 된다. 40년이 되면 부리, 발톱이 닳아 사냥도 못하고 굶어 죽을 날을 기다리게 된다. 하지만 간혹 그것을 이겨내는 독한 녀석들이 있다. 이 녀석들은 40년을 살고 자신 스스로 돌에 부리를 박아 부리를 부러뜨리고, 부리로 발톱을 하나하나 빼고, 깃털까지 전부 뽑은 뒤에야 새로운 부리와 발톱, 깃털이 자라 30년을 더 산다고 한다. 물론 아주 고통스러운 과정이지만, 엄청난 인내심을 가지면 마치 탈피한 것처럼 새 삶을 살게 되는 것이다.

나는 이 이야기를 읽으며 정민이 떠올랐다. 고통과 인내 끝에 세상을 향한 합리화라는 답을 찾은 정민이 죽다 살아난 독수리 같다는 생각을 했다. 준을 통해 존재하던 정민의 강한 자신을 향한 증오는 정민의 부리와 손톱을 앗아갔고, 세상의 불공평함은 정민의 깃털을 앗아갔다. 하지만 세상을 향한 합리화로 그 시간을 견뎌냈다면, 이젠 현실과 주인공의 무게를 내려놓고 홀가분하게 날아갈 수 있을까.

소설 속 정민이 준은 자신에게 맞지 않는 퍼즐 조각 같다는 부분이 있다. 나는 책을 읽으며 비슷한 생각을 했지만, 마지막엔 생각이 바뀌었다. 그 둘의 조각이 맞지 않는 것도 아니고, 퍼즐 판이 다른 것도 아니다. 단지 같은 세상 아래 정민이 스스로가 주인공임을 부정했기 때문이라고 생각한다. 이야기의 장르도 그렇다. 난 비극과 희극, 그 둘의 장르는 다르지 않다고 생각한다. 장르야 주인공의 행동이고, 바꿀 수 있을 것이다.

설령 정말 맞지 않는 퍼즐과 퍼즐 판이라도, 서로의 조각과 장르를 바꿔가며 자신의 퍼즐 판이라는 이야기를 채워나가면, 밥이 되든 죽이 되든 둘만의 다채로운 이야기가 나오지 않을까. 그래서 이런 깨달음을 주는 이 책이, 자신이 스스로 장르와 이야기를 선택하게 해 주는 설명서일지도 모른다고 생각했다.

뜨거움이 따뜻함으로 바뀐 여름

– 이꽃님 『여름을 한 입 베어 물었더니』를 읽고

고준빈(화산중학교)

누구나 마음 한구석에 작고 큰 상처들이 있기 마련이다. 그리고 때로는 그 상처들이 우리를 괴롭히고 고통스럽게 만들기도 한다. 그런 상황에서 서로가 함께한다면, 서로의 아픔을 낫게 할 수 있지 않을까. 『여름을 한 입 베어 물었더니』는 이처럼 상처를 가진 사람들에 대한 이야기이자 우리를 위로하는 목소리이다.

처음 이 책의 제목을 보며 여름을 베어 무는 상상을 했다. 여름은 1년 중 가장 뜨겁고도 강렬한 계절이다. 그런 여름을 입으로 베어 문다니, 과연 어떤 느낌일까? 사과나 아이스크림을 베어 먹는 것처럼 시원하고 달콤할까? 아니면 뜨거워서 입을 데어 버리게 될까? 이 제목에 어떤 의미가 담겨 있는 것인지 궁금했다.

『여름을 한 입 베어 물었더니』는 상처를 가진 열일곱 살의 두 남녀가 만나 같이 성장해 나가는 과정을 그린 이야기이다. 하지오는 아빠라는 존재가 있다는 사실도 모른 채 엄마 곁에서 자랐다. 그리고는 아빠가 당시 17살이었던 엄마를 임신시키고 버렸다고 생각하며 엄마를 지키기 위해 유도를 한다. 유찬은 자신이 어릴 적, 집에 큰 불이 나 엄마와 아빠를 잃고 자신만 살아남게 되었고, 마을 사람들이 모두 사건을 덮으려고 했다고 생각해 다른 이들을 증오한다. 그리고 화재 이후 들리는 다른 사람들의 속마음 때문에 괴로워한다.

지오는 엄마가 아프게 되자 엄마를 두고 정주군 번영으로 전학을 간다. 태어나서 한 번도 들어 본 적 없는 아빠와 함께 지내게 되고, 그곳에서 유찬이라는 아이를 만나게 된다. 유찬은 지오와 함께 있으면 다른 사람의 속마음이 들리지 않는다는 걸 깨닫고 지오에게 관심을 가진다. 지오와 유찬은 함께 하며 곧 서로가 가진 깊은 내면의 아픔을 들여다보고 자신이 혼자가 아니라는 것을 깨닫게 된다. 그리고는 각자를 괴롭게 했던 오해를 풀며 상처를 회복해 나간다. 뜨겁고 고통스러울 거라 생각했던 그들의 여름은 가장 찬란하고 벅찬 둘만의 여름으로 바뀌게 되었고, 두 사람은 세상을 다른 시각으로 바라보게 된다.

책을 읽기 시작하자 나도 번영의 한 마을 주민이 되어 지오와 유찬을 보고 있는 것만 같았다. 그만큼 생동감이 넘쳤으며 점점 그들의 여름으로 스며 들어가는 느낌이 들었다. 이 책은 지오와 유찬의 시점으로 인물이 계속 바뀌며 사건이 진행된다. 그러다 보니 같지만 새롭고 다른 시선으로 사건을 접할 수 있게 되어 흥미로웠다. 책장을 넘길 때마다 마치 그들에게 빠지는 듯했다.

이 책을 읽다 보면 책 속 아름다운 구절이 눈에 띈다. 책의 마지막 부분에는 이런 구절이 있다. "마주하는 순간마다 그리워하게 되는, 유난히도 더운 여름이 계속되고 있었다." 이 책 속에서 지오와 유찬이 함께 성장한 여름을 한 구절로 표현해 낸 느낌이었다.

또 지오가 화재 사건의 전말을 듣고 유찬에게 이런 말을 한다. "네 선택이 옳지 않을지도 모른다는 걸 알면서도 선택을 해야만 한다면? 널 고통스럽게 만든 사람이 좋은 사람이라면? 그 사람한테 어쩔 수 없는 사정이 있는데 그 사정을 네가 모두 알게 된다면, 그러면 어떨 것 같아?" 이 말은 이 책의 중심부를 관통한다. 오해가 쌓여 만들어진 분노와 원망에 감춰진 진실이 마침내 드러나는 순간이라 특히 깊은 인상을 남겼다. 자신의 가족을 죽인 불의 원인이었던 새별을 이제 용서하는 게 어떠냐고 물어보는 느낌이었다.

이 이야기는 각자의 삶을 살아가고 있는 사람들이 가진 아픔을 보여준다. 그리고 이야기가 진행됨에 따라 우리는 이 이야기가 단순히 지오와 유찬에게 국한되지 않는다는 사실을 알 수 있다. 새별, 그리고 지오의 아빠인 남 경사 모두 처음에는 이해할 수 없었으나 그들만의 상처가 있다는 사실을 알게 될 때 이 책의 의미는 비로소 수면 위로 드러난다.

책 속에는 이런 구절이 있다. "어쩌면 그날 마을 사람들도 최선의 선택을 한 걸지도 몰라. 그게 꼭 옳은 선택이 아니었을지라도." 지오와 유찬이 분노와 원망으로 가득한 나날들을 보내게 된 이유에 악한 이가 존재할 거라 생각했으나, 악역이 아닌 상처를 남기지 않기 위해 깊은 고민 끝에 최선의 선택을 한 어른들만이 있었다. 물론 유찬 가족의 비극적인 화재 사건을 그리 쉽게 덮을 수는 없었겠지만, 그들로서는 최선이었을 것이다. 하지만 그런 어른들의 선택은 지오와 유찬으로 하여금 반복되는 나날을 원망과 분노로 보내게 했다. 이런 엇갈린 인물들의 관계를 보며 안타까움이 느껴졌고, 그런 선택을 했던 어른들을 이해한 지오와 유찬을 보며 둘 다 한 걸음 더 성장한 모습이 보였다.

지오와 유찬을 괴롭히고 있었던 증오와 뜨거움은 점차 이야기가 흐르며 따스함과 따뜻함으로 바뀌게 된다. 두 아이에게 이번 여름은 뜨거운 여름이 아닌 눈부시도록 찬란한 여름이었다고 표현할 수 있다. 그들의 마음속 응어리처럼 남았던 광기 같은 분노와 원망이 뒤섞인 감정은 이번 여름을 겪으며 치료되었다. 새별이나 남 경사도 지오와 유찬의 오해가 풀림으로써 조금은 마음의 짐을 덜 수 있었을 거라 생각된다.

　나에게는 지오나 유찬, 새별이나 남 경사처럼 큰 고통이나 죄책감을 느껴 본 경험이 없다. 두 사람의 아픔은 내가 감히 상상조차 할 수 없는 것이었다. 그러나 지금껏 살면서 행복한 일만 있었다는 뜻도 아니다. 때로는 학업, 인간관계 등의 이유들로 방안에서 홀로 울며 슬퍼한 적도 있다. 마치 세상이 나를 버린 듯 혼자인 것 같은 기분이 들게 된다. 그러나 그럴 때마다 부모님이나 친구, 주변 사람들이 위로해 주면 긁힌 마음은 그 따뜻함에 의해 이내 녹아버리고 만다. 이 책은 내게 그런 기억을 상기시켜 준다. 마음이 지치고 힘들다 해도 내 주변 사람과 함께하면 다시 앞으로 나아갈 수 있다는 사실을 우리에게 전달하고자 하는 것이다.

　사람들은 모두 아픈 기억이 있다. 그 기억은 때때로 한 사람의 인생을 송두리째 바꿔 놓기도 한다. 지오가 엄마에게 미안해하며 유도를 하고 아빠를 증오했던 것, 그리고 유찬이 화재를 덮으려고 했던 마을 사람들을 용서할 수 없었던 것처럼 말이다. 그런 상처를 치유할 수 있는 건 다름 아닌 서로의 관심과 위로라는 걸 알 수 있었다. 현대를 살아가고 있는 우리는 대체로 서로에게 무관심하고, 누군가를 쉽게 위로하거나 용서하지 않는다. 그렇기에 우리의 시점에서 지오와 유찬이 진실을 알게 되고 각자 원한을 가졌던 사람들을 용서하는 모습은 더 아름답게 보인다. 이것이 이 책이 우리에게 주고자 했던 메시지가 아닐까 싶다.

　책의 마지막 부분에서 지오는 유찬의 가슴에서 무언가를 잡은 뒤 먹는 시늉을 한다. 그리고는 유찬의 가슴 속에서 자꾸만 유찬을 괴롭히는 뜨거운 여름을 콱 베어 물었다고 말한다. 나는 지오가 베어 문 여름이 유찬의 것만이 아닌, 우리 모두가 마음속에 가진 여름이라 생각한다. 고통스러운 상처를 홀로 안고서 살아가는 것보다, 함께 아픔을 나누고 위로한다면 우리는 비로소 세상이 살 만하다는 것을 느낄 수 있지 않을까. '여름을 한 입 베어 물었더니' 라는 제목에는 이런 의미가 담겨 있다. 6월 즈음 되면 어김없이 찾아오는 쨍한 햇살과 무더위를 베어 무는 건 우리의 아픔을 위로를 통해 덜어내는 것이었다.

「여름을 한 입 베어 물었더니」는 지오와 유찬만의 이야기가 아니다. 이 이야기는 다름 아닌 우리의 이야기이다. 바쁘게 돌아가는 세상을 살아가다 보면 우리의 마음은 조금씩 긁히고 다치기도 한다. 가끔은 세상에서 나 한 사람만이 이렇게 아프고 고통스러워하는 것만 같아 눈물이 나오기도 한다. 그때마다 우리는 우리 곁에 서로가 함께하고 있음을 알고, 같이 살아가며 이해하고 위로해 주어야 한다. 혼자인 줄 알았던 우리 곁, 너무나 따뜻한 사람들이 언제나 함께 눈부신 세상을 가꾸어 나가고 있다. 뜨거운 여름의 한 자락이 서로의 위로에 의해 따뜻한 날들로 바뀌게 된다면, 우리의 삶은 행복과 희망으로 물들어 나갈 것이라 믿는다.

사랑을 증명하는 처연한 장례식
– 최진영 『구의 증명』을 읽고

김동율(낙원중학교)

이 책의 표지는 두 계단과 이를 나누는 문으로 이루어져 있다. 문은 이두 계단을 연결한다. 문을 지나기 전 계단은 오르기 쉽고 간격이 넓고 경사가 완만하다. 문을 열고 뒤로 이어지는 계단은 오르기 어려운 간격이 좁고 더 가파른 계단이 이어져 있다. 문을 열고 가면 행복은커녕 더 힘들고 절망적인 현실이 펼쳐진다. 『구의 증명』은 '당신이 있기에 존재할 수 있는 나'라는 주제로 쓰였다고 최진영 작가가 말한다. 구가 있기에 존재할 수 있는 담. 담이 있기에 존재할 수 있는 구. 구는 담 덕분에 쓸모없는 돈으로 잘려지고 팔려나가는 몸뚱아리에서 온전한 사람인 몸으로 승화한다. 담을 통해 구는 다시 산다고 표현한다. 부활과는 다른 개념이지만 담은 자기 자신으로 또 구로도 살아간다. 그래서 담이 말한다. '그래야 너 없이도 살 수 있어'라고. 이 말은 너와 함께 살아간다는 것으로 생각했다. 그래서 담은 죽은 구를 먹어서 삶을 살아간다.

구와 담은 어린 시절부터 가깝게 지냈다. 관계를 유지하는데 얇은 실처럼 가늘어지다가 끊어지다가 다시 이어지는 이들은 점점 나이를 먹으며 청소년을 거쳐 성인이 된다. 성인이 되어서도 둘이 이어졌다고 할 수 있을까? 구가 죽음을 마주하면서 담은 이어질 수 없는 구를 먹어야만 했는지도 모른다. 식인을 소재로 하고 먹는 과정이 묘사되는 게 파격적이었다. 그래서 처음 읽을 때 공포감이 밀려왔고 거부감이 심했다. 그러나 추천한 사람이 무조건 끝까지 봐라, 그리고 그게 사랑인지 한번 이야기해 보라는 말을 듣고 끝까지 보게 되었다. 처음에 읽을 땐 '아니다.'라고 말하고 싶었다. 그러나 그 후 점점 의미심장한 말들이 나오기 시작했다. 처음에는 그저 책의 내용을 돕기 위한 비유와 설화인 줄 알았다. 하지만 그렇지 않았다. 정말로 담은 구를 뜯어 먹었다. 그러면서 먹는 부위에 관한 추억을 떠올린다. 사랑이라고 하면 달콤함을 떠올리는데 그런 장면은 '설탕을 찍어 나누어 먹는다.'라는 문장이 고작이었다. 담이 구를 먹은 이유는 구를 간직하고 싶고 살게 하고 싶어서이다. 구는 죽임을 당했다. 담이는 정육점에서 일했었기 때문에 칼을 잘 다루고 고기를 잘 썬다. 그런데 담은 구를 처절하게 잘 느끼기 위해 자신의 입으로 뜯어먹는다고 생각했다. 구의 삶은 정말 처절하고 의미 없는 삶이었다. 아는 누나에게도 이용당하고 어른들에게 유린당하고 돈벌이 수단으로 전락하는 더럽고 쪽팔리는 삶이다. 살면서 차라리 죽는 것이 더 낫다고 생각했을 때도 담을 생각하며 버텼다. 나를 선택하는 것도 나를 떠나는 것도 행복이지만 불행이라고.

구는 자신이 죽는다는 것을 알고 있었을 것 같다. 그래서 담의 할아버지와 이모의 이른 죽음을 통해 자신의 장례를 예견했다. 네가 죽으면 나는 너를 먹을 거라고. 왜 '난 네가 죽으면 먹을 거야'라고 했는지 모르겠다. 자신의 삶을 증명하는 방법이 먹히고 먹는 것일까? 먹는 것은 원초적이다. 사랑도 원초적인 것일까? 그래서 보이지 않는 사랑을 증명하는 방법은 그 둘의 삶처럼 일반적이어서는 안 됐던 것일까? 그래서 죽으면 모든 것이 끝나는데 구는 영혼의 상태에서 담을 바라보며 말한다. '사랑한다고. 살아가라고.' 구는 죽어서야 들리지 않는 담을 향해 말한다. 그리고 구는 상대적인 시간으로 담의 옆에서 담이 죽을 때까지 지켜보고 기다린다고 한다. 죽어서 지켜보고 곁에 있는 것은 담의 입장에서 죄가 되지 않는 것일까? 나는 그게 무의미하다고 생각했다.

10대인 청소년, 20대인 청년일 때 장례는 어떤 의미일까. 혼자인 내가 죽음을 감당할 수 있을지 생각해봤다. 나도 지금을 살지만 미래를 위해 지금을 달린다. 정해지지 않은 미래가 불안하다. 그렇지만 나로서 당장 할 수 있는 것은 먹는 것뿐일 것 같다. 허용되는 것은 그것뿐일 것 같다. 나도 결국 어른의 힘에 기대야 할 텐데 어른들이 아무도 없는 그들의 장례가 그래서 그것뿐일지도 몰랐고 그래서 처절했다. 그러면서 사람이란 무엇인지 고뇌한다. 흉악범인지, 사이코인지, 변태성욕자인지, 마귀인지 정신이 혼란스러워지며 어떤 범주에도 나를 완전히 집어넣을 수 없다고 담이 말한다. 그러나 사람은 뭐든 죽일 수 있고 먹을 수 있다. 거짓말도 하고 사기도 친다. 사피엔스에서 말했던 상상의 산물. 돈도 그렇다. 돈으로 목숨을 사고팔며 계급을 짓는 지금을 세련됐다고 말할 수 있을까? 그들의 인생을 보면 그렇지 않은 것 같다. 노마도, 이모도, 구도 왜 죽었을까? 그들은 죽은 것이 아니라 타살 같았다. 교통사고와 병과 돈은 죽음과 연결되어 있었다. 사랑하는 사람의 죽음을 의연하게 받아들이는 게 성인이라면 나도 어른이 되고 싶지 않았다. 그래서 구를 먹는 담이 슬픔을 포효하는 방식이 먹는 것이라고 생각했다. 사람이 나이에 상관없이 할 수 있는 것은 '먹기'이다. 먹는 것은 생존이다. 가장 원초적이다. 그래서였을까? 구와 담이 할 수 있는 최선이자 가장 원초적인 삶으로 돌아가고자 그런 장례를 치르는 것일지도 몰랐다.

이 책은 질문한다. '무엇이 구를 죽였는가?' '나는 사람이길 원하는가?' 잘 모르지만, 구를 죽인 것은 돈이 만들어버린 사회이다. 나는 사람이길 원한다. 사람이 되려면, 몸뚱아리가 아니려면 돈이 있어야 한다. 이런 공식을 이 책에서 극명하게 보여줘서 더 소름 돋았는지도 모른다. 나는 아직 돈이 없으니까. 그리고 나는 사랑을 남에게 증명할 수 있는 방법을 모른다. 안전한 울타리인 부모님이 계시기 때문에 한 번도 생각해보지 않은 문제에 직면했던 것 같다. 아마 많은 사람이 모를 것이다. 사랑은 보이지 않는다. 사랑을 하는 사람도 받는 사람도 정확히 모른다. 모호하게 느끼고 존재하고 믿을 뿐이다. 그래서 증명해야만 한다. 그럼 나는 무엇으로 사랑을 증명할 수 있을까? 부모님을 사랑한다, 너를 사랑한다는 언어로 표현하는 것은 그 뜻을 담고 있긴 하다. 그러나 말은 그 뜻이 가리키는 바를 온전히 전할 수가 없다. 그럼 사랑한다는 건 행동으로 전하고 증명해야 한다고 생각했다. 그러면서 이 소설 속 주인공의 이름을 불러보다가 이름의 이유에 대해 생각해보게 되었다. 기울어진 운동장이라는 세상에서 그 기울기에 따라 이리저리 공처럼 굴러다녀야 했기 때문에 '구'였고 그리고 그의 마지막을 담아야 하는 '담'이자 구의 멈춤이 '담'에서 끝나기 때문일지도 모르겠다고 생각했다. 세상을 굴러다니는 동안 '구'의 의지는 존재할 수 없었다. 이런 세상에서 구와 담은 서로를 증명하려고 했다. 구와 담의 사랑은 정말 사랑이라고 부를 수 있을까?

나는 그들이 사랑을 했다고 보지 않는다. 이것은 사랑에 관한 이야기가 아니다. 믿음에 대한 이야기이다. 책의 10페이지에 성서 이야기가 나오면서 '터무니없는 것을 받아들여야 할 때 믿음은 아주 유용하다. 말도 안 돼, 라는 말이 튀어나오는 일에야 믿음이라는 단어를 갖다 붙일 수 있다는 말이다. 일단 믿으라, 그러면 말이 된다.'라고 쓰여 있다. 구와 담은 서로 믿었다. 그래서 기다렸다. 기다리고 만나고 헤어져도 이어졌다. 미친 자아가, 인간이 아닌 상태여도 네가 필요하다 너를 사랑한다는 믿음이 필요하다고 썼다. 죽은 너와 끝까지 살아서 너를 먹어서 나를 따라 너를 죽게 하는 것, 동시에 죽는 방법은 그들의 세계에서는 이 방법밖에 없다고 생각했다. 기억이라는 모호함과 보이지 않는 단어로 표현되는 것이 아니라 행동으로써 증명하는 것이어야 했다. 담이 독백하듯이 말한 것처럼 그들을 위한 세상은 영하 270도의 암흑으로 뒤덮인 우주밖에 없을 것 같다. 책을 읽으면서도 그들을 도울 수 없다는 것이 안타까웠다. 책을 보듯 그들을 바라보아야 하는 내가, 아무것도 해줄 수 없는 내가 무기력해졌다.

누구나 뜨거운 밥 한 덩어리는 품고 살듯이 그게 그들에게는 믿음이었던 것 같다. 나는 아직 세상을 받아들이기에는 약한 존재이다. 믿음과 상상은 안전하면서도 신속하다. 싱그러운 청춘이 아니라 끝없이 흔들리고 괴로운 것이 청춘인 것 같다. 그 시절은 시행착오가 많다. 시행착오 중에 시행에는 시간과 에너지가 들며 착오는 생명을 위협할 수 있다. 죽음까지 내모는 시행착오와 어른들이 짜놓은 사회에서 삶의 극단으로 가버린 그들이 처연하고 슬펐다. 그리고 의심도 신뢰도 얕아진 사회에서 믿을 수 있는 사람이 되는 것, 그게 내게 남겨진 과제라고 생각했다.

불행 밀어내기

– 유영광 『비가 오면 열리는 상점』을 읽고

김효린(수현중학교 1학년)

만약 지금까지의 불행을 털고 새로운 시작을 얻을 기회가 생긴다면 어떨까? 끝이 보이지 않는 암흑 속에서 작은 빛줄기 하나가 보인다면?

아마도 많은 사람들은 행복한 삶의 결말을 바라겠지만, 모두가 그렇게 살 수 있는 것은 아니다. 누군가는 사업이 망했거나 누군가는 가정폭력에 시달리고 있을지도 모른다. 소중한 사람을 사고로 갑자기 잃고 좌절에 빠져 있거나 돈이 없어 자신의 꿈을 포기하고 살아가는 경우도 많다. 앞날이 깜깜한 이들에게 삶을 다시 시작할 기회가 생긴다면 어떻게 될까?

세린이의 삶은 불행 그 자체였다. 아버지가 일찍 돌아가셨고, 동생은 가출해 연락이 끊겼으며, 어머니는 힘든 형편의 집안을 이끌어가시느라 매일을 힘겹게 살아가고 계셨다. 이런 현실은 세린이에게 희망을 앗아갔고, 꿈은커녕 힘든 현실을 탓하며 불행과 좌절 속에 갇히게 했다. 세린이는 행복해질 수 없는 것일까?

'장마 상점에 오신 여러분을 환영합니다' 이곳은 불행을 팔 수 있는 특별한 상점이다. 자신의 불행을 팔아 모은 돈으로 새로운 행복한 미래를 얻을 수 있다. 일상이 온통 불행했던 주인공 세린이가 자신에게 온 의문의 편지 한 통과 골드 티켓을 받으며 상점의 문이 열린다. 구질구질했던 과거를 버리고 새로운 삶을 다시 그려볼 수 있다는 기대와 설렘을 안고 들어간 상점. 이 상점의 규칙은 간단했다. 불행을 팔아 모은 돈으로 자신이 원하는 미래의 구슬을 챙겨 장마가 끝나기 전까지 상점을 빠져나오면 된다. 그러나 만약 장마가 그칠 때까지 상점을 나가지 못한다면 이곳에서 영원한 행복을 꿈만 꾸며 죽게 된다.

규칙은 간단했지만 행복 구슬을 얻는 것은 그리 간단한 일이 아니었다. 골드 티켓 덕분에 안내묘 잇샤와 어려운 여정을 함께 하며 행복 구슬을 얻기까지 각양각색의 도깨비들을 만나게 된다. 구슬 속 미래를 들여다볼 수 있는 특별한 능력을 가진 잇샤를 통해 원하는 구슬을 손에 넣을 수 있었지만 구슬을 탐내던 도깨비의 배신으로 인해 세린이는 구슬을 얻지 못한 채 쫓기듯 겨우 장마 상점을 빠져나오게 된다.

세린이에게 골드 티켓은 불행을 모두 팔아버리고 행복을 한아름 가져와 새로운 삶을 시작할 수 있는 희망이었다. 마음껏 꿈꿀 수 있고, 웃을 수 있고, 배불리 먹을 수 있는 삶을 눈앞에서 놓쳐 버린 채 다시 구질구질한 현실로 돌아온 세린이. 행복 구슬을 얻기 위해 고군분투했지만 세린이는 낙담하지 않았다. 행복 구슬 따위는 더 이상 필요 없다는 것을 알았다. 구슬을 갖기 위해 노력했던 것은 구슬이 자신의 미래를 바꿔 줄 것이라는 희망이었다. 하지만 행복한 미래는 구슬이 가져다주는 것이 아니라 자신이 직접 만들고 쟁취하는 것이라고 몸소 깨닫게 되었다.

장마 상점에서 만난 도깨비들의 불행과 고민들을 들으며 적극적으로 도와주고자 이리저리 뛰어다녔던 경험들이 자신의 불행도 극복할 수 있을 것이란 희망의 씨앗이 되었다. 도깨비들의 고민은 별것 아닌 사소한 것들임에도 불구하고 타인의 도움만을 간절히 바라고 있던 나태함에서 비롯되었다. 세린이는 시련에 넘어져도 일어나려는 노력조차 하지 않으면서 일으켜 세워줄 누군가를 기다리고만 있는 울보였던 자신의 모습을 마주했다. 어쩌면 도깨비들의 모습이 마치 자신의 모습을 보는 것만 같아 부끄럽고 답답했을 것이다. 역경은 부딪치는 것이 아니라 극복하는 것임을 깨달았다. 이겨내려는 시도조차 해보지 않고 저절로 사라지는 시련은 세상 어디에도 없다. 그런 마법 같은 일은 해리포터에나 존재하지 않을까?

시련과 극복은 양면에 존재한다. 뒤집어 극복해버리면 더 이상 시련이 아니다. '아무것도 하지 않으면 아무 일도 일어나지 않는다.' 청각, 시각, 언어 장애를 갖고도 좌절하지 않고 끝없이 노력하고 배우고 익혀 장애를 극복했던 헬렌켈러도 "진정한 행복은 자신이 무엇인가를 할 수 있다는 자각에서 온다."라고 말했다. 극복하고자 하는 의지만 있다면 시간이 걸리더라도 언젠간 일어설 수 있다. 불행이라고 단정 짓는 순간, 그 불행에 갇혀 아무것도 할 수 없게 된다.

본인 또한 힘들고 지칠 때 그냥 주저앉아서 멍하게 있었다. 스스로 어찌할 수 있는 게 아니라 생각하며 그냥 무너져 있던 적도 있었다. 하지만 그럴 때마다 엄마가 항상 등을 토닥여주셨다. "힘들면 앉아서 잠시 쉬었다 다시 일어서면 돼." "넌 할 수 있어."라며 곁에 늘 함께 계셨다. 세린이의 곁에 함께 했던 안내묘 잇샤처럼 말이다. 잇샤는 우리 주변의 소중한 인물들을 대변한다. 평소에는 그 고마움을 모르다가 좌절의 순간에 위안을 주는 소중한 '잇샤'들. 내 곁에 있는 것만으로도 위안이 되고 힘이 되는 사람이 있다. 가끔은 다투거나 싸워서 멀어지더라도 소중한 사람은 결국 다시 가까워지게 된다. 행복하다고 믿는 삶 속에 함께 할 수 있는 사람이 있다면 그것이 진정한 행복이라고 생각한다. 행복한 삶과 행복을 나눌 수 있는 사람이 함께 공존할 때 비로소 행복을 느끼게 된다. 금메달을 따 행복하지만 그 행복을 함께 기뻐하고 나눌 수 있는 사람이 없다면 금메달은 행복이 아니라 불행이 될 수 있다. 가족은 늘 곁에 있어서 소중함을 느끼지 못할 때가 많다. 하지만 내가 세상에 반듯하게 서 있을 수 있는 것은 가족의 든든함이 나를 단단하게 잡아주고 있기 때문이다.

현실을 탓하며 주저앉아 울고만 있거나 가족의 소중함을 모르고 미워하는 사람에게 이 책을 추천한다. 세상의 짐을 함께 나누어 짊어지기 위해 가족이라는 울타리가 존재한다. 혼자 모든 것을 해결하려 하지 말고 힘들고 지칠 때면 가족과 함께 헤쳐 나가는 것도 좋은 방법이다. 불행한 삶이든 행복한 삶이든 어떤 삶을 살고 있느냐는 중요하지 않다. 역경을 딛고 일어나려는 의지와 서로의 손을 잡아줄 수 있는 사람이 곁에 있다면 세상은 그리 힘들지 않을 것이다. 지금부터라도 끝없는 좌절 속에 스스로를 가두지 말고 언제나 길은 있다고 믿으며 나와 함께 하는 사람들과 일어나는 법을 차곡차곡 쌓아 쉽게 넘어지지 않는 단단한 사람으로 우뚝 서길 바란다.

오백년 째 열다섯 2

– 김혜정『오백년 째 열다섯 2』을 읽고

박연재(미금중학교 1학년)

아 독후감을 쓰기 2주전, 나는 친구에게 카톡 알림이 와있었다. "와 이 책 완전 재밌는데? 너도 한번 읽어보는 건 어때?" 오랜 친구에게 책 추천을 받으니 호기심이 생겨 난 그 책을 구입하게 되었다. 얼마 후 그 책이 배달됐다. 마치 시간을 달리는 소녀라는 영화의 포스터처럼 질주하고 있는 길고 찰랑거리는 머리카락의 소녀를 보니 내 심장도 같이 뛰고 있었다. 그리고 난 알지 못했다. 그 책이 나의 인생 책이 될 줄은…. 그 책의 이름은 바로『오백년 째 열다섯 2』이였다.

내용은 다음과 같다. 오백 년 동안 열다섯 살로 살아온 최초의 구슬의 주인 야호족의 가을이는 자신의 친구인 신우와 사귀는 사이가 된다. 하지만 가을은 고민이 생기게 된다. '나는 언제까지 신우 옆에 있을 수 있을까? 삼 년? 길어야 오 년? 신우는 계속 자라지만 난 이 모습 그대로 일 것이다….' 하지만 고민도 잠시 이번에 사귀게 된 친구 유정이의 삼촌이 자신의 엄마의 남편? 심지어 엄마를 위험에서 구해주지도 못한 남자 선이의 집에서 유정과 살게 된다. 이후 가을은 유정이 현과 같은 반이 되기 위해 반 배정표를 바꾼 이유를 알게 되는데…. 그것은 바로 현을 500년 동안 짝사랑하고 있기 때문! 하지만 현은 이미 사랑하는 사람이 있다는 것을 유정은 모르고 있었다는 것이 큰 장애물이 된다. 얼마 지나지 않아 구슬 전쟁을 끝낸 야호족과 호랑족은 회담을 열게 된다. 하지만 그곳엔 자기 할머니이자 호랑족의 우두머리 범녀까지 온다. 가을은 그녀의 도움으로 원호가 되고 야호랑이라는 새로운 족속을 만들게 된다.

 하지만 모두들 이때까지는 평화로웠으나 위기가 오게 된다. 그것은 바로 실버제약이 호랑족의 정체를 알고 그들을 이용해 영생을 얻으려는 계획이었다! 가을은 이로 인해 야호랑의 원호로써의 자격이 박탈되고 얼마 지난지 않아 범녀가 새로운 원호가 되게 된다. 가을은 인내심을 갖고 야호랑족을 지키기 위해 유정과 자청비를 찾아가 문제 해결을 위한 단서를 얻게 된다. 그리고 단서를 조합해보니 범인은 둔갑한 범녀?? 가을은 이 사태를 막기 위해 범녀의 둔갑한 모습으로 변해 실버제약의 두 번째 주요 인물을 만나게 된다. 하지만 그 사람도 만만치 않았다. 바로 현이 짝사랑하는 사람인 온세연이었다! 화가 치밀어 오르려는 유정을 막고 가을은 그녀와 계약을 맺게 된다. 가을은 범녀를 막고 야호랑족을 지키기 위해 마지막으로 범녀를 몰락시킬 계획을 세우게 된다. 과연 가을은 범녀를 막고 자신의 친구들과 야호랑을 지킬 수 있을까? 또한 신우에게 자신의 정체를 밝혀 계속 연인의 관계를 유지할 수 있을까?

 나는 오백년 째 열다섯 1권을 읽지 않고서 2권을 읽게 됐다. 하지만 1권을 읽지 않아도 이해가 되는 세밀한 이야기에 로맨스와 같은 소설을 읽는 것을 좋아하는 나에겐 더할 나위 없이 완벽한 책이었다. 또한 난 이 책을 읽으면서 이 부분이 내 마음속에 인상 깊게 꽂히게 되었다. '나는 언제까지 신우 옆에 있을 수 있을까? 삼년? 길어야 오년? 신우는 계속 자라지만 난 이 모습 그대로일 것이다….' 처음에 난 영원히 살 수 있는 가을의 영생을 부러워했다. 하지만 읽고 난 후 난 생각이 180도 바뀌게 되었다. 자신의 사랑하는 애인이 자라고 난 후 자신은 그로부터 잊힐 것이라는 부분이었다. 이로 인해 무조건 영원히 사는 것이 행복하지 않다는 것을 알게 되었고, 지금 나의 이 짧은 한순간이 소중하고 감사하게 느껴졌다. 이외에도 난 현과 유정의 사랑 이야기도 무척 기억에 남았다. 유정은 현을 좋아하는데 현은 다른 사람을 좋아하고 있는 전개가 너무나도 10대들의 사랑 이야기와 매우 흡사하다는 것을 알게 되었다. 하지만 난 이 많은 이야기 중에서 가장 충격을 먹게 된 부분이 있었다. 그것은 바로 실버제약에게 호랑족에 대한 정보를 준 사람이 범녀였다는 것이다. 난 처음에 범녀가 매우 좋은 히로인 역할인 줄 알았다. 가을을 원호가 되게 만들어주었고, 가을과 친하게 지낸 편이었던 할머니였는데 한순간 가을과 야호랑족을 배신하고 정보를 넘겨준 것이 너무 분했다. 내가 꼬리 달린 짐승이었다면 범녀를 확 물어버렸을지도 모른다. 하지만 나의 그런 의지와는 반대로 가을은 끝까지 자신의 야호랑족을 지키기 위해 죽도록 일하며 단서를 모았다. 나의 그런 반대되는 행동을 보니 나 자신이 너무 어리광스럽다고 생각하며 나 자신을 돌아볼 수 있는 계기가 되었다.

또한 작중에서 이해할 수 없고 너무나 배신감을 나조차 느낀 부분이 있었다. 바로 가을이가 야호랑으로부터 원호로서의 자격을 박탈당하고 범녀에게 그 자격이 간 것이 너무 분했다. 처음에는 다 같이 가을이 원호가 되는 것을 찬성하였지만 범녀의 유혹으로 인해 모두가 이제와 서야 가을을 비난하면서 잘못을 돌리는 것이 너무 분하고 야호랑들을 이해할 수 없었다. 가을의 심정이 너무 아프고 분했을 것 같고, 믿었던 존재들이 모두 범녀의 유혹으로 인해서 등을 돌린 것이 너무 비겁했다. 심지어 그 누구도 야호랑 중 가을을 도와준 사람은 없었던 것이 더욱 화가 나고 어이가 없었다. 하지만 가을은 그 배신감을 용기와 지혜로 삼아 문제를 해결한 것이 너무 멋졌고 나도 누군가의 예측할 수 없었던 배신감을 가을처럼 용기, 지혜와 의지로 삼아 그 사람에게 나의 능력과 실력을 보여줘야겠다는 교훈과 자신감이 생기게 되었다.

이 책으로 인해서 나는 많은 교훈과 생각을 가지게 되었으며, 주인공 가을이처럼 나도 용기와 자신감을 가지고 문제를 해결하기 위해 지혜와 의지를 가지는 사람이 되어야겠다고 다짐할 수 있는 계기가 되었다. 그리고 드디어 나의 인생을 달라지게 해주고 한층 더 성장해 나갈 수 있는 인생 책을 발견하게 되어서 너무 기뻤다. 또한 나의 꿈인 작가라는 목표에 한층 더 가까워질 수 있었던 책이었고, 나 또한 이와 같은 책으로 청소년들에게 많은 공감과 교훈을 줄 수 있는 작가 될 수 있도록 다짐할 수 있었다. 그리고 가을과 나를 비교하면서 가을의 의지와 지혜를 배울 수 있었던 소중한 시간들이었다. 그리고 책을 다 읽고 난 후에 작중에 나온 구슬 전쟁이라는 전쟁 이야기에 호기심을 갖게 되었다. 그래서 읽지 못했던 오백 년째 열다섯 1권을 읽을 생각이다. 책 속에서 끊임없이 나온 구슬 전쟁에 대해서 더 알고 싶었기 때문이다. 이외에도 가을의 엄마와 삼촌 선에 대한 이야기도 알고 싶고, 가을의 할머니 이야기도 너무나 궁금한 이유도 있다.

앞으로 난 이 책으로 인해서 한층 더 성장해나가는 멋진 청소년이 될 것이다. 만약 문제 해결에 어려움이 있거나 신박한 로맨스 판타지 소설을 읽고 싶은 사람들에게 이 책을 반드시 추천하고 싶다. 이 대회로 인해서 난 성장할 수 있게 되어 대회를 추천해주신 선생님과 나의 인생을 바꿀 수 있었던 책을 추천해준 나의 오랜 친구에게 감사를 표하고 싶다.

나의 외로움과 나를 사랑하는 힘

– 신수나 『메르쿠리우스의 달』을 읽고

김선웅

　이 책의 제목을 처음 접하고 '메르쿠리우스'라는 이름이 생소하여 검색해 보게 되었다. '메르쿠리우스'는 그리스 로마 신화의 신이다. 그는 신의 심부름꾼이기도 하고, 부와 행운의 신이기도 했지만, 도적의 수호자가 되기도 했으며, 죽은 자의 영혼을 저승으로 이끄는 사자가 되기도 했다. 나는 메르쿠리우스에 대해 알게 되며 정말 신기했다. 보통 신은 번개의 신 제우스, 바다의 신 포세이돈처럼 한 가지 장르를 가진 신이 대부분인데 메르쿠리우스 신은 지위적으로 낮은 신의 심부름꾼부터 시작하여, 높은 신의 자리로 올라갔다가 다시 밑바닥으로 내려와 우리가 흔히 말하는 저승사자가 되기도 한다는 점에서 특이함을 느꼈다. 이 책이 메르쿠리우스 신의 이랬다가 저랬다가 하는 변질적인 특징처럼 어떤 식으로 전개되고 상황이 역전될지 궁금증을 품게 되었고, 이 작품을 선정하여 읽어보게 되었다.

　『메르쿠리우스의 달』은 그리스 로마 신 메르쿠리우스와 어느 인간의 이야기이다. 주인공 서욱은 무명 예술가였지만 우연히 유명세를 얻어 '영웅'이라는 작품을 만들게 된다. 어느 날, 서욱은 이상증세를 보이기 시작한다. 그는 휴식을 취한 뒤, 눈을 감았다 뜨길 반복했다. 처음 눈을 떴을 땐 주방에 있는 아내가 보였고, 그다음 눈을 떴을 땐 자신을 바라보는 어떤 남자와 눈이 마주쳤다. 이 남자는 서욱의 작업실에 붙어있는 '메르쿠리우스'라는 그리스 로마 신이었다. 그 뒤로 그는 그림 속에서 나왔다가 사라지기를 반복했다. 그럴 때마다 서욱은 두통을 느낀다. 그걸 본 메르쿠리우스는 서욱의 머리를 쓰다듬었다. 그럼 나아졌다. 그런데 메르쿠리우스가 나타나는 주기가 잦아졌고 그럴수록 그의 몸은 더 나빠진다. 결국 서욱은 쓰러지고 병원에 갔지만, 의사는 병을 모르겠다며 주사와 약을 처방했다. 그러나 그는 전혀 나아지지 않았다. 서욱은 자기가 뭘 해야 하는지 심지어는 화장실이 어딘지도 까먹는 지경에 이른다. 더는 몸의 문제가 아니라 생각이 멈추고 판단 능력도 사라지고 있었다. 모두 메르쿠리우스의 농간 때문이었다. 병원에 있는 서욱 앞에 메르쿠리우스가 나타나, 서욱의 손을 잡고 바닷가로 데려갔다. 그곳에 서욱을 내려놓은 메르쿠리우스는 서욱을 향해 잠시 웃더니 어둠을 뚫고 나온 둥근 달 속으로 풍당 사라졌다.

내가 책을 읽으며 메르쿠리우스의 특징처럼 상황이 어떻게 진행될지 궁금했는데, 원래 메르쿠리우스가 처음에는 신들의 잔심부름꾼이었던 것처럼, 이 작품에서도 주인공이 처음에는 아버지의 공방에서 심부름을 했다. 사양길로 들어선 나전을 잇게 하려는 아버지의 집착이 폭력에 가까워져 아버지에게서 도망쳐 나왔다. 그리고 메르쿠리우스가 부와 행운의 신이 된 것처럼 주인공 역시 우연히 호텔에서 작품을 전시하는데 유명한 할리우드 배우의 눈에 띄어서 크게 유명해진다. 그러던 와중 중국인 부호가 '영웅'이라는 작품을 의뢰했다. 메르쿠리우스가 마지막에는 죽은 자의 영혼을 죽음으로 이끄는 신인 만큼 주인공도 점점 더 아파지고 죽음까지 간 점에서 정말로 메르쿠리우스의 다양한 특성이 인간인 서욱에게 투영되어 있어서 흥미로웠다.

처음에는 이 책을 읽으며, 무엇을 말하고 싶은 건지 정말 이해가 안 갔다. 그래서 나는 이 책을 두 번, 세 번 다시 읽으면서 이해해 보고 주제가 무엇인지 생각해 보았다. 여러 번 읽어보니 이 책은 우리의 모습을 담아낸 것 같았다. 현대인의 자기애와 외로움을 표현하는 것 같다. 그렇게 생각한 이유는 주인공이 자신의 철학이 담긴 작품을 만드는 점에서 그리스 로마신화 중 피그말리온과 비슷한 것 같았기 때문이다. 키프로스 섬의 젊은 왕이었던 피그말리온은 여자들을 멀리하고 조각에만 열중하게 되었는데, 자신이 완성한 아름다운 조각상을 보고 사랑에 빠지게 된다. 이와 같이 주인공도 작품을 만들 때 자기의 방식대로 자신의 마음을 조각품에 담고, 자신의 작품을 돈으로만 연관시켜 생각하는 것이 아니라 그저 조각하는 것을 좋아하는 점에서 자신의 직업을 사랑하고 스스로를 자랑스럽게 여기는 자기애가 느껴졌다. 그리고 주인공은 동료도 없이 오직 혼자만의 세상에서 그의 방식대로만 작업하는 모습에서 외로워 보였다. 실제로 그는 작품 속에서 메르쿠리우스 농간 때문에 병원에 갔을 때도 의사가 그에게 우울증 약을 처방해준 것을 보면 세상의 입장으로 봤을때 그는 메르쿠리우스와는 상관없이 외로움에 못 견뎌서 병을 얻었다고 생각할 수도 있을 것 같다. 요즘 현대인은 옛날처럼 사람들과 정을 나누지 않고, 개인의 이익을 더 중요시하며 혼자 고독하게 살아가면서 외로움을 느끼곤 한다. 내가 어릴 때 한번 가족끼리 사람 많은 곳을 놀러 갔다. 그러다 내가 부모님을 따라가다 놓쳐버렸고, 혼자 울고 있는 나를 보고 선뜻 나서서 도와주는 사람이 없었다. 그 점에서 남을 돕지 않는, 정 없는 현대인의 고독함이 닮았다고 생각한다.

한편, 책을 읽으면서 주인공의 직업이 왜 조각가로 설정되었는지 궁금했다. 메르쿠리우스라는 신은 그리스 로마 신이니깐 그걸 표현하기 위해 주인공의 직업을 화가나 역사에 관련된 직업이었다면 더 좋지 않을까 한다. 그럼에도 왜 하필 조각가인지 생각해 보니깐 현대인의 외로움과 자기애를 더 입체적으로 표현하기 위해 조각가라는 직업이 효과적인 것 같다. 조각가라는 직업은 창조적이고 섬세한 작업을 요구한다. 이것은 주인공이 겪는 갈등과 외로움을 표현하기에 더 적합하다고 생각한다.

『메르쿠리우스의 달』을 읽으면서 기억에 남는 장면은 주인공이 '영웅'이라는 작품을 만들다가 건강이 악화되어 집을 나온 뒤, 수년 만에 다시 집을 찾아가는 장면이다. 주인공은 원래 폭력적인 아버지를 피해 집을 나왔는데 주인공은 집을 나갈 때 아버지의 물건을 훔쳐 나왔다. 분명 부모님도 그 사실을 알고 있었을 것이다. 주인공이 다시 집에 돌아갔을 때, 어머니가 주인공을 봤지만 무반응이고 아버지는 주인공이 오든 말든 자기의 일에 집중하는 무관심을 보였다. 나는 이 장면에서 참 생각이 많아졌다. 나는 한번 어릴 때 밖에서 놀다가 부모님에게 연락도 못 했었던 적이 있다. 그리고서는 집에 들어왔을 때 부모님이 나를 많이 걱정하셔서 앞으로는 그러지 말라고 혼내셨다. 이렇게 보통 부모님이라면 주인공에게 '왜 훔쳐갔냐. 뭐하다 집에 왔냐.' 이런 식으로 꾸짖거나 '왜 이제 오냐. 밖은 힘들지 않았냐.' 걱정해 주거나 할 것 같은데 정말 아무 반응도 없이 일을 하는 게 참 생각을 많이 하게 했다. 저기서 부모님이 주인공을 더 살갑게 대해주셔서 주인공이 자기의 지금 사정을 말할 수 있었다면 좀 달라지지 않았을까 생각도 해봤다. 그 점에서 '주위 사람들의 행동에 따라 나의 행동이 결정되는구나'라는 생각이 들어서 나는 주위 환경을 잘 가꿔야겠다고 느껴서 이 장면이 기억에 남는다.

더불어, 마지막 장면에 나온 문장이 기억에 남는다. 주인공은 아프다가 결국 병원에 실려 가는데 '메르쿠리우스'가 주인공을 바다로 데려간 다음 장면이다. "홀로 서 있는 서욱에게 세찬 바람이 바닷물을 끼얹고 달아났다. 달빛에 그의 몸이 은색 갑피를 뒤집어쓴 것처럼 반짝였다."라는 문장이다. 내가 이 문장을 읽었을 때 주인공은 조개껍데기로 작품을 만드는데 주인공이 조개껍데기로 작품을 만드는 이유에 대해 떠올렸다. 아마도 그 조개껍데기로 조각을 만드는 과정을 통해서 주인공의 모습을 드러낸 것 같다. 그리고 거기서 주인공은 자기가 만드는 작품과 비슷한 처지가 되었다는 뜻이 아닐까. 메르쿠리우스가 주인공에게 일명 '병주고 약주고' 반복하는데 주인공도 작품을 만들 때 망가뜨리고 고치고를 반복한다. 그 점에서 마지막 장면이 되게 흥미로워서 기억에 남는다.

메르쿠리우스의 특성처럼 우리 현대인들은 밑바닥 인생을 살아보기도 하고, 어떤 행운을 얻기도 하며, 죽는 그 날을 향해 열심히 살아가곤 한다. 우리 현대인들의 삶의 희노애락을 '메르쿠리우스'와 '서욱'을 통해 잘 담아낸 작품인 것 같다. 나는 이 작품을 통해서 현대인의 외로움을 생각해 보며 나의 외로움과도 비교하는 시간이 되었던 것 같아서 정말 좋았다. 그리고 '서욱'의 자신을 향한 사랑을 보며 나도 나를 더 사랑해보자는 마음을 굳게 먹게 되었다.

셜록 홈스, 그는 누구인가
– 정명섭 『뱀파이어 셜록』을 읽고

성민서

'탐정'이라는 단어를 떠올렸을 때, 전 세계 누구나 단연코 셜록 홈스를 떠올릴 정도로 가장 뛰어난 명탐정인 셜록 홈스. 그런 그가 뱀파이어가 되어 한국에 찾아왔다. 탐정을 꿈꾸는 셜로키언 세희와 혜리에게 자신이 사실은 셜록 홈스라고 주장하는 그의 모습은 적잖이 놀라웠다. 우리가 늘 보던 소설 속 셜록 홈스의 모습은 온데간데 없고 그들 눈앞에는 전혀 다른 사람이 서 있었다. 그리고 이들 앞에 영국 빅토리아 여왕 시대에 활발히 활동하던 살인자 잭 더 리퍼가 나타나게 되었다. 셜록 홈스와 잭 더 리퍼는 오랜만에 다시 만나 몸싸움을 하다가 경찰의 사이렌 소리에 흩어지게 되었다. 두 인물 모두 뱀파이어가 된 후, 셜록 홈스는 점차 피를 끊었으나 잭 더 리퍼는 살인에 대한 욕망으로 인해 사람들을 무자비하게 살육하며 다녔다.

모든 사람은 잭 더 리퍼를 가장 유력한 용의자인 '한윤석'이라는 인물일 것으로 예상하고 경찰에서 그를 검거했다. 그 후 범인이 체포되어 모두가 안심했으나 알고 보니 잭 더 리퍼는 한윤석이 아니었다.

한윤석은 그저 잭 더 리퍼에 의해 조종된 피해자일 뿐이었다. 진짜 잭 더 리퍼는 '이민세'라는 사람이었다. 잭 더 리퍼가 세희, 혜리에게 세뇌를 시켰으나 그들은 당하지 않았다. 홈스가 미리 둘에게 세뇌당하면 자신에게 연락해서 〈주홍색 연구〉의 한 구절인 "인생이라는 무색 실타래 안에는 살인이라는 이름의 선홍색 실이 있습니다."를 읊으라고 시켰기 때문이다. 결국 그는 경찰에 체포되었다.

원래 셜록 홈스, 뱀파이어, 살인사건과 같은 장르를 좋아하고 많이 읽어서 이 책을 보자마자 딱 읽어야겠다는 생각이 들었다. 지금도 탐정의 대명사로 불리는 명탐정인 셜록 홈스가 뱀파이어가 되어서, 현실 세계에서 살인자를 쫓고 잡는다는 내용이 너무 흥미로웠다. 이 책에서 '셜로키언'이라는 게 등장한다. 셜로키언은 아서 코난 도일이 쓴 〈셜록 홈스 시리즈〉의 열광적인 팬을 얘기한다. 그걸 보고 '나도 혹시 셜로키언이 아닐까?'라는 생각을 잠시 하게 되었다. 왜냐하면 나도 오래전부터 셜록 홈스라는 인물에 푹 빠져 있었기 때문이다.

이 책을 읽으면서 '추리소설은 읽으면 읽을수록 계속 재미있는 것 같다'라는 생각이 다시 한번 들었다. 셜록 홈스가 현실 세계에서 원어민 선생님인 마이클 햄록이라는 사람으로 활동하고 있다는 것을 알게 되었을 때 이름도 전이랑 비슷하게 지은 것 같다는 느낌이 들었다. 책 중에서, "영국 최고의 탐정인 나를 속일 생각을 하다니, 예나 지금이나 어리석군."이라는 문장이 나왔는데, 이 부분을 보고 역시 셜록 홈스구나 하며 감탄했다. 이런 추리소설을 읽으면 늘 이야기 하나 하나마다 꼭 명언들이 있는 것 같다.

'감정상의 좋고 나쁨은 명쾌한 추리와는 양립하지 않는다.' – 네 개의

서명,
　'다른 모든 가능성이 모두 소용없다면 아무리 있을 것 같지 않은 일이
　라도 남는 게 진실이다.'- 녹주석 보관

　모든 명대사가 다 좋지만, 여러 시리즈들 중에서 위 두 명대사가 가장
마음에 든다.

　주인공의 시선으로 이 책을 읽다 보면 우리가 책으로 접하는 내용과는
다르게 더욱 무서울 것 같다. 범인을 잡기 위해서 자기 팔을 그은 용기도
대단하지만, 한편으로는 그 사람이 범인이 아니라면 자신이 위험을 감수
해야 한다는 불안감도 함께 작용했을 것 같다. 또, 잭 더 리퍼가 자신들
과 셜록 홈스를 쫓아오면서, 만약 홈스가 진다면 너무 위험한 상황에 처
한다는 생각과 공포감이 계속 들었을 것 같다. 셜로키언이라서 꿈에 그
리던 셜록 홈스와 사건을 해결하러 간다는 것이 마냥 기뻤을 것도 같지
만, 만약 그게 나라면 마음속 깊은 내면에는 셜록 홈스가 늘 위기에서 벗
어나 사건을 해결하기 때문에 혹시나 크게 다칠까 걱정도 될 것 같다. 그
래도 책 속 주인공처럼 셜록 홈스의 도움으로 다치지 않는다는 생각을 하
니 다행이라고 여겨졌다.

　왜냐하면 잭 더 리퍼가 셜록 홈스를 끝장내려고 할 때, 그의 입장에서
세희, 혜리가 걸림돌이 된다고 생각했으면 이미 목숨을 빼앗겼을 수도
있었기 때문이다. 사람들을 최면에 걸어 살육하는 잭 더 리퍼의 모습만
보아도 충분히 가능한 일일 것 같다. 그래도 마지막 부분에 잭 더 리퍼가
경찰에 체포되는 모습을 보고, 이제 피해자는 정말 마음을 놓을 수 있었
을 것 같다.

만약 그럴 일은 벌어지지 않겠지만 이 이야기처럼 옛날에 악명이 높았던 살인자가 뱀파이어가 되어 우리 앞에 나타난다면 그래도 이 책을 읽어서 다행이라고 생각할 것 같다.

　그 이유는 요즈음 책이나 만화에서 자주 등장하는 주제 중 하나로, 미리 다 알고 있는 상황이 실제로 일어나는 경우처럼, 이 책에 담긴 이야기가 현실에 벌어지면 나도 대처가 가능할 것 같기 때문이다. 평소에도 만약 셜록 홈스가 다른 콘셉트로 바뀌면 어떨까라는 생각을 했는데 이번 계기로 내가 보고 싶었던 셜록 홈스의 다른 콘셉트를 이야기로나마 만나보게 되어서 흥미 지수가 더 올라갔다. 나처럼 추리소설이나 살인사건, 뱀파이어 같은 장르에 관심이 있거나 좋아하는 독자들이 보면 더욱더 재미있게 즐길 수 있을 것 같아 추천하고 싶다.

작은 존재들이 만드는 가장 환한 빛

– 염기원 『여고생 챔프 아서왕』을 읽고

신채희(충암중학교)

칠흑 같은 어둠 속에선 아주 작은 빛에도 큰 힘이 있다. 약한 바람 한 번에 금세 스러질 것 같은 작은 촛불도 다시 길을 찾아 나설 충분한 빛이자 온기가 되어준다. 우리 삶에도 그런 순간이 있다. 분노와 증오라는 에너지는 너무 강해서 한 사람을 완전히 어둠에 잠식되도록 만들기도 하는데, 그때 그의 손을 잡아 일으키는 건 어떤 대단한 것이 아니다. 아주 작고 여린 존재들이 그 일을 해낸다.

이 책의 주인공 서아는 복수의 화신이 되지 않기로 한다. 대신 복싱 챔피언으로서의 자신의 미래를 일궈 나가는 데 집중하면서 이야기가 끝난다. 엄마를 살리기 위해 소미 대신 감옥에 들어가 갖은 고생을 다 하고도 결국에는 엄마를 살리지 못했지만, 그래도 서아는 소미 아버지에 대한 직접적인 복수를 기꺼이 포기한다. '여고생 챔프 아서왕'의 작가는 아마도 원수에게 이른바 '눈에는 눈, 이에는 이' 식의 복수로 답하지 않는 선택이 있음을, 그리고 그게 어쩌면 가장 자신을 위하는 길임을 알려주려던 것 같다.

하지만 나는 이 결말이 무척 당황스러웠다. 책을 덮고 허무함을 느끼기까지 했다. 복수하지 않는 것이 최고의 복수이다? 머리로는 이해할 수 있을지언정, 마음으로 동의하기는 어려웠다. 아니, 동의하기 싫었다. 그리고 가장 큰 의문은 서아가 그 어떤 직접적인 복수도 하지 않기로 마음먹는 과정이 너무 간단하고 쉬웠다는 점이다. 그 어려운 걸 어떻게 그것도 교도소에서 나오자마자 할 수 있었는지가 풀리지 않는 수수께끼였다. 자다가도 벌떡 일어나서 씩씩거릴 것만 같은 그 마음을 어떻게 한순간에 다스릴 수 있는지……. 그래서 이 책을 몇 번이고 다시 읽었던 것 같다.

그리고 한 가지 답을 발견할 수 있었다. 바로 서아와 주변 사람들이 맺은 '끈끈한 인간관계'였다. 서아를 외롭게 두거나 복수하라고 부추기는 게 아니라, 옆에서 서아의 꿈을 응원하고 지지하는 친구이자 스승, 어른들의 힘이 내가 찾은 해답이다. 그들이 서아 곁에 있었기에 서아가 복수에 잡아먹히지 않을 수 있던 것이다.

그런 점에서 화선 언니와 서아가 나눈 특별한 우정에 눈길이 갔다. 서아가 그동안 교도소에서 만난 언니들은 모두 서아를 가만 놔두지를 않았다. 감방 안에서 언니들로부터 폭행당하기도 하고 믿었던 지영 언니로부터는 성추행을 비롯해 더 큰 조직적인 괴롭힘을 당했다. 그런 상황에서, 또 다른 사람이 다가온다면? 그 사람을 믿기도 힘들고 마음을 여는 것 자체가 힘들었을 것이다. 그러나 서아는 화선 언니에게 고민을 이야기할 수 있을 만큼 깊은 사이가 된다. 도대체 어떻게 화선 언니는 서아와 친해질 수 있었을까? 아마도 서아의 말에 공감을 해주는 진심 어린 눈빛, 그리고 서아의 볼을 살짝 꼬집는 손길에 담긴 애정이 서아의 마음을 스르르 녹였을 것이다.

얼마 전까지만 해도, 나는 뾰족뾰족한 삼각형 같은 사람이었다. 누가 다가오든 밀어내며 곁눈질로 흘겨보거나 소리를 질렀다. 선생님들께서 내게 무언가를 지적하실 때면 나를 무시하는 것처럼 느껴져서 신경질이

났다. 그래서 내 별명은 '까칠이'였다. 2년 전 피아노학원에서도 그랬다. 선생님께서 틀린 부분을 지적하시자, 나는 악보를 구기며 심하게 짜증을 냈다. 이때 선생님께서 나에게 건넨 것은 다름 아닌 과자 '치토스' 한 봉지였다. 갑작스러운 '치토스'에 나는 어안이 벙벙했다. 얼떨결에 한 손에 '치토스'를 받아 든 채로, 집으로 돌아온 나는 펑펑 울고 말았다. 짜증이 나서가 아니라 선생님께 너무 죄송해서 말이다. 이때부터 나는 세상을 바라보는 시선을 긍정적으로 바꾸기 시작했다. 예를 들어 선생님께서 나의 무언가를 지적하시는 이유는 내가 싫어서가 아니라 내가 더 잘되기를 바라는 마음 때문이라고 생각하기 시작했다. 관계가 만들어내는 작은 기적을 처음 느껴본 순간이었다.

또, 이 책에는 자주는 아니지만 잠깐잠깐 서아의 복싱 스승 할배가 나온다. 서아가 교도소에 있을 때 할배가 가장 먼저 건넨 말은 "그동안 몸이 많이 불었구나. 너 그래가지고 플라이급으로 뛸 수 있겠냐?"였다. 그 후로도 할배는 마치 랩을 하듯 복싱 얘기만 했다. 처음에는 이런 할배가 이해되지 않았는데, 어쩌면 할배가 이 책에서 조금은 특별한 역할을 맡았는지도 모르겠다는 생각이 들었다. 서아가 부정적인 생각에 빠져 허우적거리지 않기를 바라는 마음으로 계속 복싱 얘기만 하고 사라지는 할배. 나는 그가 어쩌면 서아를 걱정하던 신神이 아니었을까 하는 생각이 들었다.

반면에, 변호사 아저씨나 상구 아저씨는 우리 생활 속에서 쉽게 만나볼 수 있는 어른들인 것 같다. 아주 멋있지는 않지만, 그렇다고 나쁘게만 볼 수도 없는 보통 사람들. 비록 소미 아버지의 돈을 받고 진실을 외면하거나 사람을 차로 치기까지 했지만, 그 후 진심으로 반성하는 모습을 보인다. 변호사 아저씨는 서아를 조금이라도 도와주기 위해 편의점 CCTV를 찾아 서아의 형량을 줄이고, 상구 아저씨는 자신의 목숨을 끊으며 나름의 죗값을 치렀다. 서아는 이러한 어른들의 마음을 느끼며 작은 위로를 받을 수 있었을 것이다.

　어떤 이에게 서아의 결정은 너무나 무력한 결말로 보일지도 모른다. 몇 년 전부터 주인공이 잔인한 복수에 성공하면서 짜릿한 통쾌함을 주는 영화나 드라마가 큰 인기를 끌고 있는 우리 사회만 돌아봐도 그렇다. 복수에 눈이 멀어 이글이글 타오르는 눈빛과 그들의 처절한 응징에 사람들은 환호한다. 복수심에 가득 찬 주인공과 그걸 응원하는 시청자들을 보면 마치 야생의 맹수를 보는 것 같다. 평범한 티셔츠에 청바지를 입었어도 왠지 모를 섬뜩한 아우라를 풍긴다. 복수의 끝에는 순간적인 짜릿함이 있겠지만, 그 복수를 계획하고 실행에 옮기는 과정에서 스스로가 얼마나 피폐해질 수 있는지까지 내다보는 사람은 별로 없는 것 같다. 보통의 사람들은 복수의 과정에서 오히려 자기 자신이 무너지고 다칠 수 있다는 것도 우리는 생각해 보아야 한다.

　좋은 영향력을 주고받는 관계란 정확히 무엇일까? 중학생인 나로서는 '친구 관계'에 대해 깊이 생각하게 되었다. 친구들 한 명 한 명을 떠올리며 크고 작은 추억을 곱씹어보니 내 곁에 있어 주는 그들이 얼마나 소중한지를 다시 느끼게 되었다. 친구와 '크시코스의 우편마차'라는 곡을 연주한 적이 있다. 친구와 피아노 듀엣을 한 건 이 곡이 처음이었는데 이때 나는 오른손을, 친구는 왼손을 맡았다. 친구의 반주 위에 내가 치는 멜로디를 입혔다. 처음 연주할 때는 둘 다 굉장히 서툴렀지만 아무리 틀려도 서로를 탓하지는 않았다. 사실은 틀렸을 때조차도 너무 즐거워서 웃음이 나왔다. 그러다가 완벽하게 곡을 마쳤을 때는 서로 얼싸안을 정도로 행복했다. 하늘을 날면 이런 기분일까 생각했다. 시간이 흘렀어도 친구와 함께 했던 '크시코스의 우편마차'는 계속, 아니 앞으로 영원히 가장 소중한 추억으로 남아 언제고 나에게 따스함을 선물할 것이다.

서아처럼 내 주변에도 나를 응원하고 믿어주는 존재들이 있다. 고슴도치 같던 나를 부드럽게 감싸 주셨던 피아노 선생님, 함께 피아노를 쳤던 친구, 그리고 사랑하는 부모님 등이 그러하다. 나는 이들을 '내 마음속에 새로운 빛을 켜는 존재'이자 '어두운 마음을 환하게 만드는 작은 빛'이라고 표현하고 싶다. '탁!'하고 마음에 불을 켜며 새로운 용기를 주는 가장 자그마한 빛 말이다. 앞으로 서아가 살아가는 앞날에도 이런 작은 빛들이 모여 가장 환한 용기와 희망을 안겨줬으면 좋겠다. 영원히.

죽지 않고 살아간다는 것

– 김초엽 『파견자들』을 읽고

임나현

　나는 평소에 공상과학소설을 좋아한다. 그래서 김초엽 작가님의 소설들을 모두 섭렵하고 작가님의 신간이 출간되었다는 소식을 듣자마자 서점에 달려가 파견자들 이라는 신작을 샀다.

　파견자들의 배경인 미래의 어느 한 세계, 지상이 범람체에 의해 오염되어서 인류는 지상에서 살지 못하고 지하에서 살아가고 있다. 범람체를 연구하고 지상을 되찾기 위해 노력하는 사람인 파견자들이 존재한다. 태린은 파견자가 되고자 하는 지원자인데 어느날부터인가 머리속에서 새로운 목소리가 들려와 당황한다. 원하지 않을때 불쑥불쑥 등장해 태린의 시험을 망치고 태린의 인생을 쑥대밭으로 만들었다. 태린은 새로운 목소리에 '쏠'이라는 이름을 붙여준다. 쏠이라는 이름을 붙여준 순간, 쏠과 태린은 공생을 하기 시작한다. 쏠은 태린에게 파견자들 시험을 잘볼수 있도록 도와준다. 하지만, 마지막 파견자들 시험에서 쏠은 태린을 파견자들 시험에서 떨어뜨릴 뿐만 아니라 태린의 소중한 사람인 자스민을 위험해 빠뜨린다. 하지만 구사일생으로 태린은 지상으로 나가 파견자들 업무를 수행하게 된다. 태린은 파견지에서 범람체와 쏠의 존재에 대해 알기 시작한다.

　태린은 파견지에서 범람화된 존재들을 마주하게 된다. 범람화된 존재들을 '죽었다'라고 여겼던 태린은 충격을 먹게 되었다. 나도 이 부분을 읽고 죽음에 대해 생각해 보는 기회가 되었다. 내가 생각했던 죽음은 매우 단편적이었던 것 같다. 심장과 뇌가 더이상 작동을 하지않는게 죽음이라고 생각했다. 하지만 곰곰이 생각해 보니 죽음은 늘 우리 주변에 있었다고 생각한다. 생물학적 죽음뿐만 아니라 나의 정체성을 잃는것 또한 죽음이라고 생각했다. 사춘기가 오면 나 자신의 정체성을 의심하고 생각하는 시기가 있다. 좋아하는 것, 하고 싶은 것을 찾고 나를 돌보는 것이 나의 정체성을 유지하는 것이라고 생각한다. 중학교 1학년때 나는 나라는 존재를 잘 돌보지 못했던 것 같다, 늘 '내가 하고 싶어서' 하는 것보다는 늘 남이 해서 뭔가를 했던 것 같다. 늘 남이 생각할 나의 모습만 돌보고 생각하다 보니 껍데기만 커지고 속은 텅 빈 느낌이었다. 하고 싶어서 한 것들도 정말 내가 원해서 한 것이었는지 남이 해서 하다 보니 습관화되어서 한 것인지 잘 모르겠다. 어느 날 학교 진로 시간에 좋아하는 것과 하고 싶은 것을 찾으라는 이야기를 했었다. 그때 나는 좋아하는 걸 생각하는 애들은 아직까지도 진로보다는 재미만을 추구하며 살아가는 멍청한 애들이라고 생각했다. 나는 나 자신을 돌보지 않았던 것이었다. 어느 순간 나 자신에 대한 의구심이 생기기 시작했다. 이렇게 나도 나 자신을 모르는데 나를 위한 제대로 된 선택을 할수 있을까? 하는 생각이 들었다. 내가 좋아하는 것 내가 하고싶은 게 정말 무엇인지 모르겠었다. 난 일종의 죽음을 맞이했었던 것 같다. 그때부터 나는 책을 읽기 시작했다, 소설을 읽다 보니 다른 사람은 어떻게 사는지 알게 되었고 점점 내가 좋아하는 장르, 좋아하는 작가가 생기면서 점점 나 자신을 알게 되었다.

쏠과 태린, 범람화된 채로 또 새로운 삶을 살아가는 인간들을 보며 나는 나라는 존재에 대해 생각해 보았다. 쏠과 태린은 공생일까 아니면 쏠도 태린의 존재의 일부일까. 책을 중반부까지만 해도 쏠과 태린은 공생이라는 생각을 했다. 쏠과 태린은 각각 다른 자아를 가지고 있지만, 우연의 일치로 한 몸을 공유하며 살아가는 것 이라고 생각했다. 하지만 책을 읽다 보니 쏠은 태린의 존재의 일부라는 생각이 들었다. 여기까지만 나고 그 외는 타인이야 하고 무 썰듯 명확하게 나라는 존재를 정의 할 수 있을까? 우리 주변에 나의 성격과 나 자신을 구성하는데 영향을 주지 않는 것은 없다고 생각한다. 태린은 쏠한테 과거에서부터 영향을 받았다. 쏠이라는 이름을 붙이고 쏠을 조정할 수 있는 능력을 가지게 된 것은 쏠이 없었다면 불가능 했을것 이라고 생각한다. 태린에게 쏠이 없었다면 태린은 분명 쏠이 있을 때의 태린과는 다른 존재일 것이다. 나는 인간은 혼자 살아갈 수 없다고 생각한다. 다른 사람과 관계를 맺어야 비로소 존재한다고 생각한다. 하루중 누군가와 관계를 맺지 않는 순간은 없다. 늘 학교에서는 친구들과 선생님들과, 집에서는 가족들과 하다못해 여가 시간에 즐기는 SNS상에서도 우리는 끊임없이 누군가와 관계를 맺고 살아간다. 나는 나의 존재를 내면의 나뿐만 아니라 다른 사람과 관계를 맺은 나 또한 나라고 생각한다. 다른 사람들 앞에서는 순진한 척 하고 내면으로는 다른 사람 욕을 엄청 한다면, 다른 사람 앞에서는 순진한 척하고 내면으로는 욕을 하는 사람이 나인 것이라고 생각한다. 나는 조금 허풍이 있다. 그래서인지 내가 실질적으로 할 수 있는 것보다 더 많이 할 수 있다고 말했다. 실질적인 내 능력보다 더 높은 능력을 마치 내가 정말 가지고 있는 것처럼 이야기했고 나는 나 자신을 더 높은 능력을 가진 사람이라고 생각했었다. 나는 진정한 나보다 내가 이상하는 나 자신을 나라고 생각했던 것이다. 하지만, 나는 그저 내 능력보다 더 높은 능력치가 있는 척한 사람이었다. 내 능력치가 더 향상되면 좋겠다고 생각한것도 나고, 다른 사람들에게 허풍을 친 사람도 나이다. 또, 그 이상향을 위해 노력하는 사람도 나이다. 나의 존재는 내가 하는 모든 행동이라고 생각한다.

  파견자들에서 태린과 이제프는 단순히 선생과 학생 관계보다 더 발전된 스승과 제자의 관계를 맺는다. 태린이 힘들 땐 피난할 수 있는 피난처가 되어주고 위험에 처했을 땐 구해준다. 소설 속에서 이제프는 태린이 자신의 머릿속에 있는 것이 무엇인지를 궁금해할 때 시술이 잘못된 뉴로브릭(뇌의 기억력 증진을 도와주는 기계)이 다시 연결되어 혼란은 초래하는 것이라며 하얀 거짓말을 한다. 태린이 지상 복무를 마치고 돌아왔을 때 태린은 범람체에 대한 인식이 바뀌고 범람체와의 공존을 꿈꾸게 된다. 하지만, 이제프는 공존이 아닌 정복을 꿈꾸었다. 이제프는 범람체로 살상 무기를 만들기 위해 연구 중이었다. 그래서 둘은 마찰이 생기게 된다. 태린이 이제프에게 왜 이런 일은 벌였냐고 묻자 이제프는 이렇게 대답했다.
"네게 지상을 돌려주고 싶었던 거야."
  둘 다 지상을 밟고 싶지만 추구하는 방향성이 달랐다. 하지만, 서로를 향한 마음만큼은 진심이었다. 이렇게 생각의 차이가 존재하는데 관계를 유지할 수 있을까? 소설에서는 태린이 이제프를 쏴서 이제프를 죽이는 것으로 나온다. 이제프는 마지막까지도 태린을 탓하는 증오는 눈빛이 아닌 애정하는 눈빛을 하며 죽었다. 나는 태린과 이제프의 관계는 표면적으로는 절단되었지만, 실질적으로는 유지된다고 생각한다. 관계를 유지하는 데 가장 중요한 것은 진정성이라고 생각한다. 진정성을 표현하기 가장 쉬운 수단은 지속성이다. 지속성이라는 것은 물리적으로 계속해서 연락하거나 만남을 갖는 것일수도 있지만, 끊임없이 서로를 생각하는 것에서 표현될 수도 있다고 생각한다. 책 중에서도 태린은 이제프가 죽은 후 유물을 어떻게 처리할지 고민하며 계속해서 이제프를 생각한다. 관계는 계속해서 서로를 기억하는 것이라고 생각한다. 태린은 이제프를 기억하는 방식으로 이제프와의 관계를 유지한다. 그렇다면, 나는 어떤 방식으로 관계를 유지하고 있을까? 태린에게 이제프가 있었다면, 나에게도 소중한 선생님이 있다. 관계를 오랫동안 완만하게 유지하려면, 지속적으로 서로에 대한 진심을 이야기 해야 한다고 생각한다. 나는 그래서 선생님께 특별한 날에는 꼭 편지를 써서 내 진심을 전달한다. 인간관계에서 상호 간의 오해는 늘 생긴다. '혹시 나만 이 사람을 진심으로 생각한 건가?' 와 같이 서로의 진심에 대해 의문이 생기는 시기는 늘 온다. 하지만, 편지를 통해 진심을 전하면 서로의 진심을 확인해 관계의 진정성이 높아진다.

태린에게는 쏠이라는 목소리가 있다. 나는 결정을 내릴 때 어떤 목소리를 들으며 결정할까? 나는 미래의 나와 현재의 나 그리고 과거의 나가 충돌하면서 결정을 내리는 것 같다. 현재의 나는 끊임없이 '야 공부하지 말고 놀자' 하고 나에게 악마의 속삭임을 시전하고 미래의 나는 미래의 나를 위해 공부하도록 하고 명령을 내린다. 하지만, 이럴 때 대부분의 상황에서는 현재의 자아가 이긴다. '그래 뭐 어떻게든 되겠지' 하는 마음으로 펜을 내려놓으려는 순간에 딱 과거의 나가 한마디를 날린다. '확실해? 과거의 공부한 공든 탑을 무너뜨리려고?' 하면서 다시 펜을 들게 한다. 모든 결정을 타협과 집중이다라는 말이 딱 맞는 것 같다. 현재에만 살 수 없다. 하지만 미래만을 바라보면서 나아가기만 할수는 없다고 생각한다. 모든 결정은 득과 실이 있어 무엇에 더 가치를 두느냐에 따라 결정이 천차만별로 달라질수 있다. 지금의 나는 꽤 좋은 타협점을 만난 것 같다.

요즘 내가 제일 중요시여기는 가치는 현재와 미래 모두 행복이다. 어느 정도 공부를 해야 미래에 시험을 보고도 웃을 수 있다(요즘은 너무 현재에만 집중한 것 같아 반성 중이다).

난 이 책을 읽으면서 태린이 존경스러웠다. 태린은 자신이 평생 동안 살아왔던 세상이 무너지는 것을 이겨내고 나아가는 것을 선택했기 때문이다. 한 세상이 무너지면 또 다른 세상이 열린다는 말이 있지만, 그 과정은 정말 고통스럽다. 나도 내가 당연하다고 생각했던 일들이 더 이상 당연하지 않을 때 느끼는 좌절감은 정말 고통스럽다. 하지만, 그런 고통을 이겨내고 나아가기로 결심한 태린이 존경스럽다. 나는 누군가 내 세상에 모순이 있다고 소리칠 때 나는 너는 그런 생각이 있구나, 하지만 난 생각이 달라라고 일관하여 다른 사람의 조언을 듣지 못했다. 나는 이렇게 남의 말을 듣지 않을 때도 남의 생각을 존중해주는 멋진 사람이라고 생각했었다. 하지만, 다양성을 존중한다고 포장했을 뿐 나는 나아가지 못했던 것 같다. 우리는 끊임없이 나아가야 한다. 그 과정에서 계속해서 상처받고 넘어지더라도 우리는 한 발짝 한 발짝 더 나아가야 한다.

책에 이런 구절이 있다. '어떤 기억은 감각하는 거야.' 우리는 세상의 모든 것을 기억할 수 없다. 하지만 감각은 우리 뇌의 기억보다 훨씬 더 오래간다. 파견자들을 읽고 나에게 새로운 세상이 열린 것 같다. 파견자들을 읽으면서 깨우친 것들을 감각하며 살아가야겠다. 세상은 모순과 역설의 연속이다. 세상에 절대적인 것은 있을 순 없지만, 나 자신의 절대적 기준을 세우며 세상과 조화를 이루며 살아갈 수는 있다. 나의 세상에 파견자들이 세상과 나 자신을 더 조화롭게 바라볼 수 있게 되었다.

너무나 다행인 우연

– 최진영 『단 한사람』을 읽고

정예일

　광활한 우주에서 지구의 상대적 크기에 대한 동영상을 봤다. 지구는 우주의 먼지라고 코스모스에서 읽었는데 영상에서는 먼지라고도 불리기 어려울 정도로 작았다. 커져만 가는 우주에서 없어지는 지구를 보면서 발견하는 것도 어렵겠다고 생각했다. 큰 우주는 죽어 있는 상태가 평범했다. 물질들이 상호작용을 하고 뒤엉키고 공간이 뒤틀리는 곳이다. 지구는 빛을 내는 존재인 별도 아니어서 외계인이 찾아올 것이라는 믿음이 깨졌다. 그러나 보이지도 않는 행성인 지구에는 생명이라는 특별함이 있다. 그러나 모든 생명은 죽는다. 어쩌면 죽음의 유한성 때문에 생명이 더 특별해진 것일지도 모른다. 우주에 원래 있는 평범한 상태인 죽음으로 돌아가는 데 인간은 특히 더 두려워한다. 그런 것을 극명하게 단 한 사람이라는 책은 '탄생이 없다면 두려워할 죽음도 없을 텐데.' 라는 문장으로 표현한다. 그리고 우주에서 숨이란 희귀한 것이지만 숨을 쉰다는 건 쇠퇴와 죽음을 향해 나아간다고 한다. 태어남은 살아서 숨 쉬고 활동하는 상태만을 말할 수는 없다. 그 외의 더 다양한 상태가 존재를 채우고 지킨다. 그렇다면 '죽음이란 무엇일까?', '내가 죽는 게 두려운 걸까? 아니면 가까운 사람이 사라지는 게 두려운 걸까?' '단 한 사람' 책은 죽음을 집중적으로 보여준다. 수많은 사람이 죽고 가까운 사람이 사라진다. 그리고 등장인물들을 통해 남는 사람들의 괴로움을 고스란히 보여준다.

처음에는 나무 이야기로 시작한다. 뿌리가 얽혀 있어 천년을 사는 나무. 세월에 순응해 쓰러지거나 비바람에 뿌리째 뽑히거나 속부터 썩어 마침내 부러지는 나무는 숱했지만 사람 무리에 의해 잘려가나는 무작위적인 강제적 죽음. 그런 죽음은 처음이라고 했다. 나무를 썰러 오는 사람들 간에도 서로 죽어가고 죽였다. 300년이나 살아온 나무는 이를 기괴한 죽음이라고 했다. 뿌리가 연결되어 죽어간 나무들을 서서히 살리지만 사람들은 다시 와서 나무를 베어 냈다. 강렬한 고통의 냄새가 진동하고 그 냄새만큼 아팠다. 100년이 지나고 또 100년이 지나도 숲은 회복되지 못했다. 나무는 서로 얽혀 있어서 살리려고 해도 자신도 살아낼 수 없었다. 이 책 속에서 나무는 가장 중요한 역할이다. 인간에 의해 강제적인 죽음을 맞이하고 목화의 중개를 진행시키고 또 목화는 이 나무를 온몸으로 느낀다. 나무의 무작위적인 죽음과 중개가 어떤 상관관계가 있지 않을까?

소설에서는 다섯 형제가 나온다. 완벽한 전교 1등이 아니면 안되는 큰딸인 일화는 매일이 전쟁터이고 먹지도 않고 잠도 안 잔다. 그래서 건강이 나빠졌고 그래서 1등을 놓쳤다. 그런데 노력으로 운명에 대항했다. 운명을 헷갈리게 만들고 바꾸려 했다. 미래를 위해 지금을 희생했다. 둘째 딸인 월화는 삶을 살고 지금을 이용하고 즐긴다. 월화의 라이벌은 자기 자신이었다. 그리고 셋째 딸 금화와 이란성 쌍둥이 목화와 목수가 있다. 주인공인 목화는 16살 꿈 속에서 죽음 직전의 수많은 사람들을 본다. 그리고 그 중 한 사람을 살리게 된다. 살릴 사람을 정하지도 못한다.

나무가 정해준다. 수많은 죽음을 보고 단 한 사람을 살리는 일은 할머니와 엄마 그리고 자신에게까지 이어져 있었다. 그래서 이 일은 어떻게 생각하는지에 따라 달랐다. 축복이거나 저주였다. 한 사람을 살리는 일은 '단 한 사람'이었고 다른 말로 하면 다른 무수히 많은 사람들이 죽는 것을 가만히 지켜보는 것이기 때문이다. 그러나 목화는 '나무가 시키는 일을 하는 것'이라고 정의하고 '중개'라고 불렀다. 꿈 속에서 수백 명의 죽음을 보고 그 중 단 한 사람을 살리는 일은 '죽음'과 '사는 것' 중 어느 것에 중점을 두느냐에 따라 삶이 극과 극으로 달라지는 것이었다. 할머니 임천자는 이를 '단 한 사람이라도 살리는 일'라고 생각하며 한 사람의 '생명'에 집중했다. 그녀는 전쟁통의 비참한 죽음이 흔했기 때문에 살아있는 것이 기적이라고 했다. 그래서 살리는 것은 더욱더 감사한 일이었다. 엄마인 장미수는 많은 수의 죽음에 집중했다. 그래서 '고작 한 사람' 이었다. 수백명의 사람들이 모두 죽는 것을 지켜본다는 무력감에 저주라고 단언했다. 그러면서 자신의 삶을 경멸했다. 딸인 목화는 이 일을 나무가 시키는 일을 하는 것이므로 '중개' 라고 표현했다. 죽음을 흔하게 목격하면서 목화는 이야기한다. "저렇게 많은 사람이 죽는데 어째서 나는 살아있지? 수많은 죽음 앞에서는 살아있음 자체가 비정상이었다."라고 말한다. 나도 그랬다. 이 글을 쓰고 있는 나도 지금 '살아있다'는 게 신기했다.

 이 책의 앞부분에서 수백명의 많은 죽음들을 자세히 지켜봐야 한다는 잔인한 설정에 거부감이 들었다. 매일매일 수백명이 죽는다는 사실과 강제로 이 죽음들을 지켜봐야 한다는 사실이 충격적이었다. 너무 많은 죽음이 묘사되어 있었다. 죽음은 삶과 아주 가까이에 있었고 찰나의 순간에 일어나는 일이었다. 그래서 이런 꿈꾸는 것이 고문이라고 생각했다. 그런 고문을 강행하고 구하라고 명령하는 나무가 혐오스러웠다. 나무는 왜 그들을 괴롭히는 것인가? 그리고 금화가 사라진 그 원인도 알려주지 않았다. 이 책에 등장한 나무도 그루터기만 남아서 다시 될 여력이 부족하다. 죽지도 살지도 못한다. 쓸모가 없어지고 더는 베일 수 없는 상태가 되어 죽지도, 살 수도 없는 상태가 되었다. 이 책에 나온 금화의 실종도 죽었는지 살았는지 모호하지만, 목화와 목수에게 잠시 보여지고 돌아왔다. '이런 상태도 있는 것'이라면서. 살아가는 것은 그냥 존재하는 것이 아니다. 또 죽음은 아무 것도 아닌 것이 아니다. 그럼 이런 애매모호함을 알아가거나 견디는 것일까?

나도 지금 애매모호함을 견디거나 알아가는 중이라고 생각한다. 나도 아직 아무 것도 아닌 통과하고 증명해가는 상태라고 생각했다. 나무의 뿌리처럼 내 주변 사람들과 얽혀 있고 주변으로부터 특히 부모님으로부터 양분을 얻는다. 좋은 것과 나쁜 것을 구분하지만 이게 옳은 것인지 아닌지 모호하다. 미래만을 보며 지금을 희생하는 일화와 정원의 모습에서 나를 보았다. 나에게 주어진 것과 내가 이렇게 태어났고 내 능력을 인정하고 받아들이는 과정을 어떻게 헤쳐 나갈 것인가의 문제는 여기에 나온 등장인물을 통해 바라볼 수 있었다. 나에겐 미수처럼 싸우는 힘이 있나. 아니면 임천자처럼 순응하며 감사하며 사는가. 아니면 목화처럼 나무에 의해 운명의 짐을 짊어지고 나무를 깎고 자르고 베어 내는 일을 해 나가며 나무의 속을 보고 언젠가는 그 나무를 알아낼 수 있으리라는 희망을 품고 사는가. 여러 인물에 나를 대입해보고 그 안에 있는 나와 내 상황을 찾아봤다. 그리고 산 사람을 살리는 일과 현재와 지금을 받아들이고 인정하는 것이 무엇인지 고민했다. 그러다 공부를 왜 해야 되는지 생각해보지도 않고 '그걸 어떻게 하는 방법이라는 게 있나. 그냥 하는 거지.'하며 참아가며 했다.

자기가 자기를 구한다는 뜻이지. 누가 대신 살아주는 거 아니잖아. 암

흑이든 미로든 스스로 통과하는 수밖에 없어. 그 말을 듣고 나도 내가 스스로 견뎌내거나 능동적으로 하는 행동이 있는지 돌아보았다.

나는 어떤 애매모호함을 견뎌내고 있을까. 무엇을 믿고 알아가고 있을까. 내가 매일 다니고 있는 학교가 생각났다. 그리고 이정숙 선생님이 떠올랐다. 처음엔 신청했던 독서프로그램에 참석해야 한다는 의무로 도서관에 갔다. 가다 보니 어떤 힘에 이끌려 매일 아침마다 점점 더 일찍 도서관에 갔다. 8시 이전에 학교에 가기도 했다. 선생님은 주변 사람에게 늘 보이지 않는 무엇을 주었다. 그게 뭘까 궁금했다. 그 힘이 느껴졌는데 잘 몰랐다. 내가 타인에게 느낀 처음의 애매모호함이었다. 그것을 통과하게 된 건 선생님이 주변 사람에게 주는 노력과 시간이 행동으로 보이면서 부터였다. 그런 것들에서 시작한 것 같다. 신뢰와 믿음이. 서로에 대한 절대적 믿음은 지금 이 순간의 행동이 모여 만든 결과였다. 룰렛처럼 무작위인 순간에 내가 만들어내는 노력과 믿어내는 마음이 행동으로 이끈 것이 아닐까 생각했다. 나를 이끈 원동력은 학교 학생들이라는 모두가 아니라 오직 너라는 한 존재를 바라보고 있다고 행동하는 선생님의 행동이었다. 나를 기다리고 나에게 반갑게 인사하고 나를 특별하게 해 주신다. 사람을 죽이는 사람을 볼 때마다, 사람을 물건처럼 대하는 사람을 볼 때마다, 위험한 현장에 스페어타이어처럼 사람을 몰아넣는 사람을 볼 때마다, 사회적 참사로 죽은 사람들을 비웃고 비아냥거리는 사람들을 볼 때마다, 죽은 사람에게 책임을 묻는 사람을 볼 때마다 허무를 느꼈다. 그런데 학교에서는 그렇지 않았다. 선생님이라는 사람을 통과하면서 믿음과 신뢰를 증명 받았다고 생각했다. 나무가 단 한 사람을 구하라고 하듯이 나도 그런 '구함'을 받았다고 생각했다.

나무가 주는 생명은 은총이 아닐 수도 있다. 중개는 사람들에게 무작위적 죽음을, 한 사람에게 너무도 다행인 우연으로 생명을 준다. 삶이 고통일지도 모른다. 그러나 삶은 고통이자 환희일지도 모른다. 단 한 사람 덕분에.

제5회 대한민국 소설독서대전 심사평

　한국소설가협회가 주관한 제5회 대한민국 소설독서대전에는 전국에서 보내온 여러 작품들이 열띤 경쟁을 벌였다. 독후감의 높은 수준은 이 대회에 대한 관심과 열기를 짐작하게끔 한다. 응모작을 하나하나 읽어나가면서 이들 독후감이 저마다 고유한 삶의 경험과 고유한 독서 성향과 언어적인 능력을 바탕으로 하고 있다는 사실을 느낄 수 있었다. 그 가운데 본인이 살아온 인생의 자전적 구체성과 책을 연관지어 심혈을 쏟은 글들이 마음에 와 닿았다. 심사위원들은 글이 가지는 미학적이고 규범적인 완성도와 함께 진정성이 묻어나고 창의성이 돋보이는 작품에 매료될 수밖에 없었다.

　대상이 고등부에서 나왔다는 사실은 놀랍기도 하고 고무적이기도 하고 희망적이기도 하다. 대상작 「세상에 파견된, 우리라는 존재」는 지상에서의 삶을 포기하고 어두컴컴한 지하에 도시를 만든 사람들의 이야기다. 김초엽의 장편소설 『파견자들』 속의 존재가 '잃어버린 자아'라고 예리하게 파악하고 있다. 주인공인 '쏠'과 '태린'이 공생하며 험난한 여정을 나아가는 동안 진실을 깨달아가는 과정을 고등학생인 자신의 환경과 대비해 감동적이고 실감나게 묘사했는데 고등학생이 썼다고 믿을 수 없을 정도로 정제된 언어와 간결한 문장으로 풀어냈다.

금상으로 선정된 작품들도 훌륭했다. 나의 어머니는 니나(일반부), 불안에 대처하는 우리의 자세(대학부), 구의 증명을 읽고(고등부), 세상의 경우에게(중등부)는 자기 성찰과 발견의 시선을 통해 대상 도서의 주제와 특성을 잘 드러냄으로써 작품과 자신의 내면과의 관계를 적절하게 담아낸 점을 높이 평가했다.

그 외에도 다양한 주제를 가진 도서들이 많이 채택되어 독서대전이 훌륭한 문화체험의 장이 되고 있음을 확실하게 보여주었다.

당선작에 들지는 못했으나 무한한 가능성을 가진 작품이 많았다. 글쓰기를 포기하지 말고 꾸준히 써 나간다면 작가가 되기에도 손색이 없으리라 믿는다. 수상작들이 구성이나 언어 구사의 안정성과 완성도에서 더나은 평가를 받았다고 보면 좋을 것이다. 다음 기회에 더 풍성하고 빛나는 성과가 있기를 기원해 본다.

수상자들에게는 축하를 드리고, 참여자 여러분께는 힘찬 정진을 당부드린다.

심사위원 | 김선주 이덕화 이채형

제5회 대한민국 소설독서대전 수상작품집

초판 인쇄 | 2024년 6월 28일
초판 발행 | 2024년 7월 1일

저　　자 | 한국소설가협회
발 행 인 | 이상문
편집국장 | 이현신
사무국장 | 박초이
발 행 처 | 사단법인 한국소설가협회
등　　록 | 제313-2001-271호(2001. 12. 13)

주　　소 | 04175 서울 마포구 마포대로12, 한신빌딩 1113호
전　　화 | 02) 703-9837, 팩스 02) 703-7055
전자우편 | novel2010@naver.com
홈페이지 | k-novel.co.kr
인　　쇄 | 신아출판사 063) 275-4000
총　　판 | 한국출판협동조합 02) 716-5616

ISBN 979-11-7032-103-3(03810)
정가 15,000원

이 책은 한국문학예술저작권협회의 미분배 보상금으로 발간되었습니다.